沉重的陪读
CHENZHONG DE PEIDU

党宪宗 著

图书在版编目（CIP）数据

沉重的陪读 / 党宪宗著 . -- 西安：太白文艺出版社，2015.8
ISBN 978-7-5513-0828-1

Ⅰ . ①沉… Ⅱ . ①党… Ⅲ . ①纪实文学－中国－当代 Ⅳ . ① I25

中国版本图书馆 CIP 数据核字（2015）第 205257 号

沉重的陪读

作　　者	党宪宗
责任编辑	史　婷
整体设计	胡瑞锋　上官鹏
出版发行	陕西新华出版传媒集团 太 白 文 艺 出 版 社
	（西安北大街 147 号　710003） 太白文艺出版社发行：029-87277748
经　　销	陕西新华发行集团
印　　刷	陕西博文印务有限责任公司
开　　本	880mm×1230mm　1/32
字　　数	210 千字
印　　张	9.5
版　　次	2015 年 8 月第 1 版　2017 年 4 月第 2 次印刷
书　　号	ISBN 978-7-5513-0828-1
定　　价	29.80 元

版权所有　翻印必究
如有印刷质量问题，可寄印刷厂质量科调换
印厂电话：029-89107718

目录

001/ 一个母亲和傻儿子陪读生活中的血和泪

一个命比黄连还要苦的农村妇女,先后死了两个丈夫。小女儿不到两岁患脑膜炎夭折。大女婿在煤矿上挖煤,在一次瓦斯爆炸中丧了命,不到一年大女儿又死于车祸。二女儿在县城陪孩子读书,因为穷,跟着外地人跑了。她和一个傻儿子租住在县城靠捡垃圾陪着一个外孙女、一个外孙子读书。傻舅舅人虽然傻,血管里却流淌着人性亲情之大爱,为了接送两个外甥,滑倒在雪地上,迎面开来一辆面包车……

035/ 一个特殊的陪读者

一个贫穷落后的小山村,有一个特殊的陪读者。一所小学里一个老师教一个学生,这个学生还是一个弱智儿童。走进学校,人们第一眼看到的是高高飘扬的五星红旗,每天早晨师生二人照常举行升旗仪式,两颗心是那样的虔诚……发生在师生二人学习和生活中的一个个小而平凡的故事,诠释着人民教师这个光荣称号的定义,诠释着山里孩子的勤劳、朴实、善良,同时也反映出山里农民和农民的孩子对城市幸福生活的追求和向往。

054/ 腊梅坚定地说：孩子就是我的希望

村上的学校撤了，只得陪孩子到乡上读书。乡上的学校撤了，又得陪孩子进县城读书。夫妻两个为了孩子读书，打过杂工、卖过杂粮饼、卖过肉夹馍，一个困难接着一个困难，一次不幸接着一次不幸……再大的困难妻子也没有退缩，她有一个坚强的信念：孩子就是希望。丈夫却临阵脱逃，领着别人的女人跑了。

081/ 婆婆总是说：陪孩子读书是天大的事

婆婆和媳妇都是二十多岁守的寡，两人相依为命，含辛茹苦抓养了张家第三代人——一个儿子和一个女儿。儿女们长大各自成家，在外地工作，儿女为了有人照管自己的孩子读书，发生了一场又一场"争夺母亲战"。八十多岁的婆婆为了解脱媳妇的困境，在一个寒冷的黄昏，跳进巷前桥头下的水渠里……

113/ 张英霞说：不能怪女儿，一切都是我的错！

张英霞，一个从农村走出来的女大学生，为了钱和比自己大三十二岁的房地产商唐老板上床了，并怀了孕。唐老板在妻子和情人的相逼之下，一命呜呼！张英霞横下一条心，生下了孩子。一个未婚先孕的母亲，忍辱负重十五六年，陪着自己的私生女读书。社会上的风言风语、生活中的尴尬、心灵上的折磨，使这个曾经迷途的知识女性不断地反思，不断地自责。为了更好地照顾自己的女儿读书，她毅然当了清洁工，拿起扫帚，清除大街上的垃圾和污垢。

142/ 马家树不断地问我：这是谁之过？

一座小县城，半个月前后发生了两起因煤气中毒死亡的事件，一起是爷爷和孙子，一起是奶奶和邻居大嫂，他们的死都是从农村到城里陪孩子读书惹的祸。人们不断地质问，为什么一座座希望小学拔地而起，不到几年功夫，希望小学几乎全都变成了"失望小学"。这是谁之过？

168/ 他们深深懂得：官做得再大，儿女不成器，是人生最大的失败。

妈妈请长假陪儿子到省城读书，当局长的爸爸几乎是每周一次坐专车到省城看望儿子。夫妻俩为了儿子将来成大器、干大事，不惜血本给儿子择名校、请名师，想尽各种办法开发儿子的智力。儿子终于"考"上了一本，进了重点大学，谁知东窗事发……

191/ 一个山村农妇陪四个娃娃读书的血和泪

婆婆嫌她第一胎生了一个女娃娃，骂她是母猪肚子怀不上伢猪。第二胎又生了一个女娃娃，婆婆愤怒了，把她和娃娃赶出家门。第三胎偏偏又生了一个女娃娃，她甚至想到过自杀。第四胎送子娘娘终于给她送来了一个男娃娃。从此她和丈夫背上供养四个娃娃的重负，艰难地向前爬行着。为了改变四个娃娃的命运，他们从山沟来到乡上，从乡上走进小县城，陪着四个娃娃读书。谁知老天爷在一次车祸中要去了丈夫的命。她吃的苦、受的罪，像家乡的凉水河一样，说也说不完，流也流不尽……

221/ 三个母亲因陪读而离婚的故事

学校撤了，丈夫出远门打工去了，留守在家的妻子，放下家里的老人，扔掉地里的庄稼活，肩负起"儿女读书是天大的事"的重担，走进城镇陪孩子读书。为了儿女走出农村，为了儿女过上幸福的生活，他们忍辱负重，任劳任怨，"鸡鸣出市去，犬吠夜归人"，谱写出一曲又一曲"沉重的母爱"之歌……

乡村和城市环境的变化，乡里人和城里人生活方式的转换，有些陪读母亲经不住"穷"的困扰，耐不住寂寞，在城市化的道路上，疯狂地脱掉"土装"，换上"羊皮"。沉迷于跳舞、打牌、上网聊天，**甚至**以出卖肉体换取金钱，最终导致家庭破裂……

不管这些母亲堕落到何等地步，心里也仍然牵挂着"儿女上学的大事"，赎罪的唯一方式就是用金钱替代母爱。

258/ 三个留守老人陪孙子读书的心酸故事

前些年，农村青壮年都出远门打工了，留守在家里的老人，既要种地看门，还要照管孙子上学，好在村村都有学校。如今不同了，村上的学校先后都撤了。天大的事也没有孩子上学的事大，留守老人只得锁上家门，离开本乡本土，到城镇陪孙子读书。人常说，隔辈的人不好管。加之经济的拮据、生活的差异、世态的炎凉，引发出一个又一个心酸的陪读故事……

294/ 后记

一个母亲和傻儿子陪读生活中的血和泪

> 一个命比黄连还要苦的农村妇女,先后死了两个丈夫。小女儿不到两岁患脑膜炎夭折。大女婿在煤矿上挖煤,在一次瓦斯爆炸中丧了命,不到一年大女儿又死于车祸。二女儿在县城陪孩子读书,因为穷,跟着外地人跑了。她和一个傻儿子租住在县城靠捡垃圾陪着一个外孙女、一个外孙子读书。傻舅舅人虽然傻,血管里却流淌着人性亲情之大爱,为了接送两个外甥,滑倒在雪地上,迎面开来一辆面包车……

杨冬花今年已经是六十岁的人了,尽管满头白发覆盖着一个干红枣脸蛋,说起话来像个男人,一字一板,走路腰板挺得直直的,步子迈得不大却很沉稳,陷下去的双眼被一层雾障罩着,浑黄的眼球总是直直平视着前方,神态却有一种不甘屈服、甚至一种拼命和挑战的样子。和杨冬花熟悉的人不管怎样评说杨冬花,杨冬花总是淡淡的一句话:我是让苦难泡出来的。

我通过房主老乔联系上杨冬花,想和她拉拉家常,她总是说自己忙,顾不上。一天中午,天下着大雨,老乔给我打来电话说：杨冬花今天在家，我已经给她说好了，你赶快来。我顺手拿了一把伞，来到杨冬花租住的地方。她在家里揉面，准备给孩子蒸馍。看见我走进房子，脸上没有任何表情，一边搓着手上的面一边说：外边雨下得这么大，你不在家里喝茶看电视，跑到我这烂屋子有什么好问的？一句话戗得我张着嘴，半天吐不出一个字来。杨冬花没有理会我的尴尬，两只手在小案板上机械地揉面、机械地揪馍，身不动，头不摇，脚不移步。我在背后看着杨冬花熟练麻利的动作，心里想这哪像六十多岁的农村老妇。人们常说，苦难能磨炼出一个人的坚强性格，尤其是农村的老人，活到老，干到老，七十八十不卸套；风里来，雨里去，身体越干越是好。不到五六分钟，杨冬花把揉好的十几个馍放在两个芦苇做的箅子上，取下蜂窝煤炉子上的小铁锅，换了一块煤，把小铁锅又放到炉子上，转过身打燃电磁灶准备煮稀饭，似乎没有和我说话的意思。我耐心再等了一会儿，杨冬花看都没看我一眼，照样做她的活。想了想，我只能找了一句无聊的话说：你做饭的灶具很齐全，土洋一起用。杨冬花头也不抬扔给我一句话：就是这种洋玩意儿把那不要脸的东西"洋"跑了。杨冬花没头没脑的一句话把我骂蒙了，我来之前房主给我说过她二女儿的情况，我知道杨冬花是骂二女儿桂香，我一时不知该怎样回答她。她骂过后又沉默不说话了，做她的活。经过一会儿沉默的对抗，我终于忍不住了。我是来采访的，不是坐冷板凳的。无奈，我只得放下架子，试探着问：你陪着几个孙子上学？这句话分明我是故意找话问的，杨冬花劈头盖脸没好气地说：什么孙子不孙子，两个都是外孙子，我前辈子不知造了什么孽！我好不容易接住话茬，顺便说了一句：外孙子内孙子都一样啊。杨冬花瞪了我一眼说：

什么一样不一样，外孙子是条狗，吃了顺门走。我高兴了，说话的机会到了，故意顶了她一句：你在家里不享清福，跑到县城管外孙子，受这洋罪。享福？杨冬花顺手抹了一下眼睛说：享豆腐也没钱买，一辈子命苦，从头苦到脚后跟了。杨冬花说话的语调有些哽咽。我后悔自己刚才说的话，一时手足无措。谁知就是这一句话引起杨冬花没完没了的诉说……

杨冬花的娘家住在百合镇下沟河村，十八岁嫁到塬上后沟寨。丈夫大她五岁，两口子白天下地劳动，晚上睡在炕上相亲相爱，不到六年生了两女一男三个孩子，虽说日子过得紧巴巴的，但夫妻俩从来没有因孩子多生过气、拌过嘴。那个年代孩子再多也不担忧长不大，更不考虑孩子将来上学考大学的事。三十亩地一头牛，老婆娃娃热炕头，有吃有穿就是天堂了。谁知老天爷不睁眼，黄连锅里下砒霜，也可能三十六岁是人生一个大门槛，杨冬花的丈夫那年刚好三十六岁，下沟挖柴摔死了。

三十一岁的杨冬花带着三个一个比一个高半头的儿女怎样生活啊！不用说，人们也能知道那种艰难劲了。谁知祸不单行，丈夫死后的第三年，儿子继成暑假下沟挖药，一脚踩到空里，从五六丈高的悬崖上滚下去了。这天也是该出事，杨冬花前一天晚上做了一个噩梦，早晨起来，眼皮跳个不停，心里总是慌慌的，不是切菜忘了淘菜，就是擀面忘了用面酰，恍恍惚惚地把饭做熟了。往常十一点左右儿子就回来了，今天已经十二点了还是等不见儿子回来。杨冬花家住在巷道西头第二家，这个巷里只住着十几户人家。杨冬花不知道往巷头跑了多少次，还是等不见儿子回家。杨冬花站在沟沿上，竭尽嗓门喊着成娃——成娃——徐家沟的荒崖沟岔先后响起了回音，就是没有儿子的声音。

等到下午四点多，还是不见人，杨冬花急了，慌忙跑下沟找儿子。直找到六点多，终于在一个老酸枣树杈上发现儿子，离地面足足有一丈多高，杨冬花再喊儿子也不答应。杨冬花想尽办法，鼓足了吃奶劲也够不着儿子。没办法，她慌慌张张跑到村里，叫来邻舍四五个男人，扛着木梯子，来到现场。大家七手八脚把人放下来，一摸还有气，邻居们开来一辆农用车，拉着杨冬花和儿子去了乡上医院。医生看了看说：我们没办法，赶紧送县医院。到了县医院，因为没钱，医院不让住院，多亏杨冬花娘家的堂兄在医院透视室工作，担保着先入了院。杨冬花的两个女儿都在县城东门外百家店做童工，晚上下班，先后来到医院。杨冬花坐在病床沿上，在昏暗的灯光下，看着昏迷不醒的儿子，又看着两个脏兮兮的女儿，鼻子一酸，眼泪扑簌簌地流下来。两个女儿看妈妈哭了，趴在妈妈的两个肩膀上也哭了。大女儿说：妈妈，你不要哭，我和妹妹好好挣钱，给弟弟看病。二女儿从衣兜里掏出十五元钱递给妈妈说：妈妈，这是我上个月的工资，全给你，你不要难过，抓紧给弟弟看病，有我们呢。杨冬花看着两个还未成年的女儿，哭得更伤心，母女三人抱着哭成一团，邻床的病人也都陪着流泪。这时护士走进来，训斥说：又没死人，哭啥哩！杨冬花一边啜泣着，一边给两个女儿擦眼泪，心里说：女儿呀，妈妈对不起你们，没有供你们上学，小小年纪在外打工受累，都是妈妈的不是，妈妈这辈子造的孽，下辈子做牛做马也要偿还你们。

杨冬花在医院守候了一个多月，大家七凑八凑，好不容易把儿子继成的命救过来。人虽然说出了院，可大脑却留下了后遗症，看人时眼睛总是直勾勾的，话比以前说得少了。看到过去天真可爱、勤劳朴实的孩子变成了傻子，杨冬花不知道一个人在家里哭过多少次。尽管如此，她还是送儿子到了学校，老师看到继成傻乎乎的样子，不想要。杨冬花求爷爷告奶奶不知说了多少好话，老师只好留下。儿子在学校待了没有半个月，有一天下午，杨冬花从地里掰玉米棒回来，看见老师领着儿子站在门口。杨冬花疑惑地问：是不是我娃在班里淘气了？老师说：娃很乖，就是太乖了，上课一直坐着，什么话都不说，说啥也听不进去，也不做作业，下课后也不和同学们玩耍。看来娃的病没有好彻底，还是在家里养一段时间再说。说完转身走了。杨冬花也没说什么，拉着儿子进到屋里，抱着儿子默默地流泪。心想：这大概就是我杨冬花的命吧。从此，杨冬花到地里也好，到集上买东西也好，走亲戚也好，都领着她的傻儿子。日子久了，儿子跟着母亲学会了一些简单的农活，说的话也比过去多了。人说母爱能感动天、感动地，能感动鬼，能感动神，能感动自然界中的万物。杨冬花对傻儿子的爱精诚所至，金石为开。

　　如今社会，没有钱毕竟是寸步难行。更何况杨冬花一个单身女人，带着两个女儿，还有一个不开窍的儿子，日子实在没办法过下去，经人说合，嫁给邻村前沟堡一个三十六岁的光棍汉。这个光棍汉姓同，因家穷，都已经三十六岁了，还没结过婚。虽说是二婚，也得举行个简单婚礼，当地风俗，寡妇进门不能等到天明。杨冬花想了几天，给说事的人说，她的命犯在三十六岁这个字上，现在两个人过到一起可以，过了三十六再补办婚礼吧。第二年二月二龙抬头那天草草补办了婚礼。结婚后男的出外打工，杨冬花在家种地，管着不开窍的儿子，日子虽然不宽松，但也能过。过了一年，杨冬花又生了一个女孩，孩子长得很是招人喜爱，全家人有空就逗着玩。谁知小孩子长到两

岁时，得了脑膜炎夭折了，杨冬花和男人哭得死去活来。男人三十七八才得了一个孩子，怎能不心疼？倒在床上病了半年，家里的事、地里的活全落在杨冬花一个人的肩上。再苦的日子总要熬过去，好不容易熬过了四五年，杨冬花的大女儿桂秋出嫁了。一个月后，杨冬花用大女儿的彩礼钱买了一台电视机，丈夫到窑背上接天线，不小心从窑背上跌下来，一命呜呼了！杨冬花送走了头一个男人，现在又送走了第二个男人，村里人都说杨冬花是"扫帚星"，克夫命。本来方圆十几里的村子，娶不到老婆的老光棍、中年光棍、小光棍多得是，听到这样的传言，便再没人敢给杨冬花提亲，杨冬花发誓再不嫁人。杨冬花的二女儿在南方打工，杨冬花陪伴着一窍不开的儿子生活着，日出而作，日落而息，母子俩相依为命，苦度日月。

　　时间过得真快，二女儿桂香在南方打工时，认识了本县一个小伙子，虽然其貌不扬，人却老实，还能下苦。杨冬花嫁大女儿桂秋时，用了女婿家一点儿钱财，买了一台电视机，送了男人的命，为此她悔了好几年。假使那时不要彩礼，没钱买电视，也不至于要了男人的命。村里人都说她克了男人的命，她也觉得对不起男人，死了也背着这桩命债。到了桂香出嫁时，死活也不要彩礼了，她含着泪给桂香说：妈不要人家的彩礼，也没钱给你陪，只要有一个能下苦的女婿，以后好好过你们的日子就行了。妈这辈子欠你们姐妹两个太多了，欠你父亲的，也欠你继父的，欠你死去的小妹妹的，妈上一辈子不知道是个什么东西……说着说着，抱着女儿哭起来。儿子继成在旁边不停地擦着泪，走到妈妈跟前断断续续地说：妈，你……不哭了……姐姐……走了，我……挣很多很多的钱养活你……杨冬花泪眼望着儿子哭得更伤心。

东去的徐水河日夜不停地流淌着,从武帝山发源流到黄河边的岔峪口,全长有七八十里,水量虽不怎么大,也形成各种各样的大小瀑布和深潭。沿河两岸的杨树呀、柳树呀,还有横在河道的大小石头,给小小的徐水河增添了不少风花雪月悲欢离合的故事。有时匆匆地欢唱,有时呜呜地哭泣。人生的道路也和徐水河一样,有时弯弯曲曲、有时平坦无阻,谁也不可能一辈子都是福气连连,也不可能灾祸不断。杨冬花好像犯了什么字似的,天大的灾难又降落到她的头上。

大女儿桂秋结婚后生了一男一女两个孩子。男孩在学校不好好学习,小学五年级辍学,十五岁跟着堂兄到湖南、广东一带打工去了,除了头一年春节回了一次家,再没有见过面,逢年过节打个电话就算尽了孝。女孩子在本村上小学三年级时,大女婿在煤矿挖煤遇上瓦斯爆炸死了,煤矿老板仅仅赔了十几万元的命钱。为了分这十几万元的命钱,桂秋和丈夫的姐姐、兄弟,闹得不可开交。桂秋一气之下领着女儿回到娘家,把孩子转到前沟堡上学。桂秋到了娘家不到半年,随着邻村人到黄河滩打工拾棉花,天不明坐一辆破旧四轮车上工,晚上八九点坐四轮车回家。拾了还不到一个星期棉花,一天,四轮车行驶到黄河岸边下坡时,由于司机连日来疲劳驾驶,翻在几十丈深的悬崖下,当时摔死了十七八个人,桂秋也在其中。

桂秋死了,孩子咋办?杨冬花曾找过桂秋丈夫的大哥说孩子的事,丈夫的大哥说:你女儿带着娃已经离开我家,我们没责任管娃,你克死了两个男人,你女儿克死了我弟弟,你母女两个都是丧门星,看在娃是我死去亲弟弟血脉的分上,给你两千元抚养费,以后娃的事再不要找我们了。杨冬花听后气得直打战,把两千元摔在地上,领着娃转身走了。

杨冬花的外孙女叫小草。小草在外婆家上到四年级时，学校撤了，全乡十几个村子只设了一所重点小学，好多孩子转到县城上学，有些孩子因无法去就辍学了。按照杨冬花开始的想法，停学就停了，小草没爸没妈的，养大嫁了人，我这个做外婆的也算尽责了。杨冬花看着小草没爹没娘的可怜样，好多个晚上睡不着觉：自己的两个女儿没上过学，小小年纪在外受苦受累，总觉得欠了她们几座山似的。桂秋在世时曾经对她说：妈，我们姊妹俩没上过学，不怪你，我父亲走得早，你抓三个孩子不容易呀！我儿子上学不好好上，早早出门打工了，小草死活我也要供出来，和别人家上大学的娃娃一样，走到人前体体面面，你当外婆的脸上也有光。杨冬花把女儿的话想了十几个晚上，有时在地里干活都想得出了神，想来想去，还是让孩子上学好。听说村里好几个孩子都转到城里了，也让小草到城里上学吧。可是城里学校的老师自己一个也不认识，想来想去想到在医院工作的堂兄。她去年在乡上赶集碰见过堂兄，堂兄已经退休了，一家人住在城里，走时给她说了一句话：有啥困难找我。杨冬花当时也没在意，现在一想，娃上学是个天大的事，不管办得了办不了，还是厚着脸皮找找吧，不给米总不会留住升子。好在堂兄没有推辞，人寻人，人托人，中间转了三四层关系，把小草终于转到了县城三小。

　　小草眼看要上学了，杨冬花问了村上几个在城里上学的人家，不是母亲在城里陪孩子上学，就是奶奶陪着。要陪孩子，首先要在城里租地方，房租每月一百五十元到二百元。杨冬花犯难了，一个念头只说是转学、转学、转学，转到城里上学的费用咋办？家里平常缺盐少醋的，到了县城总不能胡搞着吃，娃娃们还有个比头。再说自己到了城里，地里的庄稼谁管谁收呢？这几年玉米能卖上价，一年种二

亩麦，够一家人吃就行了，剩下的地全部种了玉米。人家有劳力有技术的，栽苹果、栽葡萄，忙上大半年还能赚几个钱。自己沟边有二亩地栽了花椒，花椒熟了，儿子摘花椒时，手被扎得到处是伤。人家一天能摘几十斤，他一天连二斤都摘不到。庄稼不种了，一家人生活咋办，平常花销咋办，还有孩子上学的各种费用从哪儿来，这么多的费用在哪儿起土呢？

杨冬花更牵心的还是傻儿子，到地里做活，她要陪着做，做饭除过能劈柴以外，烧火时不到几分钟灶火就烧灭了。有时择韭菜把韭白扔了只剩下韭菜叶。三十多岁的人了，不管什么时候见了人，只会问你吃饭没有。杨冬花想来想去，也想不出个眉眉眼眼。好几个晚上过去了，本来已经花白了头发的杨冬花熬煎得一夜之间头发全白了。最后杨冬花狠狠心，咬咬牙，跺跺脚，说：不要这个家，也得让小草上学。杨冬花二女儿桂香在县城陪着儿子读书，她到城里找了几次都没见人，杨冬花没手机，也没法联系。后来在街道上碰见陪儿子读书的远房侄女，帮她在县城租了一间十二平方米的小矮房，每月房租一百二十元。开学前五天，杨冬花锁上大门，领着傻儿子和小草进了县城。

杨冬花租的房子在县城西南角李家巷，离学校有二里半路。八月三十日的一大早，杨冬花领着小草到学校报名，傻儿子也跟在后边。杨冬花让他在家待着，傻儿子就是不听，嘴里不停地喊着：我也要送外甥女上学，我要送小草上学。到了学校，报名的家长和孩子，人山人海。开小车的、骑摩托的、骑自行车的，步行的蚂蚁似串。杨冬花低着头牵着小草，在人群中胆怯怯走着，总觉得自己缺个理似的。傻儿子却不管这些，东张西望，险些被一辆宝马车撞了。开车的人摇下玻璃骂了一句：走路不看路，你是找死！杨

沉重的陪读
CHENZHONG DE PEIDU

冬花忙把儿子拉到一边，笑脸向开车的人点了点头，表示歉意。杨冬花问来问去，好不容易找到四年级八班的班主任陈老师，报了小草的姓名，老师看了小草一眼，脸上没有任何表情，顺手写了一个便条说：你先到总务处给孩子交费去。杨冬花东边碰碰头，西边碰碰鼻子，好不容易办完手续，回到班主任陈老师的房子，抹着眼泪说：陈老师，孩子的爸和妈都死了，我当外婆的管着孩子，望你把孩子管严点儿。说着说着跪在地上，给陈老师就磕头。陈老师慌忙扶起泣不成声的杨冬花说：你放心，我一定管好孩子。管好孩子是我们老师的职责，也希望你做奶奶的配合好。陈老师拉着小草的手，把孩子送到教室，杨冬花千谢万谢拉着傻儿子回家了。杨冬花回家的路上心里想，看来陈老师是个好人，世上还是好人多。

杨冬花来县城时从家里拿了一些盆盆罐罐、碗和筷子，家里全是大锅大灶，到城里根本用不上。租的房子小，只好在房檐台子上放了一个蜂窝煤炉子。幸亏房子坐东朝西，下雨时好在淋不上雨，要是碰上西风雨，那可倒霉了，饭也做不成。杨冬花每买一件灶具总是算来算去，哪一件便宜买哪一件，买一件心疼一阵子，一个守了几十年寡的农村妇女，一分钱也得掰成两半花。临了还是花了好几百元，几百元花得杨冬花心口疼了几天。房子里放着的一张大床和一张小床，都是好心房主借给她的。

杨冬花住在十二平方米的房子里，开始了乡里人进城陪孩子读书的新生活，虽然没有过上城里人的生活，却充当了城里人的统计数字。这个大杂院有东厢房、西厢房、北上房、南门房，院子中间还有一栋两层楼，东南西北楼上楼下住了几十户人家，不是在城里打工，就是在城里陪读，左邻右舍低头不见抬头见。日子久了，都混熟了，常在一

起拉拉家常，说说各自村里的事，谈谈街头巷尾的朝见暮闻。有时在街上买菜还会碰到邻村的熟人或者本村进城办事的人，相互打个招呼，问问地里的庄稼、巷里孩子的嫁娶，倒也不觉得孤单。家里十几户人家的巷道要是碰上刮风下雨，一个人影也没有。这儿可比村上热闹得多了。杨冬花慢慢习惯了，脸上的笑容比过去多了，话也多了。花花绿绿见得多了，奇奇怪怪的事听得多了，有时也会看着人家，想想自己。到了晚上儿子和小草睡了觉，拉灭灯，她一个人坐在床上，思前想后，悄悄地流上几滴眼泪，叹上几口气，常常用"命不好"三个字安慰自己。不管是喜是忧、是苦是累，孩子的三顿饭必须按时做好。小草的爸爸妈妈去世了，亲伯伯亲姑姑又不管，我这个做外婆的，只要有一口气，一定要供小草考上大学，将来干出个眉眉眼眼。

县城的学校和乡村的学校作息时间不一样，小草六点半在家吃早点，七点要赶到学校。杨冬花五点半就得起床，给孩子做好饭，热好洗脸水，然后叫小草起床。住着四十多户人家的大杂院，只有一间男厕所、一间女厕所，早晨去厕所的人要排长队。杨冬花为了不耽误小草上学的时间，专门备了一个马桶，让小草在十二平方米的房子里拉屎拉尿，等厕所没人了，自己提着马桶才到厕所里清洗。中午赶十一点半杨冬花把午饭做好，等孩子回来。杨冬花身上平时掏不出十元钱，孩子吃饭却不马虎，每顿饭给孩子准备两样菜，一热一凉，有时还动点儿荤腥。杨冬花夜深人静时，常常在想，过去家里穷，缺吃少喝，孩子从小挨饥受饿，三个孩子都是先天性营养不良，她不能让小草这个没爸没妈的孩子，像她母亲小时候一样。人都说，娃娃的营养补上了，脑子肯定聪明，学习就会好。孩子的吃饭睡觉、穿穿戴戴、洗洗补补这些都好办，杨冬花最头痛的是老师给孩子布置的家庭作业，一个十二岁的小孩子晚上熬到十一点作业也做不完。自己一个字不识，不会给孩子辅导，是对是错只能由着孩子。幸好小草学习认真，作业做不完不上床睡觉。也可能是血浓于水的天性吧，小草的傻舅舅每天晚上坐在床边一句话不说，傻傻地盯着灯泡下的外甥女做作业，等到小草上床睡觉了，他才关灯上床。傻人有傻福，上床不到半分钟，鼾声如雷，就进入梦乡，吵得小草和杨冬花翻来覆去不能入睡。冬花几次把傻儿子打醒，醒来后不到半分钟，鼾声依旧如初。冬花几次训斥傻儿子说：你的鼾声吵得小草睡不着觉，到了学校哪有精神听课呢？傻儿子听了以后，哭丧着脸对冬花说：妈，我不对，也对不起我大姐，咱家就靠小草了，等小草睡着了，我再睡觉。从那天起，傻舅舅关上灯坐在地上，听小草睡着了，才上床睡觉。又怕鼾声吵醒外甥女，用被子将自己的头蒙得严严实实，天气再热也蒙着头，热得实在受不了了，就坐到院子里靠着墙睡一夜。

　　小草早晨走出房门，看见舅舅在外边靠墙躺着，嘴角流着口水睡得正香，鼻子一酸，眼泪不由得流下来。她叫醒舅舅，扶着舅舅走到屋里。舅舅看着垂着眼泪的小草，傻笑着说：小草，舅舅不要紧，不能耽误你的学习。说着说着，傻舅舅的眼泪也流下来。可能这是天意，舅舅再傻，在外甥女小草面前说的每一句话都不傻。冬花看到这种情景，背过身擦掉脸上的泪水，不断地饮泣着，尽量不哭出声来。

　　陪读的苦日子一天一天向前熬着，杨冬花心里的苦水像县城南边金水沟的金水河。水瘦得河道里已经看不见水了，隔上一段地下又冒出一股清澈的泉水继续向前流淌着、流淌着，顽强地流进黄河，在混浊的大浪里显现出一泓清流。

为了小草上学，杨冬花不管是走路还是说话、做活都显得很刚强。心里有一种强烈的希望支撑着她，尽管眼睛花了，看东西有些模糊不清，但她努力把眼睛睁大，瞅着前方，哪怕前方的路坑坑洼洼，她毅然迈开双脚，大步跨着。幻觉中远方的道路林荫两行、花香鸟语。她有时心想，苦就苦吧，孩子前边的路是平坦的，孩子将来的生活是幸福的。当今的政府天天喊着，北京城里的大官、县长、乡上书记也经常在电视中演说：用不上几年我们农民就会过上小康生活。想到孩子们将来的幸福，冬花越走越快，路上的泥水溅在自己的衣服上，她不管不顾，不理不睬，送小草接小草，给小草按时做饭，从不马虎。小草穿的衣服虽没有别人家的孩子时髦、华丽，但杨冬花三天一洗，五天一换，孩子浑身上下干干净净。走到学校大门口，做外婆的给外孙女扣扣子、拉衣角，用手梳梳头发，天天如此，如此天天，从不气馁，从不颠烦，从不埋怨，从不想什么回报。这是中国一个农民母亲最值得炫耀的东西。

快放国庆节假了，小草去学校的路上给奶奶说：奶奶，学校老师说，给学生布置的作业有的家长顾不上检查，有的家长不懂，耽误了学习。收假后每周要补五个晚上课，每月的补课费一百五十元，收假时把钱带上。冬花听后傻了：每月一百五十元，是全家人一个月的生活费呀！小草转学时，卖了家里所有的玉米、小麦、豆子等农产品，能卖钱的都卖了，已经花得差不多了。冬花一路上没有说话，走到丁字路口，险些被车撞了，冬花吓出一身冷汗。晚上，冬花翻来覆去睡不着觉：不让孩子补课，自己不会辅导作业，耽误了娃的学习咋办？要补课，每月一百五十元从哪里来呢？傻儿子看到妈妈睡不着觉，像有什么心事，靠近妈妈的脸说：妈，不要紧，有儿子哩，我明天到工地供匠人，给小草挣补课费。冬花没说话，望着傻儿子，觉得全身热乎乎的：我儿子不傻呀，只要说到小草，心窍全开了。过去儿子也到工地上供过匠人，不是从架上险些掉下来，就是把搅拌机弄坏了，水泥、沙子、石子的比例再说也不上心，干上一天活领不到工资不说，还得给人家赔钱，老板见是傻子，也只能算了。一百五十元的补课费搅得杨冬花一夜没有睡着觉。

九月三十号下午，杨冬花领着傻儿子和小草坐班车回到老家。离开家一个月了，土院子依旧的土，旧房子还依旧的旧，只有院子里的石榴树挂满了红红的石榴，有的石榴高兴地咧开嘴，迎接自己的主人。傻儿子挑了一个大石榴摘下来递给小草。杨冬花简单地收拾了房子，明天要掰玉米，晚上八点便就早早上床休息了。这一夜，婆孙三人睡得很香，可能是睡在家里，人心里踏实。第二天，天刚麻麻亮，傻儿子用架子车拉着妈妈和外甥女一路小跑着。

杨冬花的玉米地比较远，和邻村地连着地、路接着路。秋分已过，大地金灿灿一眼望不到边，玉米地里、果园里稀稀拉拉有几个人，不是老就是少。杨冬花想起自己年轻时，农村三秋大忙季节人欢马叫的繁忙景象，不由得叹了一口气说：世事变得真快呀。婆孙三人忙活了几天，收完玉米，回茬了三亩麦子，赶十月七日下午回到县城。杨冬花和巷里人拉家常时谈起小草补课的事，巷里人的想法和她一样，就是把大人挣死，也要把孩子供出来，上好学。有了知识，才能到外边闯世界，挣大钱。不要说北京、上海、西安，离咱仅二十里路的县城和咱乡下人也是两层天呀！冬花下定决心收假后让小草补课。再有钱的人也不能坐吃山空，何况自己穷得也就比叫花子稍强一点儿。天大的困难难不倒勤快人，来钱的办法她也想好了，除过管好小草外，每天腾出一半时间和傻儿子到街道上捡垃圾。

从此,每天早晨六点半,人们在李家巷到学校的路上便看到一个老婆婆和一个傻乎乎的中年男子,一人拿着一个破蛇皮袋,像两个卫士一样,护送着一个小女孩向三小走去。孩子走进学校,老婆婆领着傻儿子沿路捡着纸片呀、塑料袋呀、矿泉水瓶呀,只要能卖钱的东西都往蛇皮袋子里装。要是碰上还没来得及拉走的垃圾箱,母子俩赶紧上前在里面翻来翻去。不管捡的废品多少,必须赶十点半回家,给小草做午饭。傻儿子有时多捡一会儿,但捡的废品常常被捡垃圾的人哄走。有几次傻儿子一个人卖废品,本来能卖五元钱,拿回来却不到两元钱,黑心的收废品老板故意压低分量,哄骗傻儿子。杨冬花没办法,只能骂声:连傻子也哄,真不得好死!杨冬花就这样一日复一日,一天又一天,除过管好小草外,和傻儿子每天捡两晌垃圾,碰上小雨或者小雪天气,都不闲着,照样出去捡。苍天不负苦心人,母子俩一月捡的废品最少能卖六七百元,好了还能卖到八百元。

国庆节收假后,小草每天吃完晚饭到老师家里补课。老师家里专门盖了一座简易大房子,补课的学生有二十几个,一般是下午七点去,晚上九点回家。老师家离小草住的地方有三里路,幸亏这个大杂院还有两个孩子和小草在同一处补课,吃完晚饭三个孩子一起去,晚上九点一起回家。晚上八点五十左右,冬花站在大杂院门口等着小草,傻儿子陪着妈妈也往巷头望着,只要看到小草,高兴得手舞足蹈,嘴里不停地叫着:回来了,回来了!三步并两步跑上前去,拉着小草的手,傻乎乎地笑,一句话也不说。大人的心没白费,花了钱就会有花了钱的效果。补了一个月课,小草的学习明显有所进步,期中考试得了全班第五名,拿回奖状。

傻儿子看着外甥女的奖状，高兴得直跳。吃饭时，不停给小草碗里夹菜。冬花看到傻舅舅对外甥女关爱的样子，背过身直抹泪。心里默默地说：桂秋呀，不管你现在是鬼是神，都要保佑咱小草好好上学呀。

世上的事总不会永远顺顺当当，再直的路也有转弯的时候。和小草一起补课的两个小学生，转到别的老师家里补课去了，理由是这个补课老师教学水平差，也不认真。结果剩下小草一个人，杨冬花心里也想让小草转，又听说那个老师收费高，没钱人家的孩子高攀不上，再说小草的学习有了进步，凡事要看结果，人要讲良心，咱不能错怪了给小草补课的老师。不转却遇到了新问题：小草下午到老师家一个人还可以，晚上九点不敢独自回来。杨冬花也不放心，没办法，便和傻儿子赶八点半来到老师家门口，等到小草补完课，三个人再一起回家。过了不到十天，傻儿子说什么也不让妈妈接小草，说他一个人就能行。妈妈怕傻儿子迷了路，又陪着傻儿子接了几个晚上，沿路给儿子千叮咛万叮咛，这儿转弯有一株大槐树，那儿转弯有两层楼，往东走过一家大门是红的，往西走那一家门前开了一个烟酒商店，婆婆妈妈地唠叨着。傻儿子说他记下了，杨冬花才让他一个人去接。冬花还怕傻儿子走错路，悄悄跟在后边跑了几次，看到儿子没有走岔路，也就放心了。小草的傻舅舅又提出每天下午七点要送小草到老师家补课，冬花和小草再拦也拦不住。妈妈最了解傻儿子的性格，傻是傻，他心里想要做的事，十头牛也拉不回来。傻舅舅送小草到老师家，自己就坐在门口等，一步不离位，直等到晚上九点小草从老师家走出来，拉着外甥女的手一路不松手回到家，生怕小草被谁抢走似的。有几次天下着小雨，冬花把伞递给傻儿子，让他接小草，傻儿子接过伞拿在手

上不打开，接到小草后才打开伞，遮着外甥女，自己淋着雨。

一个星期六，小草在家复习功课，冬花和傻儿子捡废品，中午十一点回到家。进了家门，二女儿桂香领着儿子洋洋在家里坐着。杨冬花显得一脸不高兴地说：你干啥来了？我和你弟弟陪着小草进城快三个月了，你也不看我一次，也不问我的日子咋过哩，小草的学咋上哩。我不说了，你对得起你死去的大姐吗？桂香低着头没有说话，洋洋开了口：奶奶，我妈原先在宾馆打工，中午饭我在学校吃，现在不去宾馆了，除过给我做饭外，整天在舞厅跳舞。桂香瞪了儿子一眼，说：妈，林生去年在外打了一年工，春节前给家里只寄了两千元，过年回家路费还是借人的，说包工头跑了，找不着人。今年正月初五出门至今一分钱也没寄，家里的一点儿积蓄花完了，我和洋洋的生活费也没个着落。洋洋明年要考高中，这样那样的学习资料、补课费、学校钱收得不停，我实在没办法生活下去了。林生在甘肃武威打工，我明天准备去武威把林生叫回来，在咱县里打个短工，家里的地还要他种，十几亩地，我一个女人有啥办法？杨冬花好长时间没见女儿了，听说女儿明天要出门找林生，她把桂香从头到脚仔细看了一遍，发现女儿不管是梳的头，还是穿的衣服、裤子和鞋，都比过去时髦多了，脸也比过去白了光了，脖子上还围了一条大红毛围巾。母亲最清楚不过自己的女儿，桂香从小性野，爱打扮，小草转到城里上学，杨冬花找桂香几次，都没见人。杨冬花说：你没钱，打扮得像个妖精。桂香没有正眼看母亲，说：妈，我来回可能要一个月。这是五百元，让洋洋在你这儿吃上两个月饭，晚上和他舅舅挤着睡，中午饭在学校吃，你招呼着就行了。杨冬花没好气地说：一个小草就够我管了，又送来个洋洋。我管得了吗？桂香说：妈，都是你的外孙，手心手背都是肉，两个月我就回来了。杨冬花无奈地叹了口气，说：放就放下吧，谁叫洋洋把我叫奶奶呢。桂香站起来，一边往外走一边说：妈，现在有个顺车到西安，今晚九点我在西安坐火车。杨冬花说：你走吧，快去快回，洋洋明年考高中，不要耽误娃的学习。桂香转过身对儿子洋洋说：要听你奶奶的话，不要耽误学习。桂香说话时，泪水涌满了眼眶。儿子洋洋看也不看地说：要走你快些走，永远不要回来，我奶奶没有你这个女儿，我也没有你这个妈！杨冬花狠狠地瞪了洋洋一眼说：把你惯成了，咋能这样跟你妈说话！杨冬花虽说对女儿出远门有些疑惑，心里不高兴，可女儿毕竟是自己的女儿。送女儿走出门时说：路上要小心，和林生早些回家。桂香头也没回往巷头走去，杨冬花隐隐约约听到女儿断断续续的哭声。

　　洋洋在县二中上初三，和小草的学校是一个方向，比小草的学校远几百米。早晨上学时间差不多，两个娃吃完早点，一起去学校，杨冬花就领着傻儿子出门捡垃圾，照常十点半回家给小草做午饭。洋洋是初三，晚上有晚自习，十点才能放学。小草补课的地方和洋洋学校的方向恰恰相反，傻舅舅还是每晚七点送小草到老师家补课，九点接小草回到家。洋洋有时晚上十点多回家，有时十一点也不见人，杨冬花心急得像热锅上的蚂蚁。傻舅舅等不见洋洋，一个人跑到洋洋学校门口接洋洋，母亲拦也拦不住。洋洋和傻舅舅有次就打了岔，洋洋回到家还不见傻舅舅回来，没办法，奶奶和洋洋一起顺着原路找舅舅，一路上不见人，找到二中，傻舅舅还在孤零零一个人站着等洋洋。再冷的天，再大的雨，再大的风，再大的雪，也阻挡不住傻舅舅对外甥的爱心。

　　桂香已经出门一个月了，还不见回来，也没有个电话。杨冬花每天给两个外孙做饭洗衣服，用和傻儿子捡废品卖

的钱维持四口人的生计。她几次问洋洋：你妈为什么还不回来。洋洋总是没好气地说：谁知道她跑到哪儿去了！杨冬花想来想去，隐约记得桂香走时神情有些不对，经常听别人说：有些乡下女人进了城，网上聊天呀，舞厅跳舞呀，最后跳着聊着就扔下孩子跟着人跑了，该不是桂香出什么事了？她不敢再往下想。星期六领着傻儿子到桂香婆家去了一趟，桂香男人的父母早已过世，破旧的大门上挂着一把生了锈的大铁锁。冬花到左邻右舍逢人就问：看见桂香和她男人没有？巷里的人说：近一年了，人影也没见。冬花回到县城，天已经快黑了，傻儿子陪着小草做作业，她领洋洋到桂香租住的地方。打开房门，好久没住人的房子里布满灰尘。她第一次来这里，看见桂香用的灶具全部现代化：电磁炉、电饭锅、碗碗勺勺都是新的。拉开大衣柜一看，洋洋几件衣服整整齐齐挂在衣柜里，桂香的衣服不见了。洋洋打开抽屉，抽屉里放着五百元钱，钱里边夹着一张字条。字条上歪歪扭扭写着几行字：洋洋，妈对不住你，这样的穷日子妈实在过不下去了，妈走远了，听你奶奶的话，好好学习，忘了你这个不要脸的妈。洋洋给奶奶念着字条，脸上一点儿表情都没有，冬花听了一屁股坐在床上，半晌说不出话来。

  桂香今年三十五岁，眉清目秀，长得算不上漂亮，身材却匀称，尤其是说话的声音，像银铃似的，也曾有过几个小伙子追求过她。她比姐姐强，上到小学三年级，生父死后不得已辍学了。十五岁就在县城东门外饮食百家店打工，后来跑到南方，认识了北山脚下一个打工仔，两个情窦初开的孩子，不到二十岁同居了。杨冬花开始不同意这门婚事，为此事打过女儿，骂过女儿，再打再骂也没挡住女儿的婚姻自主，生米已做成熟饭。她只能连气带恨地接纳了这个不如意的女婿，桂香挺着大肚子嫁给了自己心爱的男人。桂香男人家穷得炕上连一张好席都买不起，男人的父亲过世早，母亲常年有病，病重时几个月下不了炕。桂香结婚不到三年，婆婆也去世了。幸亏男人还老实，干活勤快，经常在县城工地上做零活，桂香在家照顾孩子，日子将就过得去。那个年代北山脚下的农民都栽种苹果，大部分家庭发了苹果财，桂香男人老实，做活没心眼，手脚笨，种苹果卖的钱只要能收回投资就天官赐福了。斗转星移，世事变化无常，政府看到种苹果是条发财致富路，便下指标、分任务，农民一窝蜂盲目栽种，不管质量，只图数量，种苹果的越来越多，价格年年下滑，于是又刮起了挖苹果树的一股旋风，桂香家也不例外。桂香的孩子长到八岁进了村里的希望小学。村里的学校过去只有几间破砖窑，后来，上世纪70年代曾在村上插队的几个知青几十年后回到当年劳动锻炼的第二故乡，看到好多农民都盖了新房，学校仍然破旧得不堪入目，几个人慷慨解囊，捐助了十万元，县教育局又补助了五六万元，加在一起盖了一栋两层楼的希望小学。桂香的孩子在这个学校上到四年级时，社会上又掀起了一股转学风，人们都希望自己的儿女成龙成凤。尤其是穷怕了的农民，说什么也不希望自己的下一代再当农民。人们拉关系，找后门，用尽各种办法把孩子转到县城里上学。农村新盖的希望小学，偌大的教室里空荡荡只坐着四五个学生，老师守着四五个学生上课，看作业、教学的劲头也消失了，希望小学变成了失望小学。教师同样找门路寻关系，不惜血本请客送礼，往城里调。城里的中学小学，一个班八九十个学生，转学的学生还要自带课桌板凳。代课老师哪有时间认真批改作文和作业。但人们的观念里，在城里上学，老师的教学水平高，娃娃

的见识广,接受新事物快。

当年希望小学像雨后春笋,栋栋教学楼拔地而起,不几年,希望小学说撤就撤,一幢幢宽敞明亮的教学楼里没学生了。桂香也不例外,只得找人帮忙转孩子,好在村主任帮了大忙,桂香自然而然也进了城陪孩子上学。进城后,桂香的男人在城里打工,她在家里给孩子和丈夫做饭,男人挣的钱勉勉强强能够维持三个人的生活。

人们的收入逐年在增加,物价涨得更是怕人,桂香男人每天起早贪黑挣死挣活,挣的钱还是入不敷出。家里的十几亩薄地种了一半玉米一半麦子,碰上好年成,一亩麦子纯收入一百元左右,玉米还能多卖上一点儿钱。要是碰上旱年,玉米和麦子的收入持平保住本就阿弥陀佛了。桂香和男人商量了几个晚上,觉得这样下去不是办法,春节过后男人跟随村上几个人走西口了。

洋洋已经到县城二中读初一,能上县城二中还是多亏村长找关系。男人出门后,桂香想找个临时工干,还能增加一点儿收入。想了想,事情只能找村长,村长没费多大周折,给桂香在县城西环路一家快捷酒店找了一份服务员工作。村长说:要在酒店工作,就得让洋洋午饭在学校吃,早点和晚饭在家吃。桂香早晨八点上班,晚上五点半下班,下班后急急忙忙回家给洋洋做晚饭。

桂香他们村的村长,长得五大三粗,在村里跺上一脚山摇地动,村里没有人不怕他。桂香早和村长有点儿不干不净之事,但毕竟是村上,偷偷摸摸,怕人知道。桂香到县城,租住的地方是个大杂院,人多口杂,出入不方便。现在到宾馆当服务员,村长一个星期有两天在宾馆开房,和桂香的关系也不避人,公开化了。在宾馆打工当服务员,衣着打扮要时髦,这是宾馆不成文的规矩。桂香经过一番打扮，和先前的桂香判若两人。

离宾馆三百米的地方有一个大众舞厅，每天晚上来跳舞的什么人都有：卖菜的、卖肉的、打工的、蹬三轮的，稍有点儿身份的人都不进这样的舞厅。有一天中午，桂香和村长完事后因小事拌了两句嘴，村长扇了桂香两个耳光，气呼呼地扭身走了，两个星期再也没有到宾馆来。有一天，吃完晚饭，儿子在家做作业，桂香闷闷不乐，独自一人走出门，在街道上漫无目的地转悠着。走着走着，到了大众舞厅门口，心想，这个舞厅到底是个啥样子？在宾馆打工好几个月了，天天上班下班路过舞厅门口，还没有进过一次。一个人在舞厅门口转了几圈，便身不由己地走上二楼舞厅。昏暗的灯光下，一对对男女拥抱着，踏着舞曲东扭西倒，各种姿态，应有尽有。这种场面桂香在电视上看过，现在自己身临其境，身上只觉得热热的，脸有些臊红，呆呆地站着，看着。忽然走过来一个男人，邀请她跳舞。桂香不知所措，前言不搭后语地说：不不不……我不会跳……那个男人不容分说，拉着桂香的手，搂着桂香的腰就跳开了。桂香从来没跳过舞，在大众场合更没有被男人搂过，一时心跳加速，两颊绯红，幸亏在昏暗灯光下，没人看见。桂香不会踏步子，手不知道往哪儿放，不是踩到男人的脚上，就是碰到别人的身上。那男人不管碰到什么情况，都紧紧搂着桂香的腰不放。好不容易跳完一曲，桂香挣开男人的手，跑下楼去，一直跑回家。

洋洋还在灯下做作业，看见母亲的脸色有点儿不对头，说：妈，你有病了？桂香摸着自己发烫的脸说：没有，妈妈刚才回家路上走得有点儿急。洋洋再也没有问，埋头又做自己的作业。平常桂香陪着儿子做完作业，看着儿子睡下，自己才上床睡觉。今天晚上桂香什么话也没说，拉开被子

蒙着头睡了。

桂香失眠了。今晚上的情景桂香从来没有遇到过,昏暗的灯光下,没有看清那个男人的脸,直觉告诉她,那个男人个子高高的,看脸的轮廓仿佛长得很英俊,说话是外地口音,语气温柔,彬彬有礼,跳舞时用手紧紧搂着自己的腰,不过没有过分的动作,不像村长那样粗鲁野蛮。好像那男人还系着领带,当时桂香没敢正视那男人,自始至终头埋在那个男人的怀里,身上还有着那个男人的余温,和该死的村长不一样。

桂香想起往事:有一天中午,雨后的太阳火辣辣的,桂香一个人在玉米地里施化肥,忽然背后蹿出一个男人,把自己紧紧抱住,按在地上,回头看是村长,桂香知道村长平时的为人,喊也不敢喊。村长三下五除二解开桂香的上衣,扯下裤子,把桂香脱了个精光,像饿狼扑小羊羔一样,不管三七二十一干起来了。桂香虽然有点儿风骚,但除过自己的男人,和外人干这种事,还是第一次。桂香看着村主任满脸横肉,瞪着喷出火焰的牛眼,吓得捂住了自己的脸,大气也不敢呵一声。好在村长和村上几个女人混在一起,隔上十天半月到桂香家去一次,每次桂香虽不情愿,却不敢反抗,只能凑合着。

后来村长给桂香办了几样事,从经济上接济过几回,特别是桂香到宾馆打工后,对村长心怀感激,和村长干那种事也就心甘情愿了,渐渐也觉得离不开村长了。村长打了桂香两个巴掌后,半个月没有见面,桂香有时还有点儿想他。今晚上遇到了和她跳舞的那个男人,桂香心里又起了波澜,突然觉得两个男人的差别太大了。村长是满脸横肉,粗鲁霸道,外地人却是轻声细语,斯文有礼。两个男人的影子在桂香眼前不停地交替出现着,有时还重叠在一起,桂香失眠了。

第二天早上,桂香觉得身上很困,挣扎着爬起来,给洋洋做好早点,整理好书包。等儿子吃完饭,照常送儿子走出大门,看着儿子向学校走去。回到房子里,换上工作服,准备到宾馆上班,却觉得头昏脑涨,实在打不起精神来。没办法给宾馆经理打电话请了一天假,衣服也没脱,又倒在床上盖着被子睡了。桂香蒙着双眼,努力让昨晚舞厅的情景在自己脑子里消失,她知道村长不是好惹的,昨晚的事要是让村长知道了,不只她要挨一顿毒打,那个外地男人的腿也非被打断不可。不知什么原因,越是不愿意想的东西,越是在脑里不停地出现,甚至眼前已经没有村长的影子了,尽是昨晚上舞厅的情景。桂香迷迷糊糊睡到下午四点,才起来给儿子做晚饭。吃过晚饭,洋洋趴在桌子上做作业,桂香换了件心爱的衣服,着意对着镜子打扮了一番,走向大众舞厅。

到了舞厅,桂香刚站在门口,还没有反应过来,那个外地男人已经站在她面前说:我知道你今晚上一定要来。边说边搂着桂香的腰,踏着舞曲又跳起来。那个外地男人说:你不会跳舞,我教你搓二步。两个人相互紧紧抱着,桂香的头深深埋在外地男人的怀里,任凭那个男人摆布着。昏暗的舞灯紧凑地旋转着,发射出五光十色的光点,像天空撒下来的花瓣散落在一对对舞伴身上。跳舞者绝大部分是进城的乡下农民,有陪孩子读书的,有打工的,有做各种小生意的,有独身女人,有独身男人,也有留守妇女……不管他们走进这种舞厅的目的是什么,他们只知道,在这种场合能忘掉白天的烦恼,忘掉生活中的枯燥,忘掉身上的重负,寻找乐趣,寻找刺激,寻找异性的感觉,填补空虚与失落,填补夜间的寂寞与孤独。

灯突然灭了，舞厅黑得看不见一个人，十几秒的寂静后，又是各种怪异的轻微响声和骚动。过了既短暂又漫长的七八分钟，圆球舞灯又旋转起来，有人理头发，有人整衣服，片刻，一对对舞伴踏着舞曲重新扭动着，比灭灯前显得更疯了。灯灭时，搂着桂香的男人没有过分的动作，只是两人的脸贴着脸，嘴对着嘴，说话不多，外地男人仍然是轻声细语，显得很温柔。桂香几乎是倒在男人的怀抱中，享受着从来没有过的感觉。她一句话没有说，也不知道该说什么，也不想说什么，毕竟是才认识了这个男人。晚上十二点，桂香回到家，洋洋已经睡觉了。桂香怕惊动孩子，蹑手蹑脚地躺在床上，这天晚上桂香睡得很香甜，梦中尽是那个外地男人的面孔。

第二天，桂香照常做早点、送洋洋去学校后，自己到宾馆上班。没去舞厅的前几天，桂香有时还想着村长，希望他猛然出现在面前，人总有个七情六欲的，何况三十多岁的留守女人？不知怎的，今天她却怕村长会猛地来。她知道村长身后有好几个女人，过去有时还嫉妒村长到另外几个女人跟前去，现在她却盼着村长住在那几个女人身边，永远不要到她这儿来。

今天上班仍然是八点，下班仍然是下午五点半。不知什么原因，桂香觉得今天上班的时间特别长，干活时丢东忘西，有时呆呆地站着，有时坐在床上苦苦地想着。搂自己跳舞的那个外地男人，总是在她眼前晃来晃去，挥也挥不去赶也赶不走，桂香也不想挥去，也不想赶走。她想，那个男人到底干啥工作，模样长得怎么样，还没有看清，自己的男人多半年没有捎钱了，经济上他能不能资助自己？说真话，按农村女人的年龄来说，桂香也三十五六了，风月场中的事并不是重要的，重要的是要管好孩子，上好学，要过日子,即使寻个情人,也要寻个靠得住的情人。

好不容易等到下班时间,桂香匆匆忙忙赶回家,给洋洋做好饭,自己胡乱吃了一点儿,又要出门。洋洋说:妈,你一碗面没吃完又要走。这几天你怎么总是慌慌张张的?桂香支吾了几句话说:大人的事,小孩子不要问。出了门三步并作两步走进大众舞厅。那个外地男人早在舞厅门口等着桂香。他一边搂着桂香搓二步,一边说:我已经等你半小时了。跳舞时桂香的头没有埋在男人的怀里,两只手紧紧搂着外地男人,两眼直勾勾地盯着男人的脸。一曲舞跳下来,两个人坐在旁边的连椅上,男人紧紧握着桂香的手,桂香想抽没有抽出来,桂香心里也不想抽。男的随便说了几句话,站起来拉着桂香说:今晚请你吃砂锅。桂香进城两年了,从来没有去过夜市。那个该死的村长,每次都是白天来,办完事就走人,从来没有说晚上请她吃饭。桂香没说话,跟着外地男人到西街夜市吃砂锅去了。

桂香进城两年了,每天晚上陪着洋洋做作业,放了暑假和寒假,在城里一天不多待,回乡下老家,做家务活和地里活。想不到县城夜市这么热闹,卖什么小吃的都有,吃夜市的有男人,有女人,有男人领着女人的,也有女人领着小孩……三人一群,五人一伙,划拳猜令,拉拉抱抱,让桂香眼花缭乱。外地男人领着桂香来到一家卖砂锅的摊子坐下,要了一盘五香花生米和毛豆,问桂香喝啤酒不喝。桂香苦了几十年,虽然说在宾馆打工,啤酒从来没沾过口,她摇摇头说:我不会喝啤酒。外地男人不管桂香同意不同意,要了两瓶啤酒说:尝尝吧。那男人瞪着色眯眯的双眼看着桂香,高兴地说:呀!你真漂亮!有二十八九吧?桂香说我都三十五六了。男人说:不像,不像,大也超不过三十岁。桂香喝了两口啤酒,觉得脸有些发烧,头也有点儿晕,

她毫无顾忌地盯着对方。心想：这个男人看来有四十多岁，脸皮比自己的男人和满脸横肉的村长要嫩得多，鼻梁高高的，嘴角挂着微笑。桂香的心有点儿动荡了，心想，和这个男人在一起，也不枉活人世。她突然又想到了儿子洋洋，洋洋马上要升初中三年级，再一年就要上高中，花费每年得一万多元，自己的男人去年打了一年工，只要回来两千元，剩的工钱没要下。眼前这个男人能帮助我供孩子上学吗？我已经三十五六的人了，把身子给他，也得图个啥。只要能把我儿子从大学供出来，我也没白活人。

桂香问外地男人：你老家在哪儿？为什么到我们县上来？

那男人说：老家在浙江，我们家乡可好啦，比你们这儿先进几十年，我们建筑队在你们县上承包了一项工程，我是搞设计的。

桂香试探地问：你一个月挣不少钱吧？

那男人说：实话告诉你，我每年的工资和奖金二十万元，我家里还办个鞋厂。

二十多万！这个数字把桂香吓得出了一身冷汗：这么高的工资，我们小县城还没听说过。桂香张大嘴巴，呆呆地看着眼前这个男人。外地男人见桂香有点儿失态，顺便给桂香倒了一杯啤酒说：二十万算个小数目，来，喝酒！桂香毫不犹豫端着杯子一饮而尽，饭还没吃一半，桂香头抬不起来了。外地男人说：你醉了，算了，我们走吧。那个男人扶着桂香，可以说搂着桂香的腰，走到南环路一家快捷酒店开了房间，和桂香上床了。

清晨五点，桂香醒来，看着自己身边睡着的外地男人，心想，我儿子上学有指望了，我找到财神爷了！想到高兴处，在那男人的脸上狠狠地啀了一下。忽然，桂香想到儿子：洋洋一个人在家，不知儿子一夜不见妈妈，敢不敢睡觉。于是慌忙穿好衣服。那个男人还没睡醒，桂香抱了抱那个男人，趴在耳朵边轻轻地说：我走了，今晚上见。那男人眼也没睁，嘴里哼了一下，转身又睡着了。桂香回到家，洋洋早已起床，看见母亲才回来，哭着说：你吃完饭到哪儿去了，我一个人在家里，感到害怕，一夜没睡着觉。

桂香心里一酸，眼泪哗哗地流下来，心里愧疚地说：昨晚上碰见我小学的一个女同学，在她家里聊到深夜，她说什么也不让我回来。洋洋说：妈，以后晚上再不要出去了，深更半夜的，我在家里也为你担心。桂香看着儿子吃完早点，照样把儿子送出大门，一直等到看不见儿子的影子，才回到房子里。趴在床上，抱着枕头吞泣着，眼泪像决了堤的黄河水。这一天，桂香既没给经理请假，也没去上班，睡在床上，思前想后，觉得对不起自己的丈夫，尤其对不起儿子洋洋，洋洋说的那几句话，深深地刺痛着桂香的心。桂香又想到自己的男人一年回一次家，挣下的钱连自己和儿子的生活费都不够，虽然上初中不收学费，但今天收个作业本钱，明天收个考试卷钱，后天收个课外阅读资料钱，大后天收个班费，这样费那样费加起来，比学费还要高。孩子明年上了高中，一年要花一万多元，高中毕业后还要上大学。自己村里有几个大学生工作快十年了，父母亲还背着几万元的债，洋洋上学的钱以后咋办呢？那个男人每年挣那么多的钱，洋洋一万多元的学费，对他来说算个啥？桂香觉得她这样做，是为了孩子上学呀！没有做对不起任何人的事情，旁人爱说什么、爱骂什么随他的便。到了晚上，桂香一边看着孩子吃饭心里一边说：孩子，不能怪妈，为了你上学，妈只能这样了。洋洋吃完饭，桂香照样去了舞厅。进了舞厅就和外地男人转身到了夜市，一人吃了一碗馄饨，

急不可待到酒店开房上床了。事完后,桂香大胆地给外地男人说了她的情况。外地男人轻轻一笑,吻了桂香一下说:不要说你孩子上高中、上大学,就是大学毕业后安排工作、买房子买车我也全包了。桂香紧紧抱着从天上掉下来的财神爷,倒在他怀里激动地呜呜哭了。今晚上桂香没有陪外地男人过夜,晚上十一点起床就要走,说:我要回去,不回去儿子不睡觉。外地男人说:你儿子也是我的儿子,你还是回去照顾儿子吧,我姓谢,以后叫我谢哥好了。桂香回到家,洋洋还在等她,桂香今晚上对儿子丝毫没有愧疚的感觉,心里说:儿子呀,好好上学,妈妈给你找到财神爷了。

不管怎么说,桂香的心还是放在儿子的读书上。和谢哥约会了十几次后,桂香提出每周约会两次,说是孩子大了,怕引起孩子的怀疑,再就是孩子一个人在家不安心复习功课。谢哥显得很通情达理,同意桂香的意见,出手也很大方,最多一次给过桂香一千元,还给桂香买了一部手机。桂香身上有了钱,花钱也比过去大方了。给洋洋做的饭菜也好了,还经常买肉给洋洋吃,时不时领着洋洋上夜市,还给洋洋添置了几件像样的衣服。自己更不要说,衣服的质量好了、件数多了,也开始化妆涂口红了。宾馆的工作有时去有时不去。宾馆的老板几次想辞退桂香,但碍于村长的面子,也可以说是害怕村长,还是把桂香留下来。大杂院的人明显看到桂香的衣着穿戴大有改变,打扮得和城里人差不了多少,出门进门脸上总是挂着微笑。桂香本来长着一个端正苗条的身子、好看的脸蛋,因为穷,让她穷得漂亮不起来,和过去相比,现在的桂香显得既年轻又漂亮。总之,桂香的一切都变了。

洋洋放了暑假,桂香没回村上,理由是洋洋要上初三,假期要补课。时间过了不到两个月，桂香和谢哥每次见了面好像久别的夫妻，热火得难分难离，早把村长忘在脑后。一天，桂香正在宾馆打扫房子，村长突然站在面前，见面二话没说，左右开弓给了桂香两个耳光，桂香的鼻血也被打出来。村长大声吼着：我刚到经理办公室，经理说，你两个月来，有时上班，有时不上班，连假都不请，跑到哪儿寻野男人去了！桂香看着满脸煞气的村长，吓得双腿直哆嗦，哭也不敢大声哭，说：快两个月了，你跑到哪儿去了，把我想得想出来了病，只能在家里休息。村长听说桂香想他想病了，满脸的横肉挤成一串铃南瓜，皮笑肉不笑地说：还是你心里有我。客房门也没顾得上关，又是一个三下五除二，脱去桂香的衣服干起那种事。桂香当时的感觉和玉米地里的感觉一模一样，捂着脸吓得大气不敢出。村长干完事，还不等桂香穿好衣服，指着桂香的鼻子说：我明天又要出门，说不定十来天就回来，也可能一个月不回来，要是发现你后边有人，我非杀了你和那个野男人不可！说着从提包里掏出三百元扔在床上，叼着软中华烟扬长而去。

　　桂香如同受了一场大辱，趴在床上哭得比以往任何时候都伤心。哭了大约半个小时，桂香坐在床上，心里想着村长刚才说的话，越想越害怕。按约定明天才和谢哥约会，她等不得了，要马上告诉谢哥。桂香拨通谢哥的电话，哭着说：谢哥，今晚上我要见你，有急事和你商量。桂香看着地上村长扔的三百元，要是过去，她会赶紧捡起来，装到衣兜里。现在看到村长的钱有些恶心。桂香用脚踩了踩地上的钱，然后拾起来，撕得粉碎，想扔到卫生间的垃圾桶，又怕别人发现，顺手装到自己的衣兜里，下班后扔到路边的垃圾箱里。晚上不到八点，桂香和谢哥在老地方见了面，谢哥看到桂香脸上青一块紫一块，着急地问：谁欺侮你了？

桂香抱着谢哥大声哭了。她没有给谢哥说实话，撒了个谎说：今天我们的村长到我打工的宾馆开房，碰见我，把我拉到房子里动手动脚，我不从，村长打了我两个耳光还说你简直是扫帚星，扫了我的兴，下一次你要是再拒绝我，我打断你的腿！谢哥说：不要怕，有我哩，他再欺侮你，咱到公安局告他去！桂香摇摇头说：你不知道我村那个村长，方圆十几里人都怕他，黑红两道都吃得开，多少人告他都没有告倒。要是他知道了你和我的事，会打断咱俩的腿。谢哥是外地人，听了此话，也有点儿害怕。两个人到现在说什么谁也离不开谁了，谢哥长年在外，碰上温柔漂亮的桂香，也算是一场艳遇。桂香碰上谢哥这个财神爷，孩子上学、家庭的希望就指望他了。幸好村长外出不在家，暂时没人找他们的麻烦。两个人经过几个晚上的争来争去，还是按谢哥说的办，桂香啥都好说，就是放不下洋洋。谢哥说：孩子的事你不要操心，娘家你妈不是也在城里陪着你姐姐的女儿读书嘛，你暂时把洋洋托付给她，咱按月把钱寄回来就行了，等到洋洋上高中了，就把他接到我们老家，那儿的教育质量比你们县上更好。桂香思想斗争了好多天，最后横下一条心跟着谢哥回浙江，人走到这一步，是沟是崖都要跳。桂香走的前三天，谢哥到桂香租住的房子帮忙桂香打理东西，事不凑巧碰见洋洋。晚上等洋洋睡觉后，桂香和谢哥通电话商量走浙江的事，也让洋洋隐隐约约听见了。第二天早晨，桂香送洋洋上学走到大门口，洋洋说了一句：妈，你千万不要离开我。桂香望着洋洋，什么话也没说。平常洋洋去学校的路上，头也不回，今天孩子走几步就得回头看妈妈一眼，好像想给妈妈说什么。送走洋洋，桂香坐在床上，看着房子的一物一件，眼泪不停地流着。整理到洋洋的衣服时，几次失声痛哭。她离不开洋洋呀，洋洋是她的命，桂香几次都想给谢哥打电话说不去浙江了。想到洋洋的上学，想到村长说的话，想到谢哥承诺的事，走的主意终于战胜了留的念头。中午，桂香到街上给洋洋买了两身衣服，还买了几样菜和肉，心想，明天就要离开洋洋了，今天下午给洋洋做几样好吃的。洋洋放学回到家，看到桌子上摆满妈妈做的肉和菜，一句话不说，只是呆呆地站着。桂香几次把筷子塞到洋洋的手里，洋洋又把筷子原放到桌子上，照样一动不动站着。桂香看到洋洋不高兴的样子，忍不住抱住儿子放声哭了。洋洋从母亲怀里挣脱出来，倒在床上蒙着被子还是不说话，桂香看到儿子蒙着的被子不停地抖动着。

夜深了，十五的月亮从窗子照进来，照在洋洋蒙的被子上，照在桂香的身上。洋洋已经睡着了，桂香坐在洋洋的床沿上，眼泪流湿了洋洋的床单，流湿了洋洋的被子。桂香心想，今晚的月亮格外地明、格外地圆，我和儿子明天却要分离了。她想起早死的父亲，想起受苦的母亲，想起在外打工的老实丈夫，想着谢哥能不能把洋洋接到浙江上高中，要是不能该怎么办？桂香不敢往下想了，用手摸了摸洋洋盖的被子，这床被子是洋洋转到县城上学时新缝的。记得她领着洋洋到学校报名时，洋洋走在路上高兴地说：妈，我也转到城里上学了，你和我以后都是城里人。洋洋上学很努力，也很听话，从小到大从来没离开过妈妈。桂香又哭了，自己骂自己不配做妈妈，偷情嫁汉不要脸。一会儿又为自己辩解：这能怪我吗？想到痛苦处，桂香干脆拉上窗帘，遮住了斜照到屋里的月亮，黑暗或许能减轻她的痛苦。第二天中午桂香把洋洋送到母亲那儿，下午便和谢哥远走高飞了。

话又说回来，冬花等不见女儿，也等不着女婿，电话音讯一点儿也没有。冬花和傻儿子除了给两个外孙做饭外，照样捡垃圾，一家四口人相依为命艰难地过着。傻舅舅每

天例行公事，晚上九点接回小草，又跑到县二中接洋洋，从不间断。快放寒假了，洋洋的学习越来越紧张，有时晚上十一点才能做完作业。傻舅舅不管这些，站在校门口一会儿哈着气暖手，一会儿用手捂着耳朵，一会儿跺着脚，一直等到洋洋走出校门，高兴地拉着洋洋的手一起回家。隆冬天气，傻舅舅的手冻裂了、脚冻肿了、耳朵冻破了，但他不在乎这些，傻心眼只有一个雷打不动的傻信念：保护好两个外甥。腊月初八，天阴沉沉的，东北风呼呼叫着，天气特别冷，到了下午，天空下着雪糁子，路上滑得人站不住脚。傻舅舅接回小草，转身又要接洋洋，杨冬花说：洋洋大了，路上滑，你不用接了，不然咱俩一起接孩子。傻儿子说什么也不让妈妈去，出门时傻舅舅还给洋洋拿了一件厚棉衣，小跑着到县二中接洋洋。傻舅舅平时走路从不管什么红灯绿灯，到了南关十字路口，不小心滑了一跤，跌倒在地。正好对面来了一辆面包车，从傻舅舅的身上碾过，司机急忙停住车，赶紧拨打120和交警队电话。120和交警队先后都到了，傻舅舅头部血肉模糊，停止了呼吸。

洋洋放学后，到校门口没有看到舅舅，以为路滑舅舅不来了，也没多等，往家里小跑着。到了南关十字路口看见路中间围了一堆人，人们纷纷议论：车把人碾死了。洋洋好奇地走到跟前一看，是自己的舅舅，血流了一地，染红了路旁的冰雪，舅舅怀里还紧紧抱着洋洋的棉衣。洋洋趴在舅舅的身上，"哇"一声哭了，一边摇着舅舅一边叫着：舅舅，你醒醒呀，你不能走，你走了谁再接我和小草呀，谁再帮助奶奶拾垃圾呀。路边的人都哭了，见惯了车祸的交警们也哭了。

埋傻舅舅的那天，天仍然下着大雪，沟边的小村子一片白茫茫，天、地、房子、树木好像都为傻舅舅挂孝。方圆十几里的人冒着大雪赶来了,也为傻舅舅送行。当地的风俗,按傻舅舅的年龄,不能给死者请乐人,何况是车祸。邻村的乐人,听说傻舅舅是为了接送两个外甥出的事,自觉组起乐人班子为感天、感地、感人的傻舅舅唱戏送行。祭轿时,杨冬花左手拉着外孙子,右手拉着外孙女,跪在儿子的灵前,从怀里掏出司机给傻儿子的五万元赔命钱,放在供桌上,给儿子叩了三个头说:娃呀!感谢你用你的命为两个外甥换了五万元。用你的命钱,我一定要把洋洋和小草供出来,你在地下放心吧!说完冬花再给儿子叩了三个头。冬花说话时,没有眼泪,没有哭,声音显得很刚强。天却哭了,地哭了,人哭了,村里村外、沟沟岔岔都哭了,雪越下越大,东北风吼叫着,越吼越狂,撕人心地吼。血滴在送葬的路上,一直滴到傻舅舅的坟地里。

一个特殊的陪读者

一个贫穷落后的小山村，有一个特殊的陪读者。一所小学里一个老师教一个学生，这个学生还是一个弱智儿童。走进学校，人们第一眼看到的是高高飘扬的五星红旗，每天早晨师生二人照常举行升旗仪式，两颗心是那样的虔诚……发生在师生二人学习和生活中的一个个小而平凡的故事，诠释着人民教师这个光荣称号的定义，诠释着山里孩子的勤劳、朴实、善良，同时也反映出山里农民和农民的孩子对城市幸福生活的追求和向往。

下寨乡是固宁市原州区一个少数民族的贫困区，在关工委老赵的陪同下，我驱车去那儿找我要采访的人。下寨乡距离固宁市有五六十里路，小车在盘旋的山路上一路颠簸，正如人们常说的，看着近，走着远，一里山路能转九个弯。说是五六十里，给人的感觉足有八九十里远，到了目的地，说是乡政府的所在地，街道还没有关中道的大村子阔气，两边稀稀拉拉低矮的商店门可罗雀。我们没敢打扰乡政府的官员，在一家回民小饭店简单填饱了肚子。老赵打电话联系上下寨乡的教育专干，专干领我们到了下寨乡中心小学。进门看到一排排崭新的楼房，宽敞的操场，篮球场、单双杠和幼儿园学生用的各种锻炼身体的器材，我不由得赞叹说：国家这些年给偏远山区教育投资的钱真不少呀！专干告诉我们：现在小学所在校址是过去的乡中学，孩子们都转到城里读书，乡上无奈，只好把中学撤了，中学校址变成全乡唯一的一所中心小学。教育专干接着简单地给我介绍了这个乡的教育情况：下寨乡有十七个行政村，每个行政村都设一所小学。去年三个学校没学生了，现在只剩下十四所小学。我吃惊地说：你们这儿属于偏远贫困山区，几乎村村都有小学，教育办得真好。我们家乡是平原，两千多人的大村子，都把学校撤了，大部分乡镇只剩下一所中心小学。教育专干说：这要感谢国家对我们贫困山区的支持。十几分钟的对话结束后，教育专干领着我采访了三户陪读学生的人家，两户回民，一户汉民。有奶奶和爷爷两个陪一个孙子的，有一个奶奶带着半瘫的丈夫陪两个孙子的，有一个离婚的单身女人陪两个孩子的。被采访的几户人家，老家所在地离乡政府都比较远，回一趟家要翻几座大山。不用说，这些陪读的人比我家乡陪读的人生活更困难，吃的苦更多。

　　采访完，我顺便问教育专干：你们乡上十四所小学现在有多少学生？

　　教育专干说：人数都不多。王沟村小学只有一个学生和一个老师。

　　我听了有点儿不相信自己的耳朵，惊讶地问：一个老师怎样教一个学生？

　　教育专干说：我们乡上有规定，学校只要有一个学生，学校就不能撤。

教育专干的话对我震动很大，我决定马上去王沟村采访。我接着问：王沟村离这儿有多远？

十四五里路。

咱们去王沟村看看。

陪同我采访的人有点儿为难地说：天不早了，恐怕来不及。我说：我采访了不少陪读族，他们大多数不是爷爷奶奶，就是父母亲，还没遇到一个老师陪着一个学生读书的。这是个典型的陪读者，咱们马上走吧。在我的坚持下，我们一行四人立即开车朝王沟村出发。教育专干说：今天是教师节，不知教师在没在学校。然后拨通了电话，电话中的回音是，教师节不放假，人在学校。我听了十分高兴。

农历八月的山区，地里除过没有收获的玉米外，几乎再看不到别的庄稼，满山遍野到处都是光秃秃的。山路两旁矮小的树木在干旱贫瘠的土地上不屈不挠地生长着，给人的感觉像是一个营养不良长不大的孩子。尽管小车屁股后边扬起阵阵土尘，我还是打开车窗，看着深秋贫穷山区的一派荒凉景象。心里感叹琢磨着：固宁市区一排排楼房拔地而起，耸天而立；繁华的街道上行人熙熙攘攘，车水马龙；晚上的霓虹灯流光溢彩，轻音乐悠悠扬扬，让人心醉。这儿离市区才几十里，竟然是天上人间两重天，怪不得农民的孩子都要往城里转学。山里的农民做梦也想过城里人的生活啊！人往高处走，水往低处流。从古至今，这都是个永恒不变的规律。翻过一座山梁，下了一道大坡，十四五里路足足行驶了半个小时，我们才到王沟村小学。

王沟村小学的王大志老师站在校门口迎接我们。校门很宽敞，校门两边粉白的围墙上写着的"团结紧张，严肃活泼"八个仿宋体大字仍然显得红亮红亮的。走进学校，映入我眼帘的第一个镜头是操场上高高飘扬的五星红旗。

我停住脚步,望着血染的五星红旗,足足站了三分钟。复杂的心情像澎湃的潮水,冲击着我的思绪。在这贫穷偏远山区的校园内看到的五星红旗和在城市大学校里看到的给我的感觉截然不同。可以想象,只有一个老师和一个学生的学校每天早晨还坚持举行升旗仪式,他们的心该是多么的虔诚,对祖国该是多么的热爱。我深深地向五星红旗鞠了三个躬。看着头发花白的王大志老师,心里的敬意油然而生。王大志老师一边领着我们往前走,一边指着两边的教室说:学校共有六排校舍,前四排是过去的教室,后边一排是老师的宿舍,另一排是读书室和仪器室,最后边是操场。操场有几十亩地大,一副篮球架的油漆已经脱落,生了锈的篮环东西对视着,似乎向人们倾诉着它们昔日的繁忙和现在的寂寞。操场处处杂草丛生,四周的围墙却是整整齐齐,似乎在等待昔日顽皮淘气的学生逾越它。教室前八九棵塔松长得茁壮茂盛郁郁苍苍。我问王老师:为什么这几棵塔松长得这么好?王老师告诉我们:前几年孩子多的时候,经常担水浇灌它,现在只剩下我和一个学生了,天旱时,我俩照样抬水浇灌。

王老师的几句话让我想起20世纪60年代我在学校读的几句诗:

十年前的小树长成材
十年前的荒野楼排排
十年前队旗下宣誓的手
如今把团徽戴
年轻人啊
看你把青春怎样安排

在贫穷落后的王沟村小学不知道有多少小树在老师辛勤的浇灌下长成材,不知道有多少农民子弟在老师的教育下走出了深沟大山,走向社会、走向天南海北,为国家的富强,为美丽的青春、美好的未来奋斗着、拼搏着。

教育专干见我若有所思的样子,笑着问:王老师,有没有人到学校要买这几棵树?

王老师接着说:村上的老树都被人买走了,学校这些树都是学生们用心血浇灌长大的,不管谁掏钱再多,我也不能卖。

王老师的几句话让我想起前几天我看的一篇中篇小说,主人公老羊倌为了保护村头一棵老槐树,被卖树的村长和买树人打得遍体鳞伤。卖老树和买老树已成为当今农村转化为城市的一个象征。农村各种各样的老树被二道贩子买走,挖断老根、斩断枝叶,栽到了城市道路两旁,栽到了旅游景区。光秃秃的树身挂着标签,标着数百年树龄,以此招揽游客、向游客炫耀。移栽在异乡的树木,极不情愿地吸吮着异地土壤中的水分和营养,显得叶蔫枝萎,不服水土。买树的人是在掠夺农村的自然资源,破坏农村的生态环境。卖树的人,卖的不是树,而是自己家乡的根,是自己的祖先!

我们跟着王老师走进他的房子,房子最里边有一张桌子,桌子前坐着一个穿着蓝白相间校服的学生,桌子上放着一块黑板,黑板上用粉笔写着一道算术题:22×12=?我环视着这个陈设简陋的房子:房子后边是孩子学习的教室,另一边摆着一张双人床,前边是王老师的办公桌,桌子上放着一沓作业本和一沓教科书,这就是房子的整个陈设了。没等我说话,王老师一边给我们倒水一边指着课桌前坐着的学生说:这是我现在的学生,叫高龙。高龙看见我们进来,没有站起来，只是向我们笑了笑，继续做黑板上的数学题。我顺便问了高龙一句：你叫什么名字？高龙没有说话，转过身，用有点儿发呆的眼睛盯着我看了一会儿，随即低下头。王老师说：他今年十五岁了，上小学五年级。我心里琢磨着：按照正常上学的年龄推算，高龙应该上初中二年级了。这句话我没有说出来。王老师继续告诉我：这个孩子是弱智，黑板上出的这道两位数乘法题，我反复讲了几十次，他还是不会算。王老师的脸上显出一副无奈的样子。我简单地向王老师做了自我介绍，说明来意，王老师稍停了一会儿，给我说起了他和他的学生高龙的故事：

我是2010年从马旗学校调到王沟村小学的。当时这个小学有三名老师，十八名学生。随着国家城镇化步伐的不断加快，农民都期望自己的孩子学有所成，能离开农村到城市生活。人们普遍认为，农村的教育质量不如城里的好，社会上随之掀起一股转学风，我们这贫穷山区更不用说了。开头是一部分在城里打工的父母把孩子转到城市读书，随后相互效仿，一个学生转学了，两个学生转学了，能转的学生都转了。父母亲或者爷爷奶奶陪着孩子到城里读书，刚建好的一座座农村希望小学，说撤就撤了。我们下寨乡比较好，只要有一个学生，学校都不能撤。2012年9月，这个学校只剩下高龙一个学生。我请示学区教育组，教育组领导答复我，不能撤，你继续留在王沟村小学任教。我思想斗争了好多天，一个孩子怎样教呀，何况还是一个弱智儿童。后来我想，弱智儿童也是儿童呀，一个学生也是学生呀，我的教龄将近四十年了，教过的学生有几千名，可以说是桃李满天下。不管怎么说，老师教好学生这是天经地义的事，不能让一个儿童失学，要对得起"人民教师"的光荣称号，要对得住自己的良心，最后我决定留下来。

我打断王老师的话说：孩子们都转学了，为什么高龙没有转？

王老师说：高龙的父母都是残疾人，尤其是母亲，智力更差，用农村的话说是个傻子，不要说到城里陪儿子读书，傻病犯起来，连自己的生活都不能自理。父亲身体瘦小，又是个背锅，在家既要照顾妻子、儿子，还要种地。说句难听的话，两口子根本没有出门打工的能力，更不要说陪儿子上学了，高龙只能留在村上的学校读书。王老师深情地看着高龙说：要教会这个学生真是难上加难呀。他讲了几个教高龙学习的故事：

学校只有高龙一个学生，不能在教室里上课，我想了想干脆把高龙的课桌搬到我的办公室，我的办公室是教室、办公、宿舍三合一。高龙的情况十分特殊，在学校待上一天，一句话也不说。我讲课时，他瞪着眼睛好像在专心听讲，其实根本听不懂我讲什么。我上阅读课，一句一句地念，高龙一个字也不念，不是看课本就是看我。没办法，我只能照着课本的内容，一个字一个字给高龙边念边解释。高龙从来不说听懂或者听不懂，听得高兴了点点头，不高兴了，趴在课桌上头也不抬。有一次学区领导到学校检查工作，摸着高龙的头问：小朋友，你今年几岁了？问了好几遍，他不但不说话，反而甩手走出校门，往回家的路上跑。我慌忙跑出校门，追了一二里路，硬是把高龙叫回来。宁夏电视台知道了我一个老师教一个学生的事，专程来学校采访。记者在固宁给高龙买了好多食品，他不但不要，人也躲得远远的，记者采访了半天问不出一个字。

说到这儿，王老师打住话头，目不转睛地望着高龙。我们几个人的眼光也从王老师的身上转落到高龙瘦小的身上，屋子里的几个人心里可能同是一个感慨，也可能各有各的心情和思绪。停了好一会儿,王老师叹了一口气,又无限感慨地说:我有时在学校操场散步,望着月亮自言自语地说,世上的人同样顶着一个月亮,为什么几家欢乐几家愁?同样都是儿童,为什么有的儿童过得幸福,有的儿童过得不幸福?几次我都想打退堂鼓,要求学区撤了这个学校,把我调走。回头又想,我走了,高龙怎么办?难道让一个弱智儿童失学吗?这个家庭已经够不幸的了,弱智的高龙也是父母唯一的希望啊。有时我晚上失去信心,白天见了高龙又不忍心,于是坚定了信心。就这样,去和留的念头在我的心里反复较量着,最后我还是决定留下来。我从网上查到不少教育弱智儿童的办法和经验,著名教育家陶行知先生曾经说过,爱满天下,爱生如子。作为一个老师要用自己博大的慈爱胸怀赢得学生的信任和尊敬,努力提高他们的自尊心。

王老师的一席话深深地打动了我,我看着高龙,不自觉地走到他面前,摸了摸他的头说:你家里离学校几里路?高龙没有说话。我反复问了好几次,高龙终于伸出了四个指头。我说:是四里吧?高龙望着我点了点头。我高兴了,这孩子和我还有点儿缘分。我又问:你父母在家里干啥?不管我怎样启发、怎样比喻,高龙既不说话也无表示。我失望地坐到刚才坐的凳子上。王老师笑了笑说:能给你伸出四个指头,那就不错了。接着又讲起了教学中的几件事:

小学三年级数学课有一节辨别方向的课,我当时想了很多办法都失败了。在黑板上写,他不理解;在纸上用彩笔画,他还是辨别不清;一道题整整用了三个课时,他还是没学懂。后来我想到实地教学法,领高龙到操场,画了一个大圈,在圈内画了一个十字,用箭头标了东西南北。我指着太阳升起的地方说,太阳升起的地方是东,太阳落

下的地方是西。我们现在站的位置，前面是南，背面是北，反复多次，高龙终于弄懂了东西南北的方位。高龙笑了，我笑得流出了眼泪。说真话，当天晚上我激动得失眠了。人常说，只要有恒心，铁杵磨成绣花针，贵在坚持。对待高龙这样的弱智儿童，只要有耐心，就会取得成果，哪怕只是星星点点。还有一次，教小数点移动引起数字大小的变化时，我用了七八个课时，一点儿收获都没有，急得我直挠头，甚至想发脾气。可是当我看到瘦小的高龙呆痴的目光，一切不该有的情绪都忍住了，他是一个弱智儿童啊！不能怪他听不懂，只能怪我没有方法和耐心。我把孩子搂在怀里，心里责备着自己，眼睛湿润了。

　　高龙身上也有自己的发光点，有一次我和老伴在操场空闲的地方栽辣椒苗，高龙看见后主动拿着锨，铲着土坑旁边的粪倒在我挖的土窝里，一个窝一个窝地倒，干得既快又轻松。还有一次，高龙在到学校的路上捡到一元钱硬币，交给我，指了指地上不说话。仅仅一元钱，体现了一个弱智儿童拾金不昧的高贵品质。还有一次，天下着小雨，我打着伞送高龙回家，碰到路上的一个老婆婆淋着雨向前走，高龙突然从我手里夺过伞跑了几步把伞递到老婆婆的手里，他回头拉着我的手走在雨地里。雨越下越大，我和高龙的衣服全湿透了，我却没感觉到一丝凉意，浑身滚烫得就像火烧。这个孩子尽管是个弱智儿童，但他身上体现出了山里农民的朴实、勤劳、善良和助人为乐的难能可贵的高尚品质。我常常在想，课本中的知识对高龙来说不算怎么重要，教好高龙如何做人才是我教学中一门最重要的课程。我们几个人听着王老师的谈话，看看高龙，看看王老师，相互传递着一种赞许的眼光。关工委老赵给王老师说：我们的工作就是关心青少年一代，你没有愧对人民教

师这一光荣称号。教育专干说：王老师的难处还在后头哩。

这时从门外走进一个五十多岁的女人，胖胖的身体，和蔼的面容，对我们笑着说：你们来了，没有吃饭吧，让我给你们做饭去。

教育专干说：我们吃过了。

王老师给我们介绍说：这是我的老伴，专门给我和高龙做饭。

我问王老师：你家在哪里？

固宁市区。王老师回答我。

孩子都干啥？

都在城里工作。

老伴几时来到王沟村小学？

好几年了。接着王老师说起他家里的情况：

我家住在固宁市城区，有单元楼。几个孩子都在城里工作。两年后我该退休了，本来我完全有理由要求组织把我调回城里。说真话，感情上我离不开高龙，高龙对我老伴的感情比对我还要深。记得我初带高龙的课时，高龙站在教室门外，再叫也叫不到教室。老伴看见了，叫了高龙两声，高龙笑了笑，走进教室。老伴为了照顾我的身体，从城里来到山沟沟里，结果用在高龙身上的心思比用在我身上的还要多。老伴平时以奶奶的身份呵护着高龙，送孩子回家，接孩子到校。每次从城里返回学校，给高龙买笔记本、买铅笔、买水果。逢年过节，买的粽子、月饼、枣糕、年馍打成包，让高龙带回家给父母吃。高龙从家里拿来山杏、桃子、梨、玉米棒等送给我和老伴。每次送水果时，双手捧着恭恭敬敬地递到我老伴手里，既懂事又有礼貌。看到这些，我心里常常想，一个弱智儿童也懂得感恩和回报，长大后肯定会孝敬自己的残疾父母。我为我取得的教育成

果高兴了，经常在老伴面前说，功夫不负有心人。

我问教育专干：前边采访那几家，有的学生早点在家吃，中午饭在校吃，晚饭在家吃，你们乡村小学的学生吃饭怎么管？教育专干回答说：这几年国家的教育政策倾斜我们贫困山区，上小学只要你住校，三顿饭都是学校免费供给。好多家长总是担心自己的孩子吃不好，睡不好，中午饭在校吃，其余两顿饭在家吃。我问王老师：高龙的饭在哪里吃？王老师望了老伴一眼说：这要感谢我的老伴呀，高龙的早点和午饭都在学校吃，晚饭回家吃，炊事员就是我老伴。我问学区每天给高龙补贴多少钱？王老师说：四元钱。我没说话，心里琢磨着：四元钱不够呀！王老师接着说：过去学校还有一个炊事员给十八名学生和老师做饭，后来剩下我和高龙了，学区每月给我老伴补贴几百元，老伴全部补贴到灶上了。高龙吃饭从来不挑肥拣瘦，低着头只顾吃，一句话都不说。老伴一边看着孩子吃饭，一边不停地给孩子碗里夹菜。我有时笑着对老伴说，你对高龙的关心胜过对我的。老伴笑着说，现在的奶奶关心孙子胜过关心丈夫和儿子，高龙比我的亲孙子还亲呀！每周一到周五，早点、午饭老伴变着花样给我和高龙做着吃。有时农活忙，老伴担心高龙回家没饭吃，让高龙吃了晚饭再亲自送他回家。

王老师笑着挽起自己的袖管说：我的内衣穿了七八年了，老伴从来不说给我买一件新的。每年过春节，老伴都要给高龙买新衣服，平常把儿女穿过的衣服洗干净送给高龙的父母亲。有一次高龙没有按时到校，老伴在校门口等了大约一个小时不见人，我正在房子里备课，老伴给我打了招呼，急急忙忙赶到高龙家，才知道高龙正在发高烧。高龙的父亲昨天因事进城，没有回家，傻母亲看着躺在炕上的儿子，急得直流泪。老伴马上背起高龙坐上班车到乡卫生院。高龙的父亲随后也赶到医院,要替换我老伴。老伴说,你还是回家吧,家里离不开你,这儿有我。高龙住了两天院,老伴在医院守护了两天两夜。高龙的病好转了,老伴领着他,坐着班车,到了通往王沟村的路口下车。路口离学校还有三里路,老伴把高龙背到学校,让我去高龙家给高龙父母打了招呼,说高龙出院了,在学校里让他们不要操心。第二天老伴要到城里给高龙买些滋补品和水果,出门时给我千叮咛万嘱咐,要我照顾好高龙。当天下午,她返回学校,我埋怨说,你怎么不陪着你儿子、孙子过个夜,拉拉家常,明天再回来。老伴说,你心里只有你的儿女孙子,我放心不下高龙这孩子。人们都说母爱是伟大的,母爱是永恒的,母亲是无私的,母爱是沉重的。我说,我老伴对高龙的爱超过了一般母爱。

王老师的话勾起我十多年来对母爱这一主题采访的回忆,千万个催人泪下撕心裂肺的感人故事让我流的眼泪能汇成一条小河。母爱的无私与伟大感天地、泣鬼神。我随口哼起《沉重的母爱》的主题歌:

雾蒙蒙,雨蒙蒙,送儿一程又一程。
身挑千斤担,心怀万般情。
灯下缝儿衣,烈日伴牛耕。
为了儿女上大学,披星戴月乐融融。
一滴滴血,一滴滴泪,盼的是女成凤儿成龙。
世上谁无怜儿意,尽把春意付儿程。
山重重,水重重,四海为家去打工。
脚踏万里路,心装一盏灯。
人瘦几圈圈,皮脱几层层。
为了儿女上大学,再苦再累也安宁。

我五音不全，哼的歌跑腔走调，在场的人却感动得流出了泪花，高龙同样流泪了，难过得趴在课桌上。王老师的老伴对高龙照顾的故事，使我感到这是一种更独特、更无私、更博大的母爱。我望着面前站着的这位快六十岁的家庭妇女，走上前去紧紧握着她的手说：你太伟大了！

王老师继续讲着高龙的故事：一天，高龙上语文课，我讲到古诗"谁知盘中餐，粒粒皆辛苦"两句时，发现高龙的眼睛有点儿潮湿。当时我的感觉好像是困惑了几年的难题，忽然间头脑里闪出一个亮点，找到了答案。我紧紧抱住高龙，放声大哭了。说句真话，这是我任教三十八年来，第一次放声大哭，哭得酣畅淋漓。我的情绪渐渐平静下来后，又给高龙讲唐诗《游子吟》，高龙目不转睛地盯着我，听得特别仔细，似乎不放过一个字。我专心讲着课，高龙的父亲忽然闯进我的房子，急急呼呼地说，王老师，高龙的母亲早晨出门至今不见人，给高龙请半天假和我一起找他母亲。高龙听后急忙站起来，向我点点头，跟着父亲跑出校门。高龙走后我不放心，和老伴也赶到高龙家，和高龙父子一起找高龙的母亲。一路上高龙不断叫着妈妈，眼里流着泪。我教高龙以来，从来没见过高龙这样大的嗓门喊叫。傍晚时，我们终于在一个小沟岔的一棵大树下找到高龙的母亲。高龙看到妈妈，扑到妈妈怀里，一边摇着妈妈，一边说我爱你妈妈，我离不开你！我第一次听到高龙说了几句从来没有说过的话，这几句话感动得我老伴几天几夜眼睛都是湿漉漉的。

一个星期五的下午，上完课我送高龙回家，高龙突然对我说，我想进城到你家看看。我停住脚步，望着高龙想了一会儿，然后转身回到学校和老伴商量，决定明天带高龙到固宁市。老伴和我一起送高龙回到家，告诉了高龙父亲，高龙父亲高兴地说，孩子长这么大还没去过固宁市。高龙母亲望着我一边笑一边搓着双手。第二天早晨，我和老伴走到坐公交车的地方，高龙和父母在公交车站已等候多时了，还给我们带了一袋子玉米棒、山果一类东西。到了我家，高龙用一种惊奇的眼光打量着屋里的一切，好奇地摸摸这个，摸摸那个。

  王老师说到这儿，苦笑了笑说：不怕你们笑话，为在固宁市买上几十平方米的单元房，不但花光了我这个工薪阶层几十年的积蓄，还要儿女帮忙。房子里摆设的家具，都是十几年前过时的，尽管已经陈旧了，但足以让高龙这个从来没进过城的山里娃娃大开眼界。我和老伴高兴地领着高龙在街上一家有特色的小吃店吃了午饭，让孩子开个荤。走到街上，高龙挣脱我的手，碰见大商店都要跑进去东张张西望望。我担心丢了高龙，和老伴跟在高龙的屁股后边小跑着。在城里转了大半天，回到家里，吃过晚饭，天已不早了，老伴帮着高龙洗了澡，催他睡觉。高龙说什么也不想上床休息，站在玻璃窗前，瞪大眼睛瞅着窗外的霓虹灯，听着来来往往汽车的喇叭声，看到高兴处转过身向我竖起大拇指。我第一次看到高龙竖大拇指，我兴奋地向高龙竖起了两个大拇指，心里想，高龙也想走进城市读书。

  听到这儿，爱感慨的我又想说几句牢骚话，看了看关工委的老赵，欲言又止。老赵说：孩子进城上学也不容易，据我所知，固宁市一个初中学生转学要花一万多元，一个小学生也要花五六千元。我在固宁工作了几十年，我的孙子从乡下转到城里也花了不少钱。教育专干接着话头说：国家城镇化是大政策，农民拥进城市是挡不住的潮流。听了两个人的对话，我想起近几年有好多文学作品写农民背井离乡、拥进城市的喜悦和烦恼，制定政策要因地制宜，

不应该一刀切,更不能搞"大跃进"。习近平主席视察云南少数民族地区时一再强调,留得住青山,留得住绿水,留得住乡愁。

王老师接着说:第二天我和老伴领着高龙回到学校,看得出他实在不愿意回来。当天晚上我琢磨着对高龙新的教学方法。从第二天起,除过早晨上课外,我带着他到野外捉蛐蛐、摘山桃、摘奶瓜瓜。带他到操场打篮球、踢足球、跳绳。遇到星期六、星期天我放弃休息,到高龙家帮助他父母亲做家务活和地里的农活。有一天我给高龙出了一道数学题,让他演算。我坐在办公桌前专心备课。课备完了,检查高龙的作业时,他没有算出得数来,却在作业本上画了一个猫,而且画得非常像。我拿着他画的猫,端详了很久,爱不释手。看来这孩子有画画的天赋啊!老伴第二天专程到固宁市的书店买了几本图画书,让他模仿着画。我有时领着他到小河旁,教他画山、画水、画树、画房舍。尽管画得歪歪扭扭,我还是鼓励他、表扬他,启发他美术方面的灵感。我对老伴说,古人曾经说,尺有所短,寸有所长,这话说得一点儿不假,高龙学数学不开窍,画画的灵感还是有的。我问王老师:这个学校学生最多的时候有多少?王老师说,有一百多个。我望着前边坐着的仅仅一个老师、一个学生和一个做饭的女人,一时哑口无言,同时也有些失落感。

我走出房门,在学校转了一圈,眼前似乎出现了一大群山里孩子的身影,瞪着好奇的眼睛瞅着我这个山外来的采访者。虽然他们穿得土里土气,显出一种没见过世面的神态。但那透彻明亮的眼睛,纯朴诚实的面容,显示出城市里的孩子从来没有过的天真可爱。我走到教室的窗户前,幻想着能看到教室坐满着读书的儿童,但教室却空荡荡的,空中布满蜘蛛网,地上落着厚厚的灰尘。我心事重重地走出校门,看了看学校的周围,已经没有几户人家。只有光秃秃的土山蹲在四周,像四只黄色的老狗守护着一个败落的家。莫名其妙的一股凄凉感涌上我的心头,使我浑身打了一个冷战。

回到王老师的房子里,几个人还在谈高龙的事。我硬是打断了他们的话,问王老师说:你一个人陪着一个学生读书,不感觉到寂寞孤独吗?王老师说:没有寂寞孤独感不是真话。我一个人常常漫步在幽静的校园里、荒凉的山沟里,看到废旧的教室、图书室、仪器室和长满野草的操场,感到刺心地痛。想到前几年太阳落山时,一座座农舍冒着缕缕炊烟,牧童的吆喝声震响着山冈。尤其是放学时走在路上的小学生,叽叽喳喳,你推我我掀你耍闹着。现在一切都变成回忆了,映入我眼帘的是残墙断壁和长满荒草的山地。大路上,一天一天看不到几个行人,忧郁孤独甚至埋怨交织在一起,压得我喘不过气来。可话又说回来,山里人对城市的向往,说明山里人对幸福的追求。这些贫穷山区的孩子,能够走出大山,享受更好的教育资源,接受更好的教育,也说明传统的旧观念在不断更新,想到这些我转忧为喜。听了这段话,我对王老师更佩服了。我想起我的家乡,即使是乡镇中学的教师,都变着法儿寻熟人往县城转。同样是老师,为什么对老师这个光荣称号的定义和诠释却有着天壤之别。王老师首先想到的是学生,有些老师首先想到的是自己。教育专干看我又在思考着什么,不忍心打断我的思绪,看了看手表,不好意思地对我说:党老师,太阳快落山了,我们结束采访吧。我却提出要求说:咱们再到高龙家里看看。

车内只能坐五个人,教育专干说:我在路口等着,你

们几个人去吧。于是司机拉着我、高龙、王老师还有关工委老赵一共五个人向高龙家驶去。过了一道山梁,前边的小路越来越窄,车过不去,只能停在原地。我们几个人下了车,高龙在前边跑着,我们三个大人一路跟在高龙后边,赶也赶不上。我们赶到高龙家,高龙抱着一只花猫和爸爸站在家门口迎接我们。我想起高龙画猫的小故事,只要孩子爱啥,就会啥,再笨的孩子也有这种天性。走进高龙家,两间低矮的红砖平房,坐东向西,房子里摆满杂物,炕上的被子凌乱地堆在一起。王老师给我说:这两间平房是国家扶贫盖的,他住的老院子在路对面。老院子围墙已经倒完了,一只大黄狗拴在栅栏门上,朝着我们吼叫。高龙跑到大黄狗跟前,一只手抱着猫,一只手抚摸着大黄狗的头,大黄狗不叫了,舔着高龙的手卧在小主人的身边。我想起狗不嫌家贫这句话,大黄狗和花猫对它的小主人高龙的感情多深呀!老院子里有两孔顺山崖挖的土窑,窑里堆满了鼓起的蛇皮袋子。

我问高龙的爸爸:这袋子里装的都是什么?

高龙爸爸说:小麦和玉米。

我顺便说:这么多粮食,你们一家三口人吃不完啊!

高龙爸爸说:这粮食还有高龙奶奶的,他奶奶跟我弟弟一起生活,粮食由我供给。

四口人也够吃两年吧?

两年也吃不完,再过一个月把多余的粮食拉到乡上,卖给收粮食的商人。

我问:高龙的妈妈呢?

高龙的父亲说:出去了,还没有回来。

时间不早了,老赵看了看阴沉沉的天催我说:天要下雨了,山路不好走。我有点儿意犹未尽,不过做人还是不要过于自私,我只得告辞。高龙的父亲顺便从家里取出半袋子南瓜,塞到王老师手里说:王老师,不是你对我娃关心,高龙早都失学了,哪里还有今天!山里人没有什么可送的,自己地里长的几个南瓜,你拿着吧。旱地里的南瓜虽然长不大,吃起来却很甜。我看着高龙的父亲,心有所思,是呀,山里人虽然土里土气,但心地却诚实善良,性格朴实。返回的路上,高龙和父亲一直跟在我们身后。走到路边的一户人家,高龙指着坡上下来的女人叫着:妈!我抬头一看,一个衣着凌乱的女人,用红头巾包着头,从坡上走到我们面前,望着我们傻笑,这就是高龙的妈妈。王老师给高龙妈妈说:我们刚才去了你家。又指着我说:这是远方来的客人。高龙母亲看了看我没说话,仍然以笑表示谢意。路边一户人家忽然窜出一条大黑狗向我们扑来,高龙走上前去挡住大黑狗,抚摸着黑狗的头,大黑狗不叫了,乖乖地卧在高龙脚下。这时路边院子里走出一对老夫妇,看年龄已经七十好几了,穿的衣服长短不一、脏兮兮的,老汉脸上的胡须好像几年没有刮。王老师和他们打了招呼,女主人忙跑回家取出十来个嫩玉米棒子硬是塞给王老师说:今天下午才从地里掰的,嫩着哩。我问老汉今年多大岁数了?老汉笑了笑说:刚过五十。我不相信,反问了一句:你才五十?老汉笑着说:山里人整天把太阳从东山背到西山,风刮日晒的,脸粗糙得像山上的榆树皮一样,不像城里人,坐在楼房里,还要抹什么油,脸白光白光的。在场的人笑了,我也笑了。

  车发动了,司机开车要掉头,说什么也掉不过来,一个轱辘陷到路边小水渠里,司机开足马力,我们几个人在后边鼓劲推,再推也推不动。高龙的父亲和五十岁的"老汉"跳到水渠里,用肩扛着车,不知谁喊了一声号子,大家同时鼓足了劲,车轱辘从水渠里爬出来了。我回头看看高龙

父亲和那刚过五十岁的"老汉",他们的鞋和裤子全湿了。我想今天的事情要是发生在城市里,有没有像这两个山里人一样的人挺身而出呢?上了车,我又下了车,回头望着身后的几位山里人,高龙的父母并排站着,高龙站在父母亲身边。高龙本来个子不高,但比自己的父亲还高了半头,高龙母亲头上包着的红头巾,在暮色里飘扬着,似乎在祝福着身边的丈夫和孩子。路边站着两个比我小二十来岁穿着脏兮兮的"老人",我不知说什么才好,向他们深深鞠了三个躬,坐到车上眼睛模糊了。

车在山路上颠簸着,天已经全黑下来,四边的山冈静悄悄的,偶尔听到几声狗叫。高龙一家三口和路边的两个"老人"的影子在我眼前抹也抹不掉。我想,山里人的粮食不缺了,钱也有了,可生活的环境和幸福的指数跟城里人还是没法比。我们从上世纪50年代喊消灭城乡差别,喊到现在,为什么城乡差距越拉越大?车行驶到岔路口,王老师下车了,我走下车握着王老师的手说:王老师,高龙后年读完小学上初中怎么办?王老师心事重重地说:后年我也该退休了,不过我还是希望城里的初中能够接收这个弱智孩子,让他融入社会,和别的孩子一样,在同一片蓝天下,在同一个太阳照耀下,好好学习,健康成长,过上幸福生活。即使我退休了,到那时需要我,我还是愿意陪着高龙读书,社会主义校园里不能让一个儿童失学。我紧紧握着王老师的手,久久不放。

天下雨了,雨越下越大,山雨冲刷着小车上的灰尘,也冲刷着我的灵魂,这是在为我们饯行,还是被王老师和山里人的故事感动得流泪了?

腊梅坚定地说：孩子就是我的希望

村上的学校撤了，只得陪孩子到乡上读书。乡上的学校撤了，又得陪孩子进县城读书。夫妻两个为了孩子读书，打过杂工、卖过杂粮饼、卖过肉夹馍，一个困难接着一个困难，一次不幸接着一次不幸……再大的困难妻子也没有退缩，她有一个坚强的信念：孩子就是希望。丈夫却临阵脱逃，领着别人的女人跑了。

县城二小对面，每天早晨有十几家摆地摊卖早点的，卖包子的、卖花卷的、卖豆腐脑的、卖稀饭的、卖鸡蛋的、卖油条的、卖菜盒的，还有一家卖杂粮饼的。做小生意的人眼睛都是围着小钱打转转，哪里钱好挣，就往哪里钻。当今小县城挣小钱容易的莫过两类，一是学生的钱，一是农业生产资料的钱。卖杂粮饼摊子前的买主最多，有时还要排队。做杂粮饼的摊主看样子有三十四五岁，动作熟练利索，按照做杂粮饼的程序，头也不抬，一个接着一个。站在旁边的男人，虽然我没有问，想来是女人的丈夫。他按着排队的顺序先收钱后给杂粮饼，每卖一个杂粮饼笑着给顾客点点头。人常说，和气生财，一是杂粮饼在这个小

县城出现是近两年的事，再是社会上近几年风行多吃杂粮，说吃杂粮对身体有保健作用。西安的杂粮食府天天顾客盈门，陕北的盒装杂粮礼品商店供不应求。这杂粮饼一传十，十传百，人们都赶到学校门前买上一两个以饱口福。早七点前的顾客大部分是家长领着学生，学生想吃什么，家长就得买什么。有人说，就算儿女要吃父母的肉，父母都会毫不犹豫割上几块。有一天早晨我锻炼路过卖杂粮饼摊点，看到摊前排着十几个人的长队，身不由己，好奇心和职业习惯驱使我也排队买杂粮饼。多年养成爱和生活在最底层的人群聊天的习惯，借着排队之机，我和男主人拉起家常。

我问：你家在哪里？

他说：家在沟北的石家凸。

我又问：你卖杂粮饼几年了？

他说：两年了。

有几个孩子？

两个。

孩子在哪里上学？

都在城里上学。

农村孩子上学的事是我多年关心的焦点。听说他两个孩子都在城里上学，我顾不上买杂粮饼了，接着问：孩子在哪个学校上学？还没等男主人回答，女主人抬起头瞪了我一眼，似乎嫌我多事，耽误了他们的生意。我尴尬地退到买杂粮饼的队列里，买了两个饼子就往政府招待所返，边走边回头望着，心想，又是一对儿从农村来城里陪孩子读书的夫妇，抽空一定要了解了解他们的生活状况。

过了一天，我又来到卖杂粮饼的摊子前，没有排队，没有买杂粮饼，只是在旁边走来走去，时不时看看女主人做杂粮饼。男主人发现了我，用一种奇怪的眼光打量着我，好像在说这个人不买饼子转来转去，到底有啥事？时间还不到九点，饼子已经卖完了，男女主人开始收拾摊子，我赶紧走上前去，向女主人讨好地说：你的手艺真好，做的杂粮饼很好吃，买的人也多，生意好。女主人笑了笑，操着陕南口音说：早晨时间短，也卖不了几个钱，两个孩子在县城读书，权当照顾孩子。我一听此语，心里顿时高兴起来，于是自我介绍说：我叫党宪宗，你们听说过《沉重的母爱》那本书吗？书就是我写的。说实话，话一出口，我有点儿脸红。每到一处，老是《沉重的母爱》，好像只有我知道母爱的沉重，《沉重的母爱》这本书变成了我的敲门砖。男主人打量着我说：那本书我看过，农村的人经常议论你那本书，为我们农民说话，想不到就是你写的。我说：我本身也是卖饭的、开店的，单位在县政府招待所，多年来我一直关心农民家庭供养大学生难和大学生毕业后对家庭回报的社会焦点。近几年我又发现一个新问题，农村的学校大部分撤了，农村的学生转到县城上学读书，父母相应也随着孩子到县城陪读。陪读的各种情况都有，像你们夫妻俩，既做生意，还要陪孩子读书，够辛苦的。夫妻俩听了我的话，感觉到我说到他们的心里了，和我的距离即刻拉近。女主人脸上露出笑容，细细观察，笑容后边明显带着几分酸楚。我问他们住在哪里，女主人告诉我在西园巷东头第三家，房主叫李根虎。我是县城的老户，县城里角角落落我都能知道，李根虎更是我的熟人，最后我们商定，今儿下午两点我到他租住的地方采访。

一点四十分我带着相机、录音笔、笔记本到西园巷李根虎的家。李根虎在家门口碰到我说：是不是准备采访卖杂粮饼的两口子？我问他：你咋知道？李根虎说：那两口

回家后问我认识不认识你,我说,那个人的名气可大啦,写的东西都是反映咱们下苦人的事。我还给他们叮咛,有啥苦尽管倒出来。我感谢地向李根虎点了点头,随后走进大门。

男主人姓石,叫石声扬,女主人姓韩,叫韩腊梅,男的三十七岁,女的三十五岁。腊梅老家在陕南丹凤县,他们有两个孩子,大的是男孩,叫石永灵,小的是女孩,叫石南凤。

我说:两个孩子还没有放学?

腊梅说:刚吃完饭都补课去学校了。

我笑着说:你俩一个在合阳,一个在丹凤,你们俩怎么走到一起的?

声扬笑了笑没说话,给我倒了一杯开水,坐在小凳子上,择着第二天做杂粮饼用的青菜。腊梅一边做着杂粮饼中间夹的馃子一边和我说话。她说:声扬在西安一家面馆打工,我在隔壁一家卖杂粮饼的小店打工,抬头不见低头见,渐渐地我俩相爱了,同居了。也不怕你笑话,不到十九岁我怀孕了,没办法,只能跟着声扬回到石家凸。我娘家父母根本不同意,赶到石家凸叫我回去,可是生米已经做成熟饭,我挺着大肚子咋能回娘家。我父母看石家凸虽是个穷地方,临着大沟,地里长的庄稼却很旺盛。我老家尽是石头山,石家凸再穷也比我老家强,我父母也就认命了。住了几天,一分钱嫁妆也没陪,一分钱彩礼也不收,草草给我和声扬办了婚礼,没领结婚证就成为正式夫妻。我父母回家后不到一个月,我生了一个男孩。

声扬三岁时父亲因病去世,母亲守寡几十年,守着石家这根独苗苗,疼爱得恨不得天天揣在怀里,捧在手上。声扬从小懂事,心灵手巧,勤快善良,对我也好。我们在家里待了两年,外边挣的一点儿钱花完了。孩子两岁半时,我和声扬商量,把孩子放在家,由他奶奶照管,我们出门到南方打工。两人在外面拼着命干,从不请假,两年回家一次,想孩子了就让晚上托个梦。一次我在梦里哭了,声扬问我哭啥?我说梦见咱们的孩子,孩子长得又白又胖,也会叫爸爸妈妈了。有一天晚上,我梦见孩子得了肺炎,急得放声痛哭,醒来是一场梦,吓得我出了一身冷汗。声扬问我是不是又想孩子了,我没说话,早晨起来要回家看孩子,声扬再拦也拦不住。我一个人赶回家,孩子在院子里玩耍,我抱着孩子哭了。春节过后,我们再没有去南方,在西安打了几年工。西安离家近,隔上两三个月,两个人轮换回家一次,住上几天,看看孩子,帮助婆婆做些家务活。

那年腊月二十八我和声扬回到家里,除夕晚上,全家人团聚在一起,高高兴兴谈着明年的打算。大年初一,我和声扬起了床,响完鞭炮,还不见婆婆起来。声扬在窗台底下叫了几声妈,没人答应,声扬踹开门看见母亲趴在地上,慌忙叫来村上的医生。医生看了看说,老人得了脑溢血,死了已经几个钟头了。过了正月初五,埋了婆婆,村上的人都陆陆续续出门打工。我和声扬想来想去,出去打工,谁来管孩子?干脆在家里种地吧,还能照顾孩子。党老师,你对农村的事了解得比我们还清,现在农民种上几亩地根本养活不了自己。村上的人有的种苹果,有的种核桃,有的种花椒,收入还可以。我们两个人常年在外打工,婆婆老了,身体又不好,几亩薄地也靠着亲戚邻里帮忙。我们糊里糊涂在家种了两年庄稼,收入能刚够吃就不错。一点儿积蓄也花光了。眼看孩子到了上学年龄,村上的小学前两年已关了门,狼跑到学校也没人撵。

凡事要有个想法和奔头,总不能老在家里待着。我们

锁上家门，带着孩子到离家二十多里的金水乡打工。孩子在金水乡中心小学上学，声扬在金水乡街道一家面馆打杂，我到一家小超市上班。人常说，怕怕处有鬼，我又怀孕了，本来我想把孩子做掉，声扬死活不同意。我说有个男孩给石家接香火就行了。声扬说，现在的社会，男孩子不如女孩子，你看城里人，都是女孩子养活父母。我说我妈生下我这个女孩子自嫁给你，没回过一次家，生下女孩顶屁用。两个人争来争去我还是让了步，结果事遂人愿生了一个女孩。这段时间可累坏了声扬，既要照顾我还要接送永灵上学，每天还坚持到面馆打工，不请一天假。但再苦再累声扬也没有一句怨言，还时不时安慰我说受苦受累都是为了孩子，等孩子大学毕业了，我们的苦日子就到头了。看着声扬消瘦的脸，疲惫不堪的神情，我心疼地说，孩子大学毕业是猴年马月的事，眼下的日子咋过哩。这种艰难的苦日子熬了三四年，一天晚上，声扬回家对我说，听人说金水乡的教育质量不行，今年初中考高中是全县倒数第一，关键是小学的教学质量差，娃娃在小学底子没打好。好多学生家长找各种门路把孩子都往县城转。咱娃明年要上初中，小的也要进幼儿园，咱也把娃转到县城学校去吧。声扬有个远房舅舅，在县教育局当什么股长，当年快收暑假时，声扬找他帮忙，没费多大周折，把永灵转到县城关中学，南凤到一家民办幼儿园上学，就这样，我和声扬陪着孩子进城读书。

安顿好孩子，声扬找了一家面馆打工，我在家给孩子做饭，做家务。一年很快过去了，永灵上初中，南凤上幼儿园大班，声扬每月挣的钱都紧巴巴的，有时前个月接不上后个月。我是个闲不住的人，两个人商量来商量去，还是自己做点儿生意好，做什么呢？声扬提出开个面馆，我同意了。没过几天声扬辞了职，在街道上找门店，跑了半个月，也找不到一家合适的门店。偏僻的地方租金便宜，顾客却不多，热闹的地方租金贵得吓人。后来经一个熟人介绍，一家面店要转让，转让费要五万元。声扬回去给我说了，两个人熬煎得几夜没有睡着觉，不要说五万元，家里连五千元也拿不出。

　　世上再难也难不倒有心人，腊梅继续说：我一个人在县城转了几天，不管大街小巷，只要有卖小吃的，我都转了好几圈，发现没有一家卖杂粮饼的。在西安我学的就是做杂粮饼，给声扬说了我的想法，买个鏊，再买一个煤气罐和灶头就行了，其他的灶具，值不了几个钱。当天下午在家把料准备好，第二天拉到校门口边摊边卖，早些起床给娃做好早点，上午十点回到家既能给孩子做午饭，还能准备第二天的用料，晚上陪着孩子做作业。声扬插了一句话说：腊梅说得头头是道，安排得条条在理，我当即同意了。我打趣地说：声扬的命真好，娶了一个能干的媳妇。两个人商量好，说干就干。腊梅继续说：第二天吃完早饭，我们一起到街上买了所有当用的灶具，下午声扬回到家，拉来家里的人力车做摆摊子的运输工具。两个人忙忙碌碌准备了三四天，城关二小门前增添了一家卖杂粮饼的小吃摊。

　　生意刚开始几天，吃杂粮饼的人没有几个。原先预料上午九点就能卖完，结果卖到十一点还剩下许多料，有心再卖一会儿，孩子还要回家吃午饭，我们只好推着人力车迈着沉重的步子走回家。声扬建议再卖一会儿，我说孩子吃饭的事是大事，我们做生意是为了供娃上学。声扬说，你说得对呀，我们这样卖下去，连本都不够，哪来的钱供孩子上学呢？两个人熬煎得一夜一夜睡不着觉。声扬接着

腊梅的话头说：还是我媳妇有主意，做事要有恒心，县城没有卖杂粮饼的，人们还不认识，只要坚持下去，生意会好的。

有一分耕耘，就有一分收获。腊梅的精心制作，声扬的和蔼态度，终于赢得了越来越多的顾客。地方上一种小吃，大多数人认可了，一传十，十传百，人们就会抢着买。不到一个月，两口子的杂粮饼摊子前便排起了长队。只要天气不打搅，准备的料不到九点就卖完了。两口子的生意越做越红火，心劲也越来越大，每天准备的料比开始多了三分之一，还是快快卖完了。声扬建议再多准备些料，腊梅坚持说：你咋没个主次呢？回家迟了，谁给孩子做饭？这种杂粮饼只能做早点，中午吃的人不多。声扬嘴里不说，心里在想：是呀，腊梅说得对。老家的房子空着，大门锁着，每月一百五十元租一间十几平方米的房子，四口人吃饭睡觉、孩子学习都挤在里边，就是为了孩子读书。

腊梅每天像机器一样超时运转。清晨五点起床，给孩子准备好早点，永灵一个人去学校。两口子用人力车拉着灶具到了学校门口，腊梅点火热鏊和面，做好一切准备工作。声扬小跑回到家背着南凤返回到生意摊，等幼儿园的校车接孩子。夫妻俩十点前回到家，声扬马不停蹄、人不歇脚到南关菜市买第二天用的调料、蔬菜等。腊梅在家收拾好房子，又准备给孩子做午饭。吃完午饭孩子上学去了，声扬和腊梅开始准备第二天的料。下午五点，声扬准时到幼儿园接回南凤，腊梅在家做晚饭。吃完饭，两个孩子独自玩耍一会儿，永灵自觉趴在床上做作业。说起儿子永灵，腊梅眼里涌满了泪花，农民工的孩子虽然转到城里读书，不知什么原因，和城里干部的孩子相比总觉得不一样。声扬随口说：那还用说，农民的娃还能和干部的娃比？学好数理化,不如有个好爸爸。腊梅望了望挤满东西的屋子说:几次想给孩子买张桌子,看来看去,桌子没地方放。两个孩子睡觉了,声扬和腊梅还要忙活一阵子,深夜十一点多才上床休息。一日复一日,一月又一月,两口子为了孩子的上学像车轮子一样,不停地转着,不嫌苦,不嫌累,没有一句怨言。想到孩子,声扬和腊梅心里热乎乎的,人到世上就是为了孩子呀,只有孩子上好学、学到知识才能改变命运,摘掉农民的帽子,过上城里人幸福的日子。

我看着眼前和我谈话的一对夫妻,四只手不停地忙碌着,疲倦的面容透射出对孩子的希望和坚信。记得《沉重的母爱》一书中有过一段话:采访中,只要农民家庭有上高中、上大学的孩子,家长都在喊,学费重于山,即使我们被大山压得趴在地上,我们也要用双手撑起来,哪怕有一丝缝隙,一线希望,也要让孩子从缝隙中爬出来,离开农村,走进神圣的知识殿堂。十年过去了,农民的收入增加了,学费不似当年那样沉重了,随之农民进城陪孩子读书,大学教育的普及,学生就业难,毕业后的婚姻、房子等等问题形成一个五光十色的怪圈,紧紧套在无权无钱、从黄土地走出来的农民工的头上,让他们没有喘息的机会。

大孩子永灵上了初中,南凤上了城关三小一年级。中小学的学费国家已经全免,永灵的各种学习资料费用明显增加了。但南凤在幼儿园的昂贵费用却没有了。腊梅和声扬加减乘除一算账,一年还能省好些钱,心里轻松了一截子。有些事情想时难实际做起来比较顺利,好多事情想来容易做起来却难。城关三小离家远,离卖杂粮饼的地方更远。声扬每天要接送南凤各两次,中午和下午还能腾出时间,早晨根本没工夫送。几个早晨送南凤回到摊子上,顾客围了几圈,腊梅一个人手忙脚乱没法应付。还是房主李根虎

见识广,主意多,说三小附近有十几家公寓,专门提供孩子的食宿。星期日下午送到公寓,星期五下午接孩子回家,好多在城里做小生意和陪孩子上学的家长都这样做。声扬和腊梅商量说:这种办法也好,不过孩子小,能管自己吗?腊梅不假思索地说:孩子都那么大了,我老家住在大山里边,一户和一户不是隔着一道沟、就是隔着一座山,上学来回要走十几里,孩子们照样不是一个人从家里走到学校,从学校回到家。这样还能锻炼孩子的自理能力,对孩子有好处,大人少花几个钱,不能耽误孩子的学习。腊梅是个急性子,决定办的事情从不拖延,第二天收了摊子,和声扬到三小附近找了一家私人办的公寓,安顿好孩子。

两个孩子上学的事解决了,腊梅操的心少了,夫妻俩起早贪黑,加班加点,风雨无阻,一天不停地干着。每周星期六、星期天全家人在一起,各有所事,苦乐相融。一天晚上,永灵放学回到家对腊梅说:妈,老师说初中学习的好坏最重要,我想晚上到老师家补课,一学期的补课费五百元。声扬说:老师心咋那么黑,补个课就要那么多钱!腊梅瞪了声扬一眼:补就补吧,多学总比少学好,老师和父母一样,都是为了孩子好。第二天早上,腊梅出门时给了永灵五百元说:要听老师的话,认真学习,你爸你妈挣这五百元不容易,不要钱花了,什么也没学。永灵点点头说:我知道,你和我爸管我和妹妹不容易。一句话说得腊梅眼睛湿湿的。

一个多月过去了,永灵每天晚上七点出门,九点回家。最近几天,孩子每晚回来都到十一二点,腊梅和声扬手里干着活,心里焦急等着儿子,不时还到巷头瞧瞧,声扬几次想到老师家里找永灵,又不认识老师家的门。腊梅说:孩子大了,又是个男孩,怕什么。儿子回家后,说老师布置的作业多,做不完不准回家。腊梅听了感激地对声扬说:这个老师真好!有空买一盒糕点到老师家看看老师,感谢感谢人家,让他把咱儿子管严一点儿。

十月中旬的一个早晨,腊梅和声扬忙着做生意,一个年轻女人走到声扬面前说:你是石永灵的父亲吗?声扬顺口说:就是,你找我有什么事?声扬听来的人叫自己儿子的名字,没等来人回话,马上停住手里的活,急忙问:石永灵有啥事?来的人说:我是石永灵的班主任,姓王,永灵两天没到学校,是不是生病了,生病也得请个假。声扬和腊梅吃惊地张大嘴巴一句话也说不出来,还是腊梅反应快,心里想,永灵这孩子是不是逃学了?忙给老师说:他每天都是按时上学校,按时回家吃饭,晚上去补课,只是补课回家有点儿晚。王老师说:两天都没见人了,你们赶紧找吧,有啥情况,给我打电话,找到孩子,你们必须亲自送到学校。王老师留了自己的电话,转身走了。声扬顺手拿了两个刚做好的杂粮饼,三步并作两步追上王老师说:王老师,谢谢你的关心,你尝尝我们做的杂粮饼。王老师说:不用谢,这是我的责任,你们赶紧找孩子吧,不要只顾做生意。声扬和腊梅像丢了魂似的,手忙脚乱地收拾了摊子,急急忙忙赶回家。声扬放下灶具,出门要找儿子,腊梅说:不要找了,先做午饭,我想赶吃午饭他就会回来。声扬生气地说:回来非要美美揍一顿这个龟儿子不可!说完,两个人怀着沉重的心事做自己的活。十二点饭做好了不见永灵,等到十二点半还不见人,直到下午一点,儿子还没有踪影。两口子慌了,兵分两路,急忙出门找人。县城虽说不大,也有七八万人,到哪里去找呀?两个人找到下午四点多,回到家还不见孩子。腊梅自己安慰自己说:吃晚饭时他应该回来吧?谁知等到下午六点多仍不见人影,给儿

子做的饭凉了又热，热了又凉，就是不见儿子回家。声扬蹲在地上，抱着头哭起来：儿子呀儿子，你爸你妈挣死挣活供你上学，你为什么这样不争气啊！腊梅平时遇到事情爱思考，看到声扬伤心的样子，眼泪扑簌簌地落下来，但她强忍着，没哭出声。想了一会儿说：咱俩到补课老师家，看儿子在那里没有？声扬说：补课老师家的门朝东还是朝西，往哪儿去找？腊梅说：到学校问王老师。到了学校，王老师已经回家了。腊梅想起王老师的电话，即刻拨通了的电话。

腊梅说：你是王老师吗？我是石永灵的妈妈。

王老师问：找到石永灵没有？

腊梅说：王老师，还没有，我想问一下，给永灵补课老师的家住在什么地方？

王老师说：那是教数学的李老师，家在北大街高家巷，你到那里再问问人。

声扬和腊梅好不容易找到李老师家，说明来意后，李老师说：我也准备抽空找你们，石永灵这几天不但没有上数学课，好几个晚上也没来补课。声扬和腊梅一听越发慌了，急急忙忙转身就走，在县城的街道上从南转到北，从北转到南，不知转了多少个来回，连儿子的人影也找不见。声扬和腊梅走在街上，心如火燎，像热锅上的蚂蚁。腊梅心想，是不是永灵回家了？又怕永灵不在家，想回家又不愿意回家，多希望儿子能突然出现在她面前。只要前边过来一个人，哪怕是个大人，腊梅和声扬也要快步迎上去，一看不是儿子，腿软得连一步也不想往前挪。几次看到街道房檐下睡着一个人，心里想，是不是儿子逃学了，不敢回家，露宿在街头？走到跟前一看，是街上的流浪大侠。声扬一路找着，嘴里不停地叨叨着：儿子，你快回来吧，爸不打你,也不骂你。两个人找到清晨五点,跑遍了大街小巷,还是没找到儿子。腊梅猛然想起去年街道上人们流传的一件事,县城西沟发生的在校学生凶杀案,身不由己颤抖起来。慌忙拉着声扬,赶到县城西沟,沟上沟下,坑坑坎坎,一个角落也不放过。两个人站在沟沿上扯着嗓门大声吼叫永灵……永灵……还是没有人应。太阳冒花了,夫妻俩垂头丧气回到家。进门时腊梅眼前出现了幻觉,儿子在床上睡着了。打开房门,床上却是空空的,夫妻俩坐在床沿上抱头痛哭。这天早晨,学校门前没有看见卖杂粮饼的夫妻摊。

夫妻俩一直等到中午,还没见儿子回来,腊梅也没心思做饭,声扬只知道抱住头流泪。热心的房主李根虎知道后给声扬说:现在的孩子经常一天一夜钻到电子游戏厅打游戏上网,逃学不回家,你到电子游戏厅找找。腊梅说:我们到县城一年多,忙于生意,人生地不熟,不知道街道上哪里都开着电子游戏厅。李根虎说:你们俩为孩子可是费尽了心,我帮你们找。李根虎领着声扬夫妇从大街找到小巷,又从小巷找到大街,终于在一条小巷道的一家电子游戏厅找到儿子永灵,永灵正在打游戏。声扬二话没说,拉着儿子往家里走。进了门声扬狠狠踢了儿子两脚说:你不听话,把我和你妈险些急疯了!说着抡起拳头就要打。腊梅拉住了声扬,看着儿子憔悴的脸,感到阵阵心疼,抱着儿子放声痛哭,声扬也大声哭了。李根虎在旁感动得抹起眼泪,对永灵说:好娃哩,你妈和你爸做点儿小生意,供你和你妹妹上学多不容易,你怎么能逃学,夜不归宿在游戏厅打游戏?社会上有多少孩子被这些黑心的游戏厅老板害得走上邪路。这几天你爸你妈觉不睡、饭不吃找你都快要疯了。儿子在父母的追问下,边哭边断断续续地说:我……我再不敢了……我不对。原来永灵前一段补完课,几个同学叫上到电子游戏厅打游戏,晚上

十一二点才回来,永灵撒谎说作业多补课老师不让回家。打游戏上了瘾,逃了几天学,赶吃饭回到家,骗家里人,最后两天干脆白天晚上都不回家,沉迷在游戏厅。偷了家里一百元钱,饿了买方便面,渴了买矿泉水,困了,趴在游戏机前睡一会儿。永灵几天几夜在游戏厅连续作战,打得昏昏沉沉,身体消瘦了许多。声扬和腊梅看着儿子困倦的样子,忙给儿子做饭,腊梅嘴里不停地骂着游戏厅的黑心老板。李根虎说:政府不知检查了多少回,不准游戏厅深夜开门,不准未成年人进游戏厅,不知什么原因,就是管不住。李根虎又风趣地说:现在的人犯了法,没人找领导说情,那才是怪事,找领导说情的人越多,越是正常现象,也说明这个犯法人的身份高贵特殊。

第二天早晨,声扬和腊梅领着永灵到学校见了儿子的班主任。王老师严厉地批评石永灵:一定要牢记你父母供你上学的苦与累,千万不要辜负他们的希望。腊梅和声扬感动得流出眼泪,千谢万谢走出王老师的房子。王老师一直把声扬和腊梅送到校门口,语重心长地说:供养一个孩子,就像修剪一棵小树一样,不精心修剪就成不了材,在孩子身上多操份心,经常和学校联系。声扬和腊梅深深地给王老师鞠了一个躬。回到家里两个人倒在床上,身上没一点儿力气,十一点,腊梅还是挣扎着起来给儿子做午饭。饭后,两个人又躺下了,当天晚上声扬把儿子送到补课老师家,晚上九点又把儿子接回来。

已经三天了,学校门口的小吃摊没有看到卖杂粮饼的夫妻摊。想吃杂粮饼的人纷纷议论着,到底发生了什么事。

第四天卖杂粮饼的夫妻摊又出现在学校门前原来的位置上,有些人以为杂粮饼不卖了,许多老主顾没有来,买主比较稀少,生意显得有点儿冷清。过了几天,杂粮饼生意又红火起来。

永灵在老师的教育和父母的关爱下，认识到自己的错误，按时到校，课堂上认真听讲。后来还写了一篇作文，题目是《我的爸爸和妈妈》，其中有一段话感人至深：一天晚上，我睡醒了，以为天明了，看了看墙上的钟表，才午夜十一点四十分，爸爸妈妈在昏暗的灯光下为第二天卖杂粮饼准备着用料。看着他们劳累的身影我哭了，一年到头累死累活，自己舍不得花一分钱，把自己的心血全部用在儿女身上。他们所做的一切都是为了儿女的幸福，儿女是他们终生的精神寄托，儿女是他们终生的希望。我暗暗下定决心，长大后一定要孝顺父母，报答他们的养育之恩，现在我还是学生，报答父母唯一的方式就是好好学习……

石永灵写的这篇作文，老师在班上读，在全校师生大会上读。

夫妻俩的生意刚红火了没几天，县上要创全国卫生城市。城管人员全体出动，组成几个巡逻队、检查队，每天早上八点到街道上检查巡逻，不准在街道两旁乱摆摊设点，这下可苦了做小生意的。写到这里，我想起自己为此事曾在县政协会上提过几次提案，也和一些创卫的负责人辩论争执过。执法部门不分青红皂白，下令沿街道摆摊点的一律进门店经营，理由是摆摊设点有损市容市貌。我算过一笔账，这个小县城热闹地段的门面房每间每月租赁费三千多元，偏僻地方的门面房每间每月也要一千元到两千元。做小生意的人，一月的收入不够交门面租赁费，辛辛苦苦干上一个月，你让他们喝西北风吗？再说这些做小生意的，大部分人来自农村，也有些人是县城四街失去土地的农民。我们政府以每亩五万元，甚至更少的钱征用了农民的土地，一亩地拍卖到百万甚至一百几十万。我们平时号召农民进

城务工，我们的政府又从拍卖土地的收入中拿出过多少钱给进城务工的农民办实事？这些人大部分是社会上的弱势群体，我们在执行政策中为什么不给这些人算算账，为什么不给这些人开绿灯、提供方便呢？有一个创卫负责人和我争辩说：你说新媳妇的新房能不能有厕所？我愤怒了，指着这个负责人的鼻子说：你竟然把临街摆摊点的比作厕所，你知道不知道，星级宾馆首先要看卫生间装饰得怎么样？请问，你家的单元楼卧室、厨房、厕所是否同在一个单元楼里？请你再想一想，北京最繁华的王府井大街，旁边有专卖各地小吃的市场，案板擀杖声，勺勺碗碗声，各种吆喝声夹杂在一起，组成一曲饮食的和谐交响乐，北京人喜欢去、进京的中国人喜欢去、老外更喜欢去。不可否认，街道摆摊点的个别人素质差，不注意环境卫生，有损城市形象，我们执法者对这些人要耐心教育，循循引导，绝不是强压与强堵，大禹父子治水的故事我们应该借鉴。这种强压和强堵在实际生活中形成了一种恶性循环。检查紧了，摊点撤了，检查松了，不检查了，摊点又复出。什么原因会造成撤撤出出、出出撤撤的现象，我们应该深深反思。

我正在大发感慨，一个人在院子里叫声扬的名字，声扬"哎"了一声，从门外闪进一个和声扬年龄差不多的男人，对声扬说：伙计，你赶快回家看看，你家靠沟的后墙倒了。来人的一句话像一盆冷水浇在声扬和腊梅的头上。腊梅说：真是跛子腿上用棍敲，祸不单行。看来情况不允许我再问下去，我说了几句安慰的话，告辞了。夫妻俩送我走出大门，我说：先办你们的事，我还会来的。过了几天，我路过学校门口，学校门前空荡荡，没有一家卖小吃的。我想，一是创卫生县城，城管部门管得紧，二是声扬夫妻可能回老家修建院围墙去了，采访的事我只能暂且放下。

时隔不久，我耗时几个月，行程几万公里，跑了东北哈尔滨、虎头要塞、沈阳，河北山海关，北京卢沟桥，山西抗日战争遗址、八路军抗战纪念馆，南京，山东枣庄，湖南的长沙、常德、衡阳、芷江，重庆、成都、芦山等地，搜集了大量的抗日战争历史资料。回家后，除过卖饭开店外，就坐在我的天下斋书房，用了将近一年时间，完成了六千余行长诗《血祭九一八》。长诗完成后，我又着手搜集整理家长陪孩子读书的材料，自然而然想起腊梅和声扬，便特意来到学校门前。全国卫生县城的桂冠去年年终已经戴上了，城管部门给路边摆摊设点做小生意的人开了绿灯，学校门前卖早市的比先前多了七八家，唯独没有声扬和腊梅。

一天，我从乡下采访回来天已经黑了，肚子有些饿。独自一人转到商城夜市。我平常很少去夜市，即使去也是到西街口夜市。商城夜市比西街口夜市红火得多，窄长的街道两边摆满小吃摊点，卖砂锅的、卖烤羊肉串的、卖煎饼的、卖黑米稀饭的、卖肉夹馍的、卖馄饨的、卖小笼包子的、卖蒸饺的……地方特色小吃应有尽有。路两边脏兮兮的，垃圾污水满地都是，是经营者的综合素质差，还是主管部门便民设施服务不到位。我想，二者兼而有之吧！

走着看看，一个熟悉的面孔出现在我的面前，这不是腊梅吗？正在打烧饼的腊梅停住擀杖，抬起头仔细瞅了瞅我说：你是党老师？

我望着憔悴的腊梅说：一年没见了，还好吗？

腊梅欲言又止，从牙缝挤出三个字：算好吧。

为什么不卖杂粮饼，卖肉夹馍？我问腊梅。

腊梅略停一会儿，又挤出四个字：一言难尽。

我不能往下再问，为了扯开话题我顺手拿了一个烧饼，仔细看了看。说实话，20世纪80年代后期，我经营西安的

白吉饼肉夹馍，在县上颇有名气。腊梅打的烧饼不算大，饼子两面鼓起，形状圆得像圆规画的一样。我笑着问腊梅：我可以吃一个吧？腊梅顺手从炉膛里取出一个热烧饼递给我。我掰开饼子咬了几口，感觉很酥脆，火候也足。我夸赞腊梅说：怪不得你的肉夹馍卖得快，你打的烧饼夜市上找不到第二家。我记得小时候西街李老二打的烧饼，放到第二天吃时口感还是酥而脆。现在市面上打烧饼的急功近利，和的面软得提不起来，火候也不足，烧饼咬到嘴里口感是皮的。这时有两个主顾要买肉夹馍，腊梅从炉子里取出热烧饼用刀劈开，捞出卤锅的热卤肉，用刀剁碎，夹在烧饼里，再取出小铁勺往馍里浇了半勺卤汤，用纸袋套在烧饼上，装到小塑料袋递给顾客，工序有条不紊，动作熟练从容。我不想耽误腊梅的生意，和腊梅约定第二天上午到腊梅家拉家常，腊梅还租住在西园巷李根虎家。

第二天上午十时，我准时赶到腊梅租住的地方，李根虎坐在大门外青石板上，看见我随即站起来说：一年多没见了。我点头笑了笑。李根虎又说：腊梅命不好，怪可怜的，对李根虎说的话我没在意，直接进门找腊梅。腊梅正在卤肉。她用毛巾擦了擦手，给我倒了一杯开水，站在床沿边不说话。我环视了整个屋子的摆设，和先前没多大变化，东西摆得插不进腿，照样是几床淡蓝色的被子，叠得整整齐齐，大格子褐色床单铺得平平展展，洗得已经发白。惹人注目的是窗台前增添了一张脱了漆的小三斗桌，不用说我也知道，三斗桌是为孩子做作业用的。

我感觉腊梅的眼神笼罩着一层阴影，心事重重，说话语气比过去缓慢了，对我的问话不是躲躲闪闪，就是吞吞吐吐。我一会儿旁敲侧击，一会儿直言相问，腊梅终于说起了没有说完的故事。

全县创卫生县城，首先取缔街道两旁胡乱摆设摊点，声扬和腊梅的生意也在清查之中。早晨不到八点，城管人员整装出队，清理沿街摊点，卖早点的夏天六点才有人买，冬天七点半稀稀拉拉只有几个人。八点要收摊子，准备的料卖不到五分之一就要收摊，做生意的人根本没法做。八点不走，城管人员轻则撵人，重则拉你的灶具，甚至罚款。好在星期六、星期天城管人员休息放假，摆摊点的人钻空子出来赚几个是几个。手里做着活，眼睛东张西望，像做贼似的，担心城管人员从天而降。有一次，市领导来县上检查，星期天全县机关单位不放假。快九点了，声扬和腊梅赶着做生意，买饼子的人排着不长不短的队，手里拿着钱，眼睛贪婪地盯着腊梅做好一个又一个杂粮饼，有人时不时还数数自己前边还有几个人，卖家和买主各取所需，和谐相处。突然，城管的巡查车开来了，出现在摊子前。从车上跳下几个男女城管员，显得气势汹汹，厉声训斥腊梅和声扬：不准你们出摊，你们硬要出，全国卫生城市评不上，都是你们这些摆摊设点破坏的，这个责任你负得起吗？声扬赶忙赔笑说：前边就几个人了，有的钱我已经收了，卖完这几个人，我们就回去。一个高个子城管人员说话声音显得斩钉截铁：一个也不能卖，再不撤我们就拉灶具了！说完两手左右挥动，上来两个城管人员，不由分说，把煤气罐卸了，放在巡查车上。高个子城管员顺手要提走摊杂粮饼的铁鏊，腊梅双手捉住铁鏊死死不放，高个子城管员上前一把推倒腊梅，提走铁鏊放在车上，扬长而去，又去撵别的摊点。腊梅和声扬望着远去的巡查车，呆呆地站着，心像刀子在搅。声扬只得退了几个顾客的钱，赔情说：对不起。

旁边的顾客和看热闹的人，七嘴八舌议论着：创卫是好事，不能这样蛮横对待做小生意的人，什么态度！

你们为了搞政绩，闹得人人鸡飞狗上墙！

政府应该体贴这些下层人的苦处呀！

上边领导检查，下边也不能忘了民生两个字呀！

政府不是盖了小吃城吗？

小吃城离这儿有五六里路，为吃几元钱的早点谁有时间跑那么远的路。

天天喊着便民、便民，这叫便民吗？

旁边一个老者对声扬和腊梅说：自认倒霉吧，你不甘心、不服气也没办法，这就叫长官意志，行政命令。

腊梅心事重重地在家里待了两天，站也站不稳，坐也坐不住，心想着该咋办呀？声扬一赌气跑回老家，蒙着被子在家里睡了两天。房主李根虎对腊梅说：人在屋檐下，怎能不低头。把声扬叫上来，买上一点儿礼物，三句好话当钱使，到城管局说上几句好话，或许能把煤气罐和铁鏊要回来。腊梅觉得房主说得在理，利用星期六，让儿子在家里照顾女儿，一个人坐班车回到老家，好说歹说，连哭带闹，把声扬叫到城里。好不容易等到星期一早晨八点，腊梅让声扬和自己一起到城管局，声扬死活不去，说你知道我性子急，脾气不好，和人家吵起来，好事会变成坏事。没办法，腊梅只得一个人到街上买了一箱牛奶和一把香蕉，胆怯怯走进城管局大门。好不容易找到高个子城管员，腊梅说明来意，把牛奶和香蕉放在桌子上。高个子城管员瞪着眼睛大声说：你一个摆地摊的也知道行贿！顺手将牛奶和香蕉扔到大院里，指着腊梅鼻子说：本来罚你一百元，你今天又行贿，再罚一百元！二百元对腊梅来说是卖一个星期杂粮饼的纯利润，想到那天抢铁鏊的事，气不打一处来，顶了高个子几句。高个子说：想不到一个烂摆地摊的农村妇女，竟敢顶国家的管理人员，真是目无王法，我看你欠教训！说着举起拳头就要揍腊梅。幸亏旁边一个女城管员拉住高个子，对腊梅说：你赶紧走吧，不要在这儿惹事了。腊梅也气呼呼地说：你真是狗仗人势，太欺侮人了，是铁绳粗，你以为是狗厉害。东西我不要了！转身走出城管局的大门。腊梅回到家，坐在床上，拉长脸一句话也不说。声扬知道腊梅碰了钉子，也没多问。到了晚上，等两个孩子睡觉了，腊梅委屈地把事情前前后后的经过告诉了声扬。声扬气得说：今天要是我去，哪怕蹲监狱，非把那高个子打一顿，我想县上的领导也不会让下边的人欺侮咱们没权没钱的农民。两口子你看着我，我看着你，心里乱成一团麻。天无绝人之路，声扬又想起教育局工作的远房舅舅，说：不然找我舅舅去，看他城管局有熟人没有，说个情或许能把东西要回来。腊梅觉得也是个办法。

第二天早晨，声扬到教育局见到舅舅，把事情的经过说了。舅舅想了想说：我看你们另想办法吧，暂时不要白劳神了。创建全国卫生县城是长期的事，不是一个月两个月就过去了。城管人员在街道上今天撵明天撵，摆摊设点的像老鼠见了猫似的，躲了今天，躲不了明天。声扬两手一摆说：舅舅，我要供两个孩子上学呀，不做小生意，全家人饭都吃不上，更不要说孩子上学的费用了。干别的事，又没工夫给孩子做饭，你说以后的日子咋过呀！舅舅看声扬焦急的样子，停了好一会儿，胸有成竹地说：政府专门设了三个摆夜市的摊点，一个在西街口，一个在商城，一个在东门外，你和腊梅商量商量，摆个夜市摊，既能照顾孩子，还能挣点儿钱。声扬回到家，说了舅舅的意见，腊梅觉得摆夜市也是个谋生的办法。声扬灰心地说：咱俩干脆到外边打工，虽然苦，人却轻松，不受这窝囊气。腊梅说：你说得轻巧，我们走了，孩子上学谁管。不知哪股子风抽的，

声扬来气了，大声说：你口口声声孩子、孩子，我一个大男人实在咽不下这口恶气，要干你一个人干，我出门打工。腊梅和声扬吵来吵去，吵不出个名堂。第二天，腊梅一个人到几个夜市转了不知多少来回，问东问西，掂量来掂量去，决定卖肉夹馍。

我问腊梅：声扬同意了？

腊梅说：自从出了那件事后，声扬像变了个人，动不动发脾气，经常吵着要出门打工，说他在家里受够了这个窝囊气。我说了几天几夜，勉强同意了。

你卖过肉夹馍吧？

卖过，在西安打工学的，就是晚上有时照顾不了孩子。

你觉得卖肉夹馍和卖杂粮饼哪样活辛苦？

腊梅停了一会儿说：生意都不好做，只要你能吃苦，好赖都能挣几个钱。开始一个月，顾客稀稀拉拉的，后来慢慢吃的人多了。

我问腊梅：两个孩子的学习好吗？

腊梅叹了一口气说：好着呢，只是苦了两个孩子。每周星期天到星期四的晚上，到夜市的时间比较早，星期五下午把女儿从学校接回家，我急急忙忙拉着灶具、原料到夜市就迟了。永灵周末不补课，可以照顾女儿南凤。周末上夜市人多，儿子有时跑到夜市帮忙，女儿也吵着说要帮妈妈卖肉夹馍。南凤年龄小，只要不添乱我就谢天谢地了。一个星期五的晚上，顾客比较多，我忙着给顾客夹馍，儿子收钱，女儿独自跑来在炉子里取馍，谁知个子小，把炉子掀翻了，女儿的腿被炭火烧伤。我托付旁边卖砂锅的招呼摊子，和儿子一起到医院给女儿看腿。医生说只烧了一点儿皮，不要紧，包扎一下就行了。随手开了一个处方，说这种药医院没有，到医院斜对面梁山大药房买。售货员取了十几盒药,电子计算器一压,六百三十二元。我傻了,药费这么贵!我在包包里摸来摸去只有三百元。售货员取出几盒药说你明天拿钱再买这几样药,药方子上开的药必须搭配吃,不然烧伤的地方感染化了脓,可就麻烦了。为了孩子的病,第二天早上,我在家里拿了几百元再买了几盒药,取药时顺便给孩子买了一箱牛奶,补补女儿的身子。腿好了,早些去学校,不能过多耽误孩子的学习。

　　孩子在家待了十几天,我费尽心思照顾着孩子,心里常常祈祷着老天保佑我的女儿。有时对着女儿自言自语说:女儿呀,坚强些,快快好起来,不要耽误学习。永灵放学回到家,帮我做家务活,照顾妹妹,从来不嫌我做的饭不好,还经常给我宽心。我有时想,不管大人再苦再累,只要两个孩子平平安安就好了,学习差点儿也不算什么。转念又想,考不上大学,孩子就没出路,像我一个摆地摊的,受苦受累都不要说,还要受多少气!我在心里暗暗发誓:我腊梅供不出孩子,誓不为人!

　　我看着眼前这个朴实勤劳的中年女人,说是中年女人,年龄不过三十多岁。城市三十多岁的女人,风华正茂,腊梅的眼角已爬满鱼尾纹,眼神显得疲惫和焦虑。为什么农村和城市的差别、农民和城里人的差别如此之大?是什么政策什么人造成的这个恶果?停了一会儿,腊梅又给我说起一件事:上个月一个星期六的晚上,我忙着打烧饼,儿子在一旁帮忙,晚上九点多,女儿又跑来了。生意好我顾不上招呼她,只说了一句,你不在家好好待着,跑来干啥!女儿笑了笑说,我知道妈妈忙,在家里待不住,想妈妈。女儿一句话说得我心里热乎乎的,手底下更麻利了。那天晚上顾客特别多,不到十二点半我和儿子收摊子时,身边不见了女儿,我吃了一惊,忙和儿子一起寻找女儿。跑遍

了四个街道，也没有找到南凤。我的两腿发软，一步也挪不动。永灵扶着我说，妈妈，不要急，我们慢慢找。后来在县中心广场一棵树下找到女儿，女儿已经睡着了。我把女儿叫醒，气得朝着女儿屁股轻轻拍了一下说：你为什么这么不听话！女儿委屈地哭了，我望着女儿委屈的样子也哭了。回到家里我睡在床上，心里不断地说：女儿呀，妈妈不该打你，都怪妈妈不好，要是你有个有钱的妈妈，也不会晚上跑来跑去，一个人睡在广场里。为什么你的妈妈是个农民工啊！

　　腊梅心里愧疚得一夜睡不着觉，一会儿紧紧搂着女儿，一会儿摸摸女儿的手，一会儿轻轻吻着女儿的额头，止不住的眼泪扑簌簌地流着。泪水滴在女儿的脸上，腊梅用枕巾擦掉女儿脸上的眼泪，擦了滴，滴了又擦，不知反复多少次，枕巾擦湿了，眼泪还是擦也擦不完。腊梅思前想后，想到自己小时候淘气的样子。腊梅姊妹五个，腊梅最小，那个年代大人顾不上管孩子，生气了就是拳打脚踢。腊梅倔强的性格没少挨过父亲的打，妈妈总是护着腊梅，常常和父亲为此吵架。腊梅记得父亲不管怎样打自己，她从来不掉一滴泪，现在当了两个孩子母亲的腊梅，不知道为儿女流了多少泪。腊梅小时候家里穷，没上过学，认识几个字也是后来断断续续拾掇下的。记得爸爸说：老家方圆几十里，从来没听说考上一个大学生，农民的娃娃也没有那种奢望，考不上学就在家里安心劳动。现在世事不同了，农民对孩子上学好像着了魔似的，死活都要供孩子上大学。即使考不上一本、二本、三本大学，自己掏腰包也要让孩子上那些所谓包分配包就业的骗人大学。只要戴一个大学生的桂冠，只要不回家种地当农民，学生、家长都感觉满足了，给亲戚朋友也有个交代，做父母的从来没有想享儿女的福。

腊梅说话时神情显得有些激动，我又插了一段不知趣的话：改革开放前几十年，我们国家的政策太亏待农民了。改革开放后中央每年一号文件都是针对农村农民的，好多优惠政策倾斜农民和农村，每年中央财政不知道给农村拨了多少扶贫款，这些扶贫款真真正正落到农民手里能有多少？一些地方上的干部上下勾结，欺上瞒下，吞占了多少粮补款、退耕还林款？不过还是要感谢国家，免去了农民的农特产税，免了农业税，这是自古以来从来没有过的好事呀！过去农民进城打上一年工，要不到工资是经常的事，近几年政府帮助农民工讨要工资，给农民工帮了大忙，初步解决了农民工讨薪难的问题。物价飞涨，农特产品收入没有保障，靠天吃饭，农民随孩子进城陪读，学杂费沉重等，农民生活的幸福指数和城里人差别越来越大。我们应该扪心自问，城市的栋栋高楼，哪一栋不是农民工撑起的；城市的家家单元楼，哪一家不是农民工装修的；城市的重活、脏活，哪一样不是农民工干的；我们生活中的米、面、油、蛋、菜、肉，哪一样不是农民供给的。前多年，我们许多政策对农民身份的另眼看待，导致了农民身份的低贱，造成当今青年学生不愿意回家种田当农民的农民危机。多年来，那些每年收入上千万甚至上亿元的小品大腕儿们，在舞台上总是把农民当笑料，丑化农民，亵渎农民，造成农民在整个中国人的形象中不是傻，就是愚昧。腊梅望着我说：在小县城打工，有钱人看我们都是一种异样的眼光，更不要说大城市了。

腊梅接着说起孩子的事：早晨我还没起床，南凤咳嗽得厉害，我摸了摸女儿的头，热得烫手，女儿感冒了。我赶忙起来，顾不上给儿子做饭，让永灵在家复习功课，我抱着女儿到医院去了。医生量了孩子的体温，39.8摄氏度。

医生说感冒引起急性肺炎,要住院治疗。女儿在医院住了五天,我日夜守护着,永灵放学后也赶到医院看妹妹,我没工夫给儿子做饭,每顿饭给儿子几元钱,让儿子在街上买着吃。晚上儿子补完课后,又跑到医院,我要儿子回家休息,儿子坚决不回家,说,妈,你太累了,你趴在床上睡吧,我陪妹妹。我看着永灵心疼地说:儿子,你休息不好,第二天没有精力上课,还是回去吧。我再说:永灵就是不回去,陪着我,陪着妹妹,一直陪到第二天早晨上学。腊梅说到这儿,失声痛哭了:也可能是我穷吧,两个孩子年龄还小,都很懂事。永灵有时还提出停学帮我做生意,你说我能让我的儿子停学吗?我看着腊梅,同情地摇摇头,没说话,心里沉甸甸的。心想,为什么人与人的差别这么大,大人的身份地位悬殊越大,孩子悬殊差别越大。穷人家的孩子和富人家的孩子,对待社会贫富悬殊的看法到底有什么分歧,分歧的根子在哪儿?心理学家、教育学家对待这一社会问题有怎样共同的认识,有怎样不同的认识?我曾经说过:假使两个孩子在同一个班上学,两个孩子甚至是同桌,一个是亿万煤老板的孩子,一个是农民工的儿子。一个星期天,煤老板的孩子约农民工的孩子到他家,农民工的孩子看到煤老板家是花园别墅,陈设着昂贵的家具,摆着名烟名酒,喂着几万元、甚至十几万元的宠物,想到自己全家住着十几平方米的矮房,家里没有一张像样的床,农民工的孩子心里会掀起一种什么样的思绪。农民工在建筑工地上,夏天头顶着炎炎烈日,冬天冒着严寒风雪,累死累活能赚几个钱?煤老板利用国家的矿产资源日进斗金,我们政府不是说,国家资源人民共享,何年何月才能实现"共享"这个公平的社会呢?

回到家里,我整理着和腊梅的谈话,对腊梅每一个遭遇,甚至每一句话我都在思考着,反问着。我猛地站起来拍了一下桌子说:今天怎么没有听到腊梅说丈夫声扬的事,肉夹馍摊子上也没有看见声扬。我心里从来放不下事,马上出门又要去问腊梅声扬的事。走了几步,看了看手表,已经下午四点了,心想说不定腊梅正在给孩子做晚饭,还要上夜市卖肉夹馍。算了吧,有机会再说。

  第二天我从乡下采访回来直接到商城夜市,借买肉夹馍,顺便问一下声扬的事。腊梅见我买肉夹馍,特意从炉子里挑了一个热烧饼,夹的肉比别人的多。我给钱腊梅死活都不收,我还是放在案板上,顺便问:咋不见你丈夫声扬?腊梅没抬头,也没说话,只顾打烧饼。我拿着肉夹馍站了一会儿,心里揣摩着,我问声扬的事,腊梅为什么不回答,不管怎么样,我还是刨根问底说:声扬到底上哪儿去了?腊梅看了看我,用擀杖指了指旁边卖羊肉串的一个男人说:前三四个月,领着卖羊肉串的妻子跑了。腊梅说完话,脸上显得很平静,继续打她的烧饼,烧饼甩在铁鏊上的"呱"的一声,显得特别清脆响亮。看着腊梅那种样子,我知道腊梅表面装着平静,内心充满怒火和无奈。我再也不能问下去了,转身就走。回到家里肚子一点儿都不觉得饿,我目不转睛地盯着腊梅打的烧饼,盯了一会儿,还是咬了一口,不知怎的,嘴里觉得苦苦的。

  后来,我才知道声扬家和卖羊肉串的媳妇老家相距不远,两个人上学时是同班同学,声扬没结婚前有人给两人提过亲。声扬到西安打工时和腊梅有了孩子,老同学也就另嫁了人。世上就是这样,说天大大得无边,说天小小得像一口碗。两个人的夜市摊子偏偏又挨在一起,久而久之,两个人的旧情复燃了。最让人不能原谅的是声扬偷跑时,把腊梅几年辛辛苦苦攒的两万元席卷一空。

婆婆总是说：陪孩子读书是天大的事

> 婆婆和媳妇都是二十多岁守的寡，两人相依为命，含辛茹苦抓养了张家第三代人——一个儿子和一个女儿。儿女们长大各自成家，在外地工作，儿女为了有人照管自己的孩子读书，发生了一场又一场"争夺母亲战"。八十多岁的婆婆为了解脱媳妇的困境，在一个寒冷的黄昏，跳进巷前桥头下的水渠里……

第二天是婆婆的二七，按当地的风俗，三七、五七、五十日、百日，儿女们要到过世了的亲人坟头前烧纸。一七、二七、四七的前一晚上儿女们在家里设的灵堂前烧纸悼念。聂迎春跪在婆婆的灵前号啕大哭，聂迎春的儿子张有生更是哭得爬不起来，眼泪止不住地从眼内往外淌，双手捶打着自己的胸膛说：奶奶，是孙儿害死了你，孙儿对你不孝啊。在大家的劝说下，母子俩好不容易止住哭声。迎春擦着儿子脸上的泪水说：明天早晨，你回单位吧。不要耽误了公家的事，你媳妇既要上班，还要照顾孩子上学。过了你奶奶的百日，妈再到你那儿照管孩子。有生望着母亲消瘦的脸又哭了，说：妈，让我在家多陪你几天吧。母亲摇摇头说：你的工作要紧，现在找一份事也不容易，孩子上学的事更要紧，你还是回城里吧！

夜深了，迎春和有生谁也睡不着觉，婆婆生前和蔼的面容，刚强的身躯，说话的声音，一幕幕浮现在迎春的眼前……

迎春一边想着婆婆，一边埋怨女儿。迎春的女儿叫夏荷，比有生大两岁，按当地孝子的规矩，过了今晚她才能走。女儿说：饭店生意忙，丈夫祥娃一个人招呼不过来，孩子明年要上高中了，学习也不能耽误，埋葬了婆婆的当天，就坐车返回西安。迎春心里说：你奶奶平时把你当宝贝，凡事都护着你。人常说，要知父母恩，怀里抱子孙，这一点儿道理你也不懂，迎春想着想着，想起自己刚嫁到张家时的情景——婆婆十六岁嫁给公公，二十三岁生下丈夫张忠贤，忠贤不到三岁，公公修水库时"以身徇职"。婆婆含辛茹苦把忠贤抓养大，迎春二十岁时和忠贤结了婚，几年工夫生了女儿夏荷和儿子有生。有生长到五岁时，忠贤得了急性肾衰竭也死了。那阵子刚分田到户，张家庄在黄河边，祖祖辈辈以种菜为生，春有春菜，夏有夏菜，秋有秋菜，冬有冬菜，一年四季忙得不可开交。迎春起早贪黑忙着地里的活，婆婆在家照顾孩子，有空到地里帮忙。20世纪六七十年代的孩子也好管，管十个比现在管一个还要轻松。逢三六九迎春还要赶着毛驴车拉菜到县城卖。一家两代寡妇，管着两个孩子，三百六十五天头顶星星而出，身披月亮而归，辛辛苦苦在地里劳作着。两个人心里同样有一个信念，那就是把孩子供养大，能端上公家的饭碗，也对得起死了的两代男人。婆婆是个刚强人，待人说话通情达理。有时在灯下劝迎春说：妈守了几十年寡，知道守寡的难处，你还年轻，把孩子给我扔下，要是有个合适的

人，还是嫁了吧。迎春说：妈，当年咱家穷得买不起盐，日子比现在苦得多，你都熬过来了。如今分田到户，虽说苦了点儿，但日子一天比一天过得好，不缺吃，不缺穿，零花钱有了，我咋能忍心丢下你和孩子，走出咱张家的门。不管婆婆怎么劝说，迎春总是说：婆婆，我生是张家的人，死是张家的鬼。说到伤心处婆媳俩忍不住抱头痛哭，一直哭到深夜……迎春想到这里差点儿哭出声来。

有生翻来覆去睡不着觉，想着奶奶，想着妈妈，想着姐姐，想着记不清影子的父亲。自己小时候贪玩，经常跟着一伙小朋友，到芦苇荡里逮鱼呀，捉鳖呀，有时玩得高兴了，忘了回家吃饭。奶奶领着比自己大两岁的姐姐，四处喊着有生的名字找孙儿。看到孙儿弄得满脸泥浆，奶奶心疼地拉着有生到水渠边，一边给有生洗脸，一边嗔爱地批评孙儿说：再不要乱跑，芦苇荡里有王八，王八专门咬男娃娃的腿。芦苇荡里每天下午四点左右黑蚊子一团一团地飞出来，有生裸着的上身被黑蚊子咬得到处都是红疙瘩。回到家，有生坐在奶奶的怀里，奶奶轻轻揉着有生身上的红疙瘩，用清凉油慢慢涂抹着，姐姐在一旁也帮着奶奶给有生抹清凉油。姐姐比自己大两岁，该到上学的年龄了，妈妈说：咱家没劳力，过几年让有生上吧，夏荷还是算了。奶奶坚持说：我没上过学，是个睁眼瞎子，到了县城连东南西北都搞不清。你停学的原因是低标准没啥吃，耽误了你的前程，说什么也要让夏荷上学。夏荷和有生先后两年都进了本村的小学。谁知夏荷上到小学四年级得了一场恶性痢疾，在炕上躺了两个多月，耽误了学习。孩子们的学习越是赶不上，往往越不想上学，夏荷死活都不去学校，奶奶妈妈再说也没有用。有生天资聪颖，学习一直很用功，十三岁考到乡上初中。两代单身女人吃苦受累就是为了守住张家这根独苗,巷里人经常在奶奶和妈妈面前夸有生,说你们婆媳俩的苦没白下,有生将来肯定有出息,能干大事。乡上的初中离张家庄有十五里地,学校有宿舍,也有学生灶。奶奶担心有生吃不好、睡不好,苦了自己的孙子,和妈妈商量,借住到乡上一个亲戚家给有生做饭。有生记得,黄河岸边的夏天,天气闷热,吃饭时,奶奶一手拿着竹扇子不停地给自己扇凉,一手拿着毛巾不停地擦自己头上的汗珠。冬天放学回家,奶奶让有生坐到热炕上,她站在潮湿的地上,一碗接着一碗端给有生吃。有生晚上下自习回来迟了,奶奶总是站在巷前桥头上等孙子。想着想着,有生呜呜地哭了。

迎春听着有生哭泣的声音,拉亮灯转过身坐起来说:孩子,不要哭了,也不要多想,睡觉吧,明天早晨还要赶车哩。说着拉了拉有生的被角,生怕儿子着凉。

外边的西风刮得更大了,俗话说,西风不过酉,过酉连夜吼。迎春听着外边揭屋檐的西风,心想,明天肯定是个大冷天,不知道城里的班车能不能按时发车,万一不行,让堂弟家的孩子开车赶早把有生送到县城。迎春坐起来拿着手机想打电话,一看手机上显示的时间是晚上十一点半,心想,人家一定睡觉了,明天早晨起来再说,又躺下了。人上了年纪,心里有事,晚上就睡不着觉,过去的事儿就像流水一样在眼前哗啦啦地流着。婆婆的影子又浮现在迎春的面前。夏荷退了学,有时在家里帮奶奶做家务活,有时帮妈妈干地里活。种菜是个苦差事,夏荷小小年纪不但干得一手好农活,料理家务也是个好帮手。婆婆提到夏荷经常说:夏荷没读多少书,是我的过错,欠下孩子的知识债,下辈子还吧!夏荷有时做错了事,迎春批评她,婆婆总是护着夏荷。夏荷长到十八岁,要出门打工,婆婆不管任何人劝说,就是不让孙女出门,总是说夏荷小,在我身边放心,女娃长大了,出门有个三长两短,我对不起我死去的儿子。婆婆对迎春说:女大不中留,还是给夏荷瞅个人家,嫁了吧。迎春说:现在的女娃娃要出门,让她出去吧,十八岁的娃娃,政策也不允许结婚,过两年再说吧。

当年后季,婆婆陪着有生进县城读高中,有闲空就给夏荷准备嫁妆:单子、被子和门帘各准备了十几条。夏荷趁着婆婆在城里陪有生读书,偷偷出门打工了。夏荷走后,婆婆提起夏荷就哭得像泪人儿。两年后,夏荷在外打工时认识了邻村的王小平,两个孩子一起出门打工,一起回家,日久生情,两人相爱了。婆婆见两个孩子都大了,便催着他们结婚,省得大人操心。夏荷出嫁时婆婆对迎春说:咱们家亏待了我的孙女儿,男方家的彩礼一分也不能收。不仅如此,婆婆和迎春还给夏荷陪了电视机、洗衣机、沙发等,陪的嫁妆花了将近两万元。村里人羡慕地说:谁家娶了夏荷这样的媳妇,就发财了!现在迎春心里不由得又埋怨起女儿。婆婆去世后,夏荷得到消息,埋人先一天下午才赶回家,夏荷的丈夫和儿子没有回来。理由是天气不好,路难走,再是孩子快期末考试了,丈夫还要招呼孩子。迎春埋怨夏荷一点儿人情世理都不懂,夏荷说:你外孙子到我奶奶膝下已经是第四辈人,回来不回来不大要紧。夏荷在家待了一个晚上,第二天从坟地里刚回来,丈夫就来接了,说是快到年终,生意忙。迎春死活留不住夏荷,流着眼泪送女儿出了大门,一直送到巷前桥头上,再三叮咛:路不好,小心点儿开车,不要只顾生意,耽误了孩子的学习,什么事都没有孩子学习重要。夏荷和丈夫头也没回地走了。迎春扶着桥头上的石栏杆,望着车后卷起的尘土。车消失了,尘土随之也消失了。迎春叹了一口气,心里说:教女不贤

娘有过,把女儿惯坏了!

这时迎春感觉到口有点儿干,没有拉灯,轻轻下炕喝了一杯水,轻轻地又上炕睡下,怕惊醒儿子有生。其实有生也没睡着,正想着奶奶在城里陪自己上高中的事。

有生以优异的成绩考到县高中的"火箭班",全家甚至全村人都为有生高兴。有生平时不爱上体育课,只知道刻苦学习,努力拼搏,累得上课时常常头昏。为了照顾有生的身体,奶奶不顾迎春反对,硬是在城里租了一间厦房给孙子做饭。那时农民陪孩子进城上学很鲜见,有生的奶奶捷足先登。为了让有生身骨板子硬起来,奶奶想了各种办法。她曾找过一个当中医的亲戚,给孙子各种补药买了一大堆,有补身体的,还有开发智力的。奶奶每天按时把药熬好,有生嫌苦不愿意喝,奶奶哄着劝着,看着孙子把药喝完,连刷了药碗的水也命令孙子喝完,一滴不剩,生怕浪费了药内的养分。

有生读到高二时,县高中搬到新校址,新校的后勤部规定,学生一律在校食宿,星期一到星期五,不准一个学生出校门。家长沸腾了,甚至愤怒了,不管情况是否真实,在校学生都在喊学校食堂的饭菜不但不好,而且贵得惊人。在社会舆论的压力下,学校做了一个小小的让步,县城内的学生可以在外住宿,但三餐必须在校。有生是乡下的学生,没在让步之列,奶奶找到学校后勤部,好说歹说,后勤部长表态,不能开先例。人常说,寡妇的性格、开了刃的镰,那是磨炼出来的。奶奶一次不行,去第二次,两次不行,去三次,后勤部长经不住奶奶的软缠硬磨,终于答应了奶奶的要求,有生晚上可以回到奶奶身边睡觉。奶奶经常给人说,有生睡在她身边,她的心才能放得下。有时奶奶整夜整夜睡不着觉,月光从天上透过玻璃窗照在有生的脸上,

奶奶坐起来，披着衣服，仔细端详着自己心爱的孙子可爱的脸蛋，大大的眼睛，高高的鼻梁，心想，下巴比进城时圆了，是大富大贵的相。可惜他爸爸死得早，要是活到现在，一家人多高兴呀！奶奶想着前三十年，后三十年，伤心地流了几滴浊泪，滴在睡着了的有生脸蛋上，奶奶用嘴唇轻轻吸吮着有生脸蛋上的泪水，月亮偏西了，奶奶才睡觉。天上的月亮也感动得躲在树杈里偷偷地哭泣。

家长担心学校的生活不好，好多家长做好午饭赶中午十二点给孩子送到学校门口。学生家长的心无时无刻不操在儿女身上，不让孩子受一点儿委屈。县城中学七八千学生，开午饭时，校门外人山人海，都是给学生送饭的家长。有生奶奶已经六十过半，每天中午骑着一辆破自行车，摇摇晃晃给孙子送饭。有生的家乡在黄河边，脑子机灵的农民开始养鱼了，有本地的，还有外来的，大小鱼池数也数不清。社会上只要吹起一股风，就会越吹越大，吹得地动山摇，没有的吹成有的，假的吹成真的。有生的家乡有一种野生鱼，叫黑乌鲤，人们都说这种鱼肥，肉硬味美，营养价值高。人常说，鱼儿离不开水，黑乌鲤离开水可以活四十八个小时，也不知是真是假，反正越吹越神。据说中央一位领导来西安点名要吃黄河边产的黑乌鲤，结果黑乌鲤的价格比别的鱼价格高出好几倍。奶奶为了给有生补身子，不管贵贱，隔上几天就到卖鱼的商铺买条黑乌鲤给孙子清蒸吃，要是买不到，捎话让迎春在黄河边买好，让顺路人带到县城。

在奶奶精心照顾下，有生的身体渐渐好起来，奶奶看着有生吃饭，摸着有生的脸，心里喜滋滋的。奶奶不知道从哪里听到说，登山能强壮身体，于是每到星期天，不管有生愿意不愿意，便拉着有生坐上班车到四十里以外爬武帝山。有生的家在黄河边，奶奶过去三六九逢集到县城里卖菜，上一趟坡有八九里路，也不在话下。现在六十过半的人了，一鼓气爬到武帝山顶，半路不歇，只是微微喘气。有生十七八岁的小伙子，爬山时老是掉队，追不上奶奶，奶奶还得在前边等。到了山路比较陡的地方，奶奶还搀着有生。爬一趟山下来，奶奶虽然感觉有点儿累，但稍休息一会儿就好了。有生的身子骨却像散了架似的。婆孙俩坐车回到家，有生累得躺在床上，连复习功课的力气也没有了。几次爬山后，奶奶心想，要是这样下去，会耽误有生的学习，便再不陪有生登山了。世上爱孙子的爷爷和奶奶，孙子要他的命，他都会毫不犹豫地给孙子。奶奶又想出一个陪有生锻炼身体的办法。她听说县城好多人早晨到九龙公园跑步锻炼身体。每逢周末奶奶便早早叫醒有生，陪着他到九龙公园走路，来回往返十几里。一路锻炼的人们开始用惊奇的眼光打量着这一老一少；时间长了，人们对这个爱孙子的奶奶从羡慕到尊敬。有些学生的家长认识有生，称赞说：有生积了几辈子福，积下中国少有的好奶奶。

　　想到这儿，有生轻轻地爬了起来，走到奶奶的灵前拿着装奶奶遗像的镜框，又上炕躺在被窝里，怀里紧紧搂着奶奶的像，热泪滴在了奶奶的遗像上。

　　迎春睡在炕上，儿子的一举一动她全看在眼里，她没有说话，翻来覆去还是想着婆婆。有生上了大学，奶奶回到家，女儿夏荷生了一个男孩，儿子长到两岁时，夏荷把孩子送到娘家给迎春说：妈，你知道我婆婆被小平的哥哥接到城里管孩子当保姆去了。我的孩子没人管，现在物价越涨越高，我俩靠种菜收入的一点儿钱，根本不够花。我和小平想出门打工，孩子给你放在家里。迎春心里有些不同意，却没有说出口。迎春的婆婆说：你妈妈地里忙，没工夫管孩子，奶奶替你管吧，奶奶把欠你的债还给你，死

了也能闭上眼睛。夏荷和小平感激地给奶奶磕了三个头，出门打工了。管孙女家的儿子，比管自家的孙子还难管。热不得、凉不得、高不得、低不得、宽不得、严不得。夏荷的孩子让太姥姥宠坏了，除了睡觉外，总是要太姥姥抱着，要么就是跟在太姥姥屁股后边，拉着衣角寸步不离，除过太姥姥，谁也不认，也不认迎春。婆婆常说：我可能是人老了，管夏荷的娃真费劲，管不好孩子没办法给夏荷交代。婆婆常常在迎春面前说：迎春呀，妈是老了，再老也要管好你女儿的孩子。夏荷和丈夫每年春节回家，给奶奶买好多东西，有吃的，有穿的，看到孩子长得白白胖胖的，拜年时跪在地上给奶奶多磕几个头，感谢奶奶。奶奶看见夏荷磕头认认真真的样子，高兴地给夏荷说：这是奶奶应当做的事。

　　时间好似东去的黄河水一去不复返，几年工夫，夏荷的儿子要上学了。张家庄的小学撤了，上小学也要到乡上的中心小学。婆婆犯难了，全托到学校，担心孩子吃不饱睡不好，怕外重孙子受了委屈，没法给夏荷两口子交代，自己陪着孩子到乡上，七十多岁的人了能行吗？迎春曾建议：还是让夏荷回家管孩子。婆婆说：听说夏荷和小平在西安接了一个小饭店，忙得不可开交，是赔是赚还难说。商量来商量去，婆婆还是说：凭着我这把老骨头试试吧。婆婆领着夏荷的儿子租住在乡中心小学附近的民房里，给读书的外重孙做饭去了。婆婆对夏荷儿子的照顾关心，比当年管孙子有生更费心，如今的孩子更难管。当今社会家长管孩子难呀！迎春知道婆婆老了，有些活力不从心，就隔三岔五到乡上婆婆住的地方，帮婆婆蒸馍擀面。每次见到婆婆都说：不要太惯孩子。婆婆叹一口气说：管人家的孩子比管自己的孩子还难呀！

不到两年工夫，夏荷和丈夫苦心经营，小饭店生意越办越红火。孩子上四年级时，夏荷接孩子到西安读书，婆婆这才松了一口气，回到家对迎春说：管了两年孩子，我身上脱了几层皮，岁月不饶人，妈是老了。迎春说：妈，你身体还硬朗着呢，能活到一百岁。婆婆笑着说：我也不想活一百岁，只想活到八十，还要陪我孙子的儿子读书呢。迎春瞅着婆婆深情地说：妈，您太辛苦了，管了两辈人，你还想管第三辈人！我刚过五十，觉得身体都不如以前了。婆婆望着迎春掉了两滴泪说：刚过五十，头上就有了白头发，咱这个家靠你呢，你一定要撑起来。

古历十一月二十的月亮，凌晨两点才照到窗上，有生借着窗前的月光看着镜框里奶奶慈祥的面容，想起自己考上名牌大学接到通知书后，全家人高兴了，全村人高兴了。村上有史以来出了第一个名牌大学生。尤其是奶奶高兴得全村转，逢人就说、见人就夸：我孙子考上名牌大学啦！买了十几串鞭炮，叫了几个小伙子从村里一直响到村前的桥头上。当天下午奶奶和妈妈领着有生到爷爷和爸爸坟前烧纸，奶奶拿着一瓶酒，双手举过头顶，一瓶酒全部洒奠在坟前说：你父子俩躺在地下多年了，今天我告诉你们，咱们家供出个名牌大学生，死时你们闭不上的眼睛现在该闭上了。妈妈跪在一旁大声哭起来，有生也跟着妈妈哭了，奶奶更是放声大哭。哭声震撼着黄河两岸的山冈，滔滔的黄河水席卷着一家人的哭声流向远方。过了几天，奶奶挑了一个黄道吉日，杀了一头猪，叫来厨师，宴请全村人。这一天，村里的人来了，邻村的人也来了，巷里巷外比娶新媳妇还热闹，从来不喝酒的奶奶那天喝醉了。记得奶奶那天脸喝得通红，走起路来显得刚强有力，两只脚蹬得地也在咯吱响，说话的声音震落了院子里桐树上的几片桐叶。

有生细细端详着奶奶的遗像,轻轻地吻了一下。转念又想起自己结婚那天尴尬的场面。有生大学毕业后,应聘到南方一座城市的一家国企工作。不到两年,有生和大学的一个女同学结婚了。爱人的家就住在这座城市,爱人的父母还是一个不大不小的政府官员。恋爱时,女方的父母坚决反对,嫌有生家在农村,和自己门不当户不对。有人说,一个姑娘爱上一个小伙子九头牛也拉不回来,两个人还是结婚了。按风俗婚礼应在有生家举行,女方的父母坚决不同意,有生拗不过爱人,举办婚礼的一切安排和费用女方父母包办了。有生不顾爱人的反对,接来奶奶和妈妈。爱人说:房子是我父亲买的,不能让你家里的人住,也不准踏进家门一步。听完此话,有生气得浑身打战,真想转身一走,了断这场婚事,但又担心奶奶和妈妈受不了,只好委曲求全。农村出身的孩子,即使大学毕业了,几十年在大城市也买不起一套房子。有些同学羡慕有生的好妻命,哪里知道有生有泪只能往肚里流,心里的苦楚,没法对人说。有生把奶奶和妈妈安排到宾馆里住下,心里流着血,脸上装着笑,对奶奶和妈妈说:这样的宾馆你们见也没见过,今晚就开个洋荤吧。

结婚当天,男方的家长应该是主人,女方的家长应该是客人,中国习惯中的嫁娶二字有严格的区分,结果婚礼程序转了一百八十度的弯。更让人生气的是,家长的桌上只有女方的父母,没有有生的奶奶和妈妈。家长发言时,女方的爸爸走上台前拿起话筒,异常兴奋,讲着对儿女的几点希望和祝福。谁知女方家长讲完话,主持人刚要宣布下一个议程时,有生的奶奶走到台前抢过话筒说:我是新郎张有生的奶奶,我和有生的妈妈从老家赶来了,参加我孙子的婚礼。说完走下台迈着她那惯有的刚强的步子把有生妈妈迎春拉上台继续说：我和他妈都是二十多岁死了丈夫，两代人抓养了有生这个名牌大学生，我孙子是黄河岸边苦水泡大的，我孙子很争气，学习从小到大一直是班上的尖子。孙子媳妇呀，你嫁给我有生是你前辈子积的福，在这儿我感谢我有生的丈人爸和丈母娘，把我孙子的婚事操办得很周到，再谢谢在场的大贵人们能给我孙子捧场。说着拉着有生的母亲向台下鞠了三个躬。台下坐的都是城里人，可以说都是女方家的贵客。听完满身土气的老太婆的讲话，台下鸦雀无声，随之一阵掌声久久不息。婚礼的当天晚上，有生的爱人和有生大闹一场，说有生的奶奶和妈妈走上台前丢了她的人。第二天早晨，有生赶到宾馆，奶奶和妈妈已经走了。有生难过得趴在宾馆的床上哭了一个上午。

想到伤心处有生狠狠捶了一下自己的头，对着奶奶的遗像说：奶奶，孙儿是个孬种，软骨头！十年了，奶奶在婚礼上的讲话常常萦绕在有生的耳旁。他为有这样一个刚强的奶奶感到自豪、觉得荣幸，有生把奶奶的相框搂得更紧了。

迎春努力想让自己的心平静下来，谁知窗外的风刮得更大了，黄河的涛声听得更响了，迎春的思绪像滔滔的黄河水，不停地流淌着。女儿夏荷把孩子接到西安后，两年从没回过一次家，有一天夏荷突然回到家给母亲和奶奶买了好多东西，晚上坐在灯下对妈妈说：你的外孙过一年就要上初中了，我们的生意忙，顾不上管孩子，我想接你到西安管孩子，我租了一套单元房，你和孩子住在家里，给孩子做饭。迎春想了想说：你还是让孩子到你的饭店吃饭吧，地里农活忙，我顾不上去，你奶奶也老了，还要我照看哩。夏荷说：饭店离孩子的学校有点儿远，如今社会治

安又不好，城市里丢孩子的事经常发生，你忍心让你的外孙出事吗？婆婆接着夏荷的话说：你这娃净说些不吉利的话，你妈扔不下家里的活，让我去吧。夏荷说：西安城那么大，我租的单元在五楼，你快八十岁的人了，上下楼不方便，你到西安是你照顾孩子，还是让我照顾你哩！争来争去，想来想去，孩子上学的事是天大的事。迎春无奈只得跟随女儿到了西安。婆婆一直把她送到村外桥头上，迎春边走边不停地回头看着站在桥头上的婆婆，河风吹着将要八十岁老人散乱的头发。她那挺直硬朗的腰板已经有些弯了，爬满皱纹的嘴角在风地里抽动着，迎春心里一酸，掉过头不忍心再往回看……

　　夏荷的孩子吃惯了饭店的饭，迎春用尽心思做着家乡的花样饭，也不合乎孩子的口味。有一次，孩子扔掉迎春做的南瓜包子说：怎么不给我做肉包子吃？你这个乡里来的土包子外婆，给我做的尽是土包子爱吃的饭！迎春气得哭了，几次想回家，都被夏荷拦住了。夏荷给妈妈解释说：现在的孩子哪里知道你们过去的苦生活，你也再不要在孩子面前讲过去的苦事了，孩子们根本听不进去，也不爱听。迎春嘴里没说什么，心里想：你进城才几天，开了巴掌大一个小饭店，能挣几个钱？农村的苦全忘完了，看你能把孩子惯成啥样子？听人说城市是个大染缸，这话说得一点儿也不假。

　　夏荷两口子真的把孩子宠坏了，经常逃学，晚上钻到游戏厅不回家。学校老师找到饭店对夏荷说：你们也是打工的，为什么把孩子惯成这样子，再不管严，孩子变坏了，到那时你们后悔也来不及！挣的钱再多也没用处。夏荷两口子没有检查自己的责任，反而把孩子的过错怪在母亲头上。老师走后的当天晚上，两个人早早关了饭店门，回到租住的单元楼。夏荷拉着脸说：我奶奶管我弟弟，从小学管到高中，看着进了大学门，管得那么好。你到这儿才半年就把我娃惯坏了，你真是个偏心眼，爱儿子，不爱女儿，更不爱外孙子！夏荷的丈夫小平接着说：你要是认为给我管孩子是白管，算不过账，我每月给你发五百元的工资，这总行了吧。迎春身子打了一个寒战，五十过半的人了，第一次受到这么大的侮辱，侮辱自己的竟然是自己的亲生女儿和女婿，她真想走上前去给夏荷一个耳光，想了想还是忍住了，委屈地哭了。夏荷不管母亲同意不同意，用一种命令的口气说你每天都要接送孩子，一步也不能离开孩子。迎春虽然心里不愿意，表面上还是应承下来。世上都是这样，哪有做父母的和儿女争高低、比输赢。后来想想，夏荷从小失去父爱，没有上多少学，也难怪。两口子做一点儿小生意也不容易呀，自己不能因受了一点儿委屈而耽误了孩子。为了孩子的学习，一切都忍着吧。

迎春又想起一件事：快放寒假了，婆婆捎来话，要迎春过年回家一定把外重孙带回来，她想见孩子，有时梦里也梦见娃。春节前迎春回家时，要带孩子，夏荷死活不让带，说农村家里没有暖气，怕冻着她儿子。他们不在孩子身边，孩子淘气时，迎春也管不下。迎春显得很不高兴，独自回到家。迎春刚踏进家门，婆婆第一句话就问：咋没把娃带回来？年龄已经一大把的迎春看到将近八十岁的婆婆委屈得像小孩见到妈妈一样，趴在婆婆的怀里失声痛哭。守了几十年寡的两代女人，过去在外边受了委屈，只能婆婆给媳妇、媳妇给婆婆诉苦。婆婆看到迎春哭得伤心的样子，边安慰边说：别难过了，夏荷是你的亲生女儿，孩子又是你的亲外孙，有什么委屈不委屈的，人活到世上还不是为了孩子？晚上，婆媳在灯下拉着家常，婆婆不但没有怪夏

荷和孩子，反而批评迎春说：也是你的不是，当年我陪着我有生爬山跑步送饭都不嫌累，你每天上下几次楼算得了什么？迎春听了婆婆的话，春节过后照旧到西安给夏荷管孩子，临走前婆婆一再叮咛迎春：管不好孩子，对不起夏荷，对不起你死去的公公和男人。

迎春想起婆婆说的话，睡不着了，干脆穿好衣服，从炕上下来，开开房门，到婆婆生前住的房子里呆坐着。

有生听见妈妈走出房门，估计妈妈到奶奶生前住的房子去了，妈妈昨晚上说过一句话：你走时，妈把你奶奶生前保存的一样礼物送给你，你带在身边做个纪念吧！有生想来想去，也想不出是什么礼物，披着衣服坐在床上，双手还是捧着奶奶的遗像，一点儿睡意也没有……

有生结婚的第二年生了一个女孩，孩子长到一岁时，有生想带着媳妇和孩子一起回老家过年看奶奶和妈妈。媳妇坚决反对，也不让孩子回去，并讽刺有生说：我的孩子咋能回你那个农村的家！听说你老家睡的是土炕，炕上爬满了虱子。有生感到受了极大的侮辱，顺手扇了媳妇一个耳光，大吼：你城市里人有什么了不起，你爸爸不是农民，你爷爷是不是农民？你的祖先是不是农民？媳妇当即在电话里向母亲告了有生的状。有生的丈母娘坐着小车，气势汹汹闯进门和有生大闹一场。性格软弱的有生还是败下阵来，只得一个人回老家。到了老家，奶奶和母亲也知道有生的难处，没埋怨有生一句。迎春心想：自己的亲生女儿在农村长大，进城还没几天都不愿意回农村过年了，何况有生的媳妇是城里生城里长的洋娃娃。

有生的女儿生下来不到半年，都由丈母娘照管，有生几次想接奶奶和妈妈看管孙女儿，媳妇的一家人坚决反对。有生也怕惹出许多麻烦，只能忍气吞声。女儿长到三岁时，丈母娘患了脑梗，留下半身不遂的后遗症，把孩子送回给女儿和有生。有生想接妈妈过来带孩子，媳妇还是不同意，争来争去，最后雇了一个保姆在家招呼孩子。孩子长到四岁，送进幼儿园，有生想全托，媳妇不同意，说晚上孩子睡在身边她才能放心。雇的保姆早晨送孩子，晚上接孩子，白天给有生和媳妇做饭，料理家务。媳妇是娇生惯养的，说话难听，做事刁蛮，不到两年工夫，换了五个保姆。孩子眼看着要读小学了，谁来接送孩子，谁在家照管孩子成了有生两口子的头等大事。有生媳妇所在单位，近几年经营不善，上门生意变成到外地登门推销，有生媳妇经常出差跑推销。这个当官的女儿做事蛮横，心眼多，恐怕自己出门后有生节外生枝，破天荒提出家里不再找保姆，要接有生的妈妈管孩子，有生听了高兴得一夜没有睡着觉。

　　第二天早晨，有生急不可待，立即坐上火车往西安赶。有生在火车上心里盘算着：妈妈在西安给姐姐管孩子，姐姐要是不同意咋办？有生到了西安，好不容易找到姐姐开的饭店。有生见了姐姐，先没有说明来意，只是说借出差路过看看妈妈。夏荷几年没见弟弟了，显得特别高兴，给弟弟做了几个好菜。吃完饭，夏荷领着弟弟回到单元楼，取出几样水果，沏了一杯铁观音，回饭店忙她的事。妈妈几年没见儿子了，看到儿子，高兴得不知说啥才好。拉着儿子的手，摸摸头，摸摸脸，摸摸身子，母子俩拉了一会儿家常。妈妈问有生：来西安咋不给妈妈招呼一声，是出差吧。有生想了好一阵子，才吞吞吐吐把自己的来意告诉了妈妈。妈妈一句话没说，坐在床上呆呆地想，给儿子有生管孩子是当妈本分的事，是天经地义的事，孩子生下来长到七岁，当奶奶的还没见过一面呢，更不要说给孙子擦屎擦尿。按理说，夏荷的孩子已经长大，后季上初中，也

能离开人。谁知孩子淘气得很,虽然不逃学了,学习还是不刻苦,晚上在家里半夜半夜玩电脑。迎春再说,孩子也不听,几次关了电脑,孩子嘴里总是骂奶奶是土包子。想来想去,迎春还是决定不了,手心手背都是肉呀。有生见母亲左右为难,想到姐姐小时候对自己的疼爱,他不能为管自己的孩子从姐姐家把妈妈夺走,这样做太自私了。有生对妈妈说:我过去上学,也多亏姐姐在家帮你做农活,我外甥学习也是个大事,等外甥明年上了初中,你再到我那儿带孩子吧。妈妈想了想,这也是个办法。妈妈又对儿子说:明天早晨回家看看奶奶吧,你奶奶想你快想疯了。没有奶奶对你精心照顾,你是上不了大学的。

有生不敢再想下去,穿好衣服走下炕,轻轻来到奶奶的房门前,看见妈妈还是呆呆坐着想什么。有生不想打断妈妈的思绪,回到房子里放好奶奶的相框,坐在奶奶的灵堂前,望着灵堂上边姐姐给奶奶送的牌匾上写的四个大字"慈恩未报"。有生用手狠狠地捶着自己的头,是呀,奶奶对自己的大恩大德没有得到一点儿回报。做父母的都希望自己的儿女上大学,尤其是农民,流血流汗,一分钱一分钱地攒着,死活都要供儿女上大学,盼儿女成龙成凤,光宗耀祖。做父母的只讲贡献,不图回报,我这个大学生对得起供我养我的奶奶和妈妈吗?现在我和姐姐还争夺妈妈管孩子,为什么我们这代人老想着自己,不考虑别人?

有生第二天早晨在西安买了好多东西,准备回家看望奶奶。还没到长途汽车站,单位打来电话,说晚上有一个重要投资项目的论证会,有生必须参加。事关重大,有生反身坐出租车赶到咸阳机场,给妈妈拨通电话,电话中妈妈哭了。有生噙着愧疚的眼泪坐上飞机赶开会前回到单位。从此便再也没有见到奶奶。这时的有生从头顶悔到了脚后跟，但再后悔也见不到奶奶了。

想到这里，有生放声痛哭起来，眼睛里流的不是泪水是血。

月亮早已偏西，藏在树杈里，偷偷地听着有生的哭声，月光也暗淡下来。不懂事的西北风发了疯地吼着，院子里桐树上的枯树枝被刮断了，落在地上。有生凄凄惨惨的哭声传到院子里，被西北风挟裹着吹到黄河川道的旷野，送到了黄河里，伴着滔滔的黄河水，给去世的奶奶诉说着。

迎春听到儿子的哭声越来越大，嘴里还不停地喃喃说着：奶奶，我对不起你。迎春几次想安慰儿子，走出婆婆的房门却忍住了。心想，哭吧，大声哭吧，或许你的哭声能感动你死去的奶奶，保佑你和你媳妇、孩子一家平平安安！迎春打开婆婆的板箱，取出婆婆的袄子，找到有生上初中时穿的红肚兜。黄河边的地方比较潮湿，有生从小身体不好，上了初中又爱拉肚子。医生说娃的胃受凉了。婆婆精心给有生缝了一个红布肚兜，肚兜里边装了几种暖胃的中草药。老人常说，只要心诚就能感动天地。说也奇怪，婆婆的红肚兜终于治好了有生的胃病。有生上高中时，不愿意穿红肚兜，说同学笑话。婆婆不管怎样说，还是让有生穿着，直到上大学时，才脱了下来。有生上大学的那一天，婆婆和迎春把有生一直送到县城汽车站，看着有生上了车，汽车慢慢地开动了，婆婆从怀里取出有生穿的红肚兜，流着眼泪，用力向有生挥动着。多年来婆婆一直把红肚兜放在自己的枕边，早晨起床、晚上睡觉都要摸摸看看，嘴里也不知道念叨着什么。这几年人老了，晚上经常梦见孙子的红肚兜丢了，难过得哭出声来。迎春笑着对婆婆说：你孙子的红肚兜是一件文物，要加强保管。当着婆婆面把红肚兜裹在袄子里，放到板箱中。

婆婆去世了，儿子明天要回单位，迎春想了几天，还是把红肚兜交给有生。迎春走进房子，有生还在断断续续哭泣着，迎春把红肚兜交给儿子说：不要哭了，再哭你奶奶也醒不来了，这是你奶奶珍藏了多年你穿过的红肚兜，现在该还给你了。有生接过红肚兜，想起上初中时有一次肚子疼得直不起腰，奶奶背着自己到卫生所。医生说胃受凉了，消化不好。奶奶连夜在昏暗的灯光下给自己缝了这个红肚兜，第二天早上奶奶亲自给自己穿到身上。一幕幕往事涌现在有生的眼前。有生不但没有止住哭，声音反而更大了，迎春再劝也劝不住，自己禁不住也哭出声来。母子俩谁也没有睡意，哭着说着，倾诉着……

不知不觉天明了，一夜西北风，天冷得取不出手指。迎春收拾好儿子的东西，亲自看着有生给婆婆磕了三个头，走出村子，走过桥头，走到公路边等班车。村上爱唱歌的张铁嗓站在桥头，面朝着雾茫茫的川道，唱起洽川一位诗人写的一首歌词《送儿别》：

桥下水，哗哗流，流到几时是尽头。
烈日悬空照，寒风冷飕飕。
老娘站桥上，送儿把学求。
千叮咛，万叮咛，几把老泪情悠悠。
夜凉常添衣，饿了加碗粥。
常忆山泉水，勿忘桥头柳。
身在高楼中，牢牢记乡愁。
儿行千里母担忧，儿行千里母担忧。
青石桥，千年修，青石桥下不行舟。
年年正月初五过，儿女打工走西口。
老娘桥上站，洒泪在桥头。

沉重的陪读

走一步来一回首,千言万语叙离愁。
冬卧破毡房,暑天撑高楼。
家有读书郎,细水要长流。
常记九月九,年关往回走,
儿行千里母担忧,儿行千里母担忧。

迎春送走有生回到家,倒了一杯开水,喝了降压药。有一次迎春领着夏荷的儿子到医院看病,对医生说,她的头常常发晕,视力比过去差得多了。医生顺便给她量了血压,低压一百,高压一百七。医生说:你的血压偏高,要吃药。顺便给迎春开了处方。拿着处方,迎春脚步沉甸甸的,心想,我这把年纪了,血压高就高吧,女儿挣点儿钱也不容易,顺手把处方扔了,回到家也没给夏荷说。

迎春来到儿子家里是在暑假开学的前五天,是被有生从夏荷那儿接来的。女儿夏荷根本不让走,还是夏荷的儿子提出反对意见说:让我姥姥去吧,我已经上初中了,不需要姥姥管,你们为什么不培养我独立生活的能力,中学离饭店比较近,我到饭店吃饭就行了。夏荷最疼爱儿子也最怕儿子,儿子说的话,一句顶一万句,只能给妈妈放行。迎春来到儿子家,媳妇看见婆婆土里土气的样子,想说什么,看看有生的脸,还是忍住了。心想,老婆子来是照管孩子的,表面上还要讨好这个乡下婆。她对有生说:今天下午下班后,咱俩一块儿领着妈妈,到街上给妈妈买几件衣服。有生听了很高兴,心里想,太阳从西边冒出来了!

开学那天,有生和媳妇领着妈妈把孩子送到学校,幸好学校离有生家不远。送了孩子,有生领着妈妈在去学校的路上,转了几个来回,千叮咛万嘱咐,不要走错路。有生上班早上去晚上回来,中午在单位用餐。媳妇后天就要

出差了，中午，她领着乡下的婆婆一起接孩子送孩子，一路上让婆婆跟在她的屁股后边，拉开距离，生怕碰见熟人。媳妇出差了，有生用媳妇平时开的车，每天早上把母亲和女儿送到学校，自己才去上班，其他时间接送女儿的任务全交给妈妈。有生的女儿是娇生惯养大的，又有个不懂事理的妈妈，但可能是有生的遗传基因吧，迎春刚来那几天，孩子有点儿怯生，没过多长时间，孩子就离不开这个乡下奶奶了。有生媳妇出差回来，看到婆婆和女儿的关系很融洽，晚上睡觉再叫女儿，也叫不到她的床上。婆婆把家里打扫得干干净净，一切摆布得有条不紊，从来不让媳妇下厨房，变着花样给儿子、媳妇做饭。人常说，人心都是肉长的，婆婆的善良感动了有生的媳妇，有生媳妇对婆婆的态度有了一百八十度的转弯。

　　孩子放寒假了，迎春想回老家看婆婆，有生的媳妇却一天也离不开婆婆了，不让迎春回家。有生说：今年过年咱们一起回老家，看望奶奶。媳妇总是担心自己的女儿在农村老家待不惯，说什么也不同意。最后还是迎春让了步，说：有生，不要争了，你媳妇也是为孩子好，再过几年，带着媳妇和孩子回老家看望你奶奶。有生见妈妈说了话，也就算了，他哪里知道，这次没回家，使他抱憾终身。迎春让有生拨通女儿夏荷的电话说：夏荷，今年春节我不回老家了，你回家看看你奶奶吧，帮助奶奶做些家务活，免得你奶奶一个人在家孤孤单单。谁知夏荷反唇相讥说：你爱你的儿子和孙子，我也爱我的儿子，春节饭店又不关门，我顾不上回家，你看着办吧。说完挂断电话。迎春气得坐在沙发上，半响说不出话。有生劝妈妈说：不要怪我姐姐，我姐姐也有她的难处。迎春想来想去，给自己老家的姨妹打了电话，让姨妹到家里帮婆婆打扫房子、洗衣服、蒸年馍。

除夕的晚上，夏荷、有生一家在南，一家在北，各自团聚在一起看"春晚"，吃年夜饭。迎春挂念着远在千里之外的婆婆，推说自己身体不舒服，要到床上睡觉。谁知小孙女抱住奶奶不让走，要奶奶坐在自己身边。迎春坐在孙女的身边，强打精神心不在焉地看着电视。小孙女指着电视上的节目，不停地给奶奶指画着，迎春一句也听不进去。有生知道，妈妈是想老家、想奶奶了，每逢佳节倍思亲，妈妈和奶奶相依为命几十年，吃的苦像东去的黄河水，几天几夜流不完。有生背过身，擦了擦眼睛，给妈妈一会儿削苹果，一会儿剥砂糖橘，想冲淡妈妈对奶奶的思念。

腊月二十八，迎春的姨妹来到迎春家告诉迎春的婆婆说：我迎春姐今年春节不回家了，有生给我的银行卡上打了两千元，让我给你送来。我姐姐特意说，让我帮你把家里的活料理一下。迎春的婆婆苦笑着说：老了，不需用钱，只想要人，我还没见过我的重孙子，有生好几年也没回来了，有生的媳妇还没回过老家，她是这个家第三代的主人啊，我死后没法给有生的爷爷、父亲交代啊！说完陷下去的双眼流下了两行眼泪。

隆冬的黄河边，冷风飕飕，偏西的太阳照在地上像晚上的月光一样白。几十里的川道被家家户户冒着的炊烟笼罩着，人们各自躲在家里准备过年的饭菜，路上的行人稀少得能数清，该出门的人都不出门了，该回家的人都回来了，只有那些买不到回家火车票的农民工等到除夕这天才匆匆忙忙往回赶。村里不少人家已经贴好了春联，顽皮的孩子在巷道里，噼里啪啦放着鞭炮。张家庄村口桥头上站着一个老人，双手拄着拐杖，向公路上张望。寒冷的东北风吹散她满头的白发，她一点儿没有感觉到冷，远远望去，那厚厚的黑色棉衣裹着的僵硬的身躯像竖在桥头的一只黑鹳。

她明明知道孩子不回家了,还是站在桥头等,老人从太阳冒花一直等到太阳偏西,碰见的熟人说,张婆婆,你是等媳妇呀还是等孙子?她说都等。暮色慢慢笼罩了整个黄河川道,村里几个人扶着老人回到家。

当地风俗,除夕的晚上,灯不能熄,要亮到鸡叫。人们熬到午夜后,才能睡觉,习惯叫守岁,一夜熬两年。迎春的婆婆没有熄灯,没有吃年饭,人老了,从来不吃晚饭,吃了不好消化。夜半子时,几十里黄河川道的天空缀满五光十色的礼花,鞭炮声震撼得黄河两岸的黄土山冈,不停地滚着小黄土块。停栖在水草里的鸳鸯、野鸭子被惊得扑棱着翅膀,黑鹳仰起脖子咕咕地叫着,啄鱼鸟钻出来乘机夜袭被鞭炮声惊散的鱼群。孩子们三人一伙、五人一堆比赛着各自的礼花鞭炮,仅仅一秒钟,全世界的华人跨入了新的一年。天空飘起了雪花,瑞雪兆丰年,新年第一天的雪花飘飘洒洒落在大地上,给新年增添了春意。迎春的婆婆没有脱衣服,半闭着陷下去的眼睛坐在被窝里。人们都说,人老了爱忘事,刚发生的事情过一会儿就记不起来了。迎春的婆婆八十岁了,过去的事像过电影一样一桩桩浮现在老人的面前,她甚至想到给有生洗尿布、擦屁股的事,陪有生上学的事一点点一滴滴都记得清清楚楚。她又想到有生穿的红肚兜,站起身子想取出来看看,挣扎了几次也没有打开板箱,她有些生气地埋怨起迎春:你不藏东,不藏西,偏偏把红肚兜藏起来,我见到红肚兜,就好像看到了我的孙子。

老人眼前出现了幻觉:有生领着女儿回家了,重孙子长得一脸福相,白白胖胖的,多像有生,长大后准能考上一个名牌大学,比她爸爸的名牌还名牌。听别人说,现在孩子上大学已经不稀罕了,出国留洋才是大事,我重孙子肯定能出国。唉，出国回来我这把老骨头早已入土为安了……老人仿佛听见房门响了，重孙子从国外留洋回到老家，叫了一声太姥姥，扑到她的怀里……老人沉浸在无限喜悦中。老人清醒了，强打精神睁着眼睛看着昏黄的电灯泡，房子里空洞洞的，墙上照着老人佝偻的身影。老人眼前又浮现着儿媳妇迎春那张布满皱纹的面孔，叹了一口气，自言自语说：这个家苦了儿媳妇迎春！转念一想，迎春住在孙子有生那里，城里比农村好，有生懂事，肯定会孝敬他妈妈。迎春的头发变黑了吗？脸白了胖了吗？平时老人深夜睡不着觉，听着黄河的涛声慢慢地就睡着了。除夕夜的鞭炮声炸得门窗也在响，老人透过窗，模模糊糊看到空中的礼花，说了一句，又过了一年了。老人又想起了夏荷，夏荷一家是在外边放花炮还是在家看电视呢？迎春回到家常常埋怨说夏荷变了，夏荷的孩子不听话。老人总是说，男娃娃从小淘气，长大有出息，批评迎春不要用咱们过去的老眼光看孩子。想起夏荷，老人的心里像打翻了的陈醋瓶子，蜇得透心。不能怪娃呀，我对不起夏荷，没让夏荷上学。娃那阵儿要是考上大学，也能懂得大道理，夏荷的脑子并不比有生笨……

　　大年初一早晨的炮声打断了老人的思绪，窗外房顶上盖着薄薄一层雪花，迎春婆婆掀开被子，下了炕，准备煮迎春姨妹帮她包好的饺子。水还没烧开，拜年的人已经先后拥进院子里，有叫张婶的，有叫张奶奶的。邻居周大婶端来一碗煮好的饺子，对门杨大婶也送来一碗饺子，邻居陆陆续续给老人送来十几碗饺子。有肉的、有萝卜的、有韭菜的、有莲菜的。老人看着桌子上、炕沿上摆满的饺子，高兴地说：这么多饺子，我一个老婆子吃得完吗？周大婶说：你家孩子在外面挣大钱、干大事，过年没工夫回家，

几辈子的邻居了,谁家没个困难的。杨大婶说:咱们是对门子,有啥事,你老只管说,不方便,就搬到我家住,我儿子儿媳出门打工过年也没回来,只有我和两个孙子在家。斜对门王大叔说:吃百家饭长寿,中午到我家吃饭。老人看着大家,干巴巴的脸上有些红晕,说:这真是远亲不如近邻啊!

春节过后,迎春照常接孙女送孙女,给孙女做饭,媳妇出差回家,再听不到和有生吵架的声音。一个星期天,迎春做早饭,有生在旁边帮忙,迎春头晕得站不住,有生扶着妈妈坐在沙发上。中午开车拉着妈妈到医院检查,量了血压,医生告诉有生说:你母亲的低压是110,高压是180。有生吓了一跳,心里知道妈妈的病是累的,让医生开了最好的降压药给妈妈吃。妈妈对有生说:农村人的命大,不要给妈妈花那么多的钱。有生没有说话,一路上流着眼泪回到家。从此,有生有空就回到家,帮助妈妈做零活,带孩子。媳妇知道婆婆的病情后,也对婆婆百般照顾,不让婆婆累着。

转眼放暑假了,有一天下午,迎春和孩子在家,门铃响了,开门一看,女儿夏荷来了。迎春见夏荷第一次到儿子家,忙着给女儿烧茶水,取水果。夏荷看着自己的亲侄女,长得怪可爱的。迎春给孙女儿说:叫姑姑,这就是我经常给你说的你爸爸的姐姐。孙女儿走到夏荷面前,礼貌地说:姑姑,一路辛苦。夏荷高兴地把侄女搂在怀里看着,本来给母亲准备好的一番挖苦话也说不出来了。迎春问女儿:你的生意好吗?什么风把你吹来了?夏荷嘴里敷衍几句,只管逗着亲侄女。迎春又问:孩子好吗?提起孩子夏荷来气了,说:妈,你外孙今年考试得了全班倒数第八名,没人照管孩子,晚上放学回到家里,玩电脑、打游戏,就是不学习。你在西安那阵子还能管住,你走后没人管,孩子更是天不怕地不怕。迎春说:你孩子哪听我的话,天天叫我土包子外婆,你又不是不知道。夏荷笑了笑说:你不在西安,外孙子天天想你,想吃你做的麻食,想吃你做的韭菜盒,想吃你做的软面,食堂里的饭早已吃腻了,梦里都喊着你这个亲外婆呢。迎春笑着说:你少给我戴二尺五,我去了西安,有生的孩子谁管,有生媳妇经常出差,总不能把我一个人分成两半。母女俩你一句我一句说着。

　　有生回家了,看到姐姐高兴地说:妈,今天晚上不做饭了,和姐姐一起到斜对面的天顺楼吃火锅。吃饭时,夏荷几次想开口提母亲的事,看到有生高兴的样子,还是忍住了。有生一会儿给妈妈夹菜,一会儿给姐姐夹菜,一会儿给女儿夹菜,忙得不可开交。姐姐突然到来,肯定有什么事,有生心里也揣摩着。饭后回到家,一家四口人,坐着看电视,拉着家常。迎春闷着不说话,有生想问姐姐,觉得不好开口。最后还是夏荷说话了:弟弟,我和你商量一件事。你外甥今年考试成绩是全班倒数第八名,妈管着孩子时,考试成绩虽不理想,也没有这样差,我想接妈妈到西安,照管你外甥。有生一听头就大了,心里说,我的孩子也离不开妈妈呀。有生毕竟上过大学,想了想委婉地说:姐姐,我媳妇出差去了,我还要上班,你是第一次到这个城市,南方城市风景好,先玩上几天,等我媳妇回来后,咱们再商量。夏荷说:我饭店的生意忙,你姐夫一个人顾不过来,我哪有闲心在这儿玩。让妈妈准备一下,后天我领着妈妈回西安,你打电话把你媳妇叫回来,女人家出什么差,整天在外跑来跑去,也不是个办法。有生心里一直感觉到有愧于姐姐,尽管心里不同意,嘴里还是说:这事让咱妈定吧。迎春不想跟夏荷回西安,又不好意思说出口,

她知道夏荷的脾气，她一说不去，夏荷会说出更难听的话，只能敷衍地说：手心手背都是肉，你兄妹俩商量着定吧。过了两天，夏荷不管弟弟同意不同意，拉着母亲就要走。有生开着车，带着女儿把母亲和姐姐送到火车站，照看着上了火车。

　　有生送走妈妈，给单位请了三天假，在家照顾孩子。第二天晚上，媳妇回来了，知道有生姐姐领走了婆婆，和有生闹了一个晚上。吵着说：不管怎么样，你必须尽快到西安叫回母亲。有生说：要去你去，我不去，我怎能为管孩子和姐姐争夺妈妈。有生的媳妇不顾有生的阻拦，隔了两天，坐飞机到西安，好不容易找到夏荷开的小饭店。有生姐夫说：你姐姐和妈妈一起回老家了。

　　夏荷领着母亲到了西安，母亲执意先要回老家看望婆婆。夏荷担心妈妈回到老家不来西安，专程陪着母亲回到好几年没回过的家。迎春的婆婆看到媳妇领着女儿回家了，高兴得不知如何是好，迈着颤巍巍的腿，要给夏荷做小时候爱吃的油饼。迎春看着腰都直不起来的婆婆，脸上的皱纹像西坡上纵横的黄土深壑，耳朵似乎也聋了，走起路来也显得很吃力。迎春暗暗擦着眼泪，心想，大人都在为儿女操心，婆婆八十岁的人了，独自一个人待在家，没有一个儿女陪伴，越想越伤心。晚上，迎春和夏荷分别睡在婆婆的身边，婆婆总是问这个孩子那个孩子的事情，从不说自己的难处。迎春刚想问婆婆什么，婆婆摸着迎春的头说：娃呀，你还不到六十，头发也落了许多，比上次回来还瘦了。迎春哽咽着说：妈，我好着哩，娃娃的事你不要操心，你要当心你的身体。婆婆接着迎春的话说：你男人和你父亲给我托了一个梦，说咱家苦了你一个人，不过也值得，都是为了孩子呀。说着说着睡着了，梦里把"都是为了孩子呀"这句话不知重复了多少遍,最后连说话的力气都没有。迎春看着婆婆苍老消瘦的脸,给夏荷说:你奶奶真的老了。

第二天早晨,迎春把女儿叫到一边说:你奶奶的情况你也看到了,身边不能离人,我想留在家里照顾你奶奶。夏荷不高兴地说:给我奶奶找个保姆吧,钱我出,你不去西安不行。迎春心想,夏荷做了几年生意,赚了几个钱,变得这样自私,一点儿人情世理都不懂,正想发作,又怕婆婆听见,还是忍住了。下午,迎春正打扫婆婆的房子,有生的媳妇胆怯怯走进从来没有来过的属于自己的家,站在院子里,轻轻叫了一声妈。迎春走出房门一看,是有生的媳妇,既高兴又担心。高兴的是媳妇第一次回老家,担心的是媳妇跑回家叫她管孙女,这个场该咋收。夏荷看到从来没有见过面的弟媳,心里猜摸着,坏事了,准是叫妈妈来了,显得一脸不高兴。有生奶奶看见孙子媳妇回家,布满皱纹的脸笑得像盛开的一朵黑菊花。拉着孙媳妇的双手不停地端详着说:我孙子有福气,娶的媳妇这么漂亮!说着颤巍巍走到灶房要做饭。迎春拦住了婆婆,和女儿夏荷走进厨房,不一会儿做好饭,一家子人坐在院子里的石板上吃饭,边吃饭边说话。突然一只黑蚊子叮在有生媳妇的脸上,有生媳妇捂着脸叫了一声。迎春婆婆忙到屋里取出清凉油,抹在孙子媳妇的脸上,心疼地说:黄河边的蚊子就是多,我们习惯了,你细皮嫩肉的,哪受得了这个。迎春和夏荷忙把饭菜端到屋子里,有生的媳妇疼得没有动筷子,一边揉着脸一边说:妈,你走时怎么不给我打一声招呼,有生请了三天假,在家管孩子。三几天可以,时间长了,你的儿子要失业了。夏荷对着有生媳妇说:你只考虑到有生,考虑到我没有,我要是在家管孩子,我的饭店开不开呀?有生媳妇说:姐姐,孩子要紧还是饭店要紧?夏荷冷笑着

说：你的孩子是孩子，我的孩子就不是孩子？说得倒轻巧。你和有生都是吃公家饭的人，我不开饭店喝西北风呀！有生媳妇接着说：你的儿子上小学时奶奶带着，到了西安上学，妈妈也带过。妈妈到我们那儿才一年，你就把妈妈接到西安。迎春见有生媳妇第一次回老家，做姐姐的说话一点儿不让，想阻止住夏荷，不让她再说下去，谁知夏荷说话的声音更高了：奶奶带我的孩子才带了几天，有生上初中高中都是奶奶给做饭，日夜守护着，我在家里种地卖菜，有生上大学也有我一份苦劳。有生媳妇毫不相让地说：我听妈妈说，你上学学不动，自己不上了，不能怪妈妈和奶奶。夏荷见有生媳妇当着奶奶和妈妈的面揭自己小时候的短，愤怒了，站起来吼着说：我就是不让妈妈到你那儿去，要是妈妈答应了，我非死给你看。姐姐和弟媳你一句我一句吵个不停，迎春不论怎样劝说，两个人都不让步。迎春气得猛地站起来把碗往地上一摔说：我哪儿都不去，你奶奶老到这个样子，没一个人伺候，试问你们的良心让狗吃了？说着说着大声哭起来。夏荷和弟媳看着妈妈发怒的样子，才吓得都不说话了。迎春的婆婆坐在旁边，一句话也没说，本来是一桌团圆饭，结果谁也没动一筷子。

八月的黄河水涨潮了，大浪冲卷着黄土高原冲下来的泥沙，怒吼着。院子桐树上的秋蝉不停地叫着，葫芦架上吊着的两个长把葫芦似乎也在感叹地摆动着。黄河川道的后半夜，夜静人不静，汽车的喇叭声，粗犷的吼秦腔声，狗叫声夹杂在一起，扰得本来就没有睡意的迎春一家人更是睡不着觉，各人想着各人的心事。第二天早晨起来，谁也不说话。吃早饭时，迎春的婆婆开口了：夏荷呀，当姐姐的要知道让弟弟，你爷爷你爸爸死得早，咱张家就有生这个独苗呀！有生和媳妇端公家饭碗，不能耽误，再说有生孩子小,不能没人管,你的孩子大,不能太惯孩子。有的孩子识惯,有的孩子不识惯,按咱们老祖宗的规矩,有生的媳妇毕竟是这个家的主人,你咋说出那样难听的话对待你的弟媳呢?让你妈还是去有生那儿吧。迎春望着婆婆说:妈,我哪儿都不去,在家里照顾你,两个孩子的事,让他们各自想办法吧。婆婆接过迎春的话说:我能照顾好自己,在外不要为我操心,管好孩子,孩子上学的事比照顾我的事大得多。孩子上学的事是天大的事。迎春还想说什么,婆婆不让迎春再说,带着一种命令的口气说:这事由我定了,你们三个人行也得行,不行也得行!夏荷再也不好争论了,满脸不高兴,下午不辞而别坐车回了西安。迎春只得叫来自己的姨妹,千叮咛万叮咛地说:经常到我家跑跑,帮我照顾好我婆婆。在家住了三天,有生媳妇领着迎春回到自己工作的城市。

　　三个月后的一天中午,迎春的婆婆颤巍巍地走到村前的桥头上,看着灌溉渠里混浊的黄河水,后边的浪花一个接着一个,向前流淌着,就像人生的长河一代接替着一代,永无休止。迎春的婆婆叹了口气自言自语地说:人老了就要死,不能再给孩子添麻烦了……

　　有一天晚上,迎春接到姨妹的电话说:我两天去了你家四五次,大门上着锁,村里村外找遍了都找不到有生的奶奶,你赶快回来吧,是不是家里出事了。迎春听到这个消息,愁得一晚上没有睡着觉。第二天一大早,有生把母亲送到飞机场,飞往西安。迎春一分钟也不敢停留,坐班车回到家。家里的大门锁着,迎春在大门底下取出钥匙,开了门,院里屋里空荡荡的,不见婆婆。迎春跑遍了亲戚邻家打听婆婆的下落,没有一个人知道。后来邻村有一个女人说:前七八天中午,我到镇上买东西,看见你婆婆站

在桥头上,过了大约两个小时,我回家时你婆婆还在桥头上站着。迎春听到这个消息,心里有一种不祥的兆头,她领着姨妹和姨妹夫还叫来娘家的几个侄儿顺着黄河灌溉渠一直往南找,一个村一个村地问,一个站一个站地找。最后找了两天,找到邻县黄河灌溉渠边,有几个人正在浇地,告诉他们说:六七天前我们正在浇地,从上游冲下来一具老婆婆的尸体,我们当即给派出所报了案,派出所在老人身上找不到任何证件,没有办法找家属。说话的人指着不远处一堆黄土说,人暂时埋在那儿。迎春几个人七手八脚刨开黄土堆,迎春一看是自己的婆婆,"哇"的一声哭昏在地。

渠道里慢慢流着的黄河水,无声无语地向前流淌着。腊月的芦苇已经枯萎了,冬天的北风刮着芦絮漫天飞舞,好似飘着的雪花。池塘旁边蹲着的几只老鹳,不停地咕咕叫着,南飞的大雁飞到这儿也回过头在空中凄凉地长鸣。唯有全身裹着雨衣的莲农站在冰冷的水里,用水枪打着莲藕。漂浮起来的莲藕洁白洁白的,自古至今人们通常赞美莲藕"生在污泥下,清白映世间",而谁关注过种藕挖藕的莲农呢,谁关注过隐藏在"出淤泥而不染,濯清涟而不妖"的《爱莲说》背后的艰难与心酸。

一行人走在回村的路上,张铁嗓站在桥上唱起了《送娘别》:

　　北风吹,雪花狂,桥下流水长又长。
　　思往事,滴滴泪,孤雁声声吊老娘。
　　十月怀胎苦,月下喂奶浆。
　　慈母手中线,三餐下厨房。
　　隆冬挖莲藕,酷暑插菜秧。
　　黎明送儿出,倚门望夕阳。
　　一个儿女一条心,心系儿女走四方。

世上都说娘最苦,千辛万苦为儿郎。
北风吹,雪花狂,桥下流水浑又黄。
儿女跪桥头,孙儿排两行。
今日把娘送,血泪诉衷肠。
喇叭碎,弦音断,芦絮朵朵漫天扬。
谁再为儿缝衣裳,谁再为儿煮羹汤。
慈母大恩儿未报,悔恨声声震山冈。
白车素马驮娘去,一堆黄土葬老娘。
世上都说娘最苦,千辛万苦为儿郎。

张英霞说：不能怪女儿，一切都是我的错！

张英霞，一个从农村走出来的女大学生，为了钱和比自己大三十二岁的房地产商唐老板上床了，并怀了孕。唐老板在妻子和情人的相逼之下，一命呜呼！张英霞横下一条心，生下了孩子。一个未婚先孕的母亲，忍辱负重十五六年，陪着自己的私生女读书。社会上的风言风语、生活中的尴尬、心灵上的折磨，使这个曾经迷途的知识女性不断地反思，不断地自责。为了更好地照顾自己的女儿读书，她毅然当了清洁工，拿起扫帚，清除大街上的垃圾和污垢。

张英霞在县城文艺街开了个一间门面的小服装店，专卖某一品牌运动服，雇了一个营业员给她招呼生意。我听朋友说，这个独身女人陪孩子读书的路坎坎坷坷，满城风雨，但我不认识此人。几次想登门采访，都没有如愿。我向营业员要了英霞的手机号码，打了几次电话都没人接。没办法，我只得发了一个信息，自我介绍：我是党宪宗，想登门采访你。张英霞回了一个信息：谢谢，我没工夫。一个谢谢，让我碰了一鼻子灰。但我又不甘心，凡事要有恒心。我想，看我的耐心大,还是你不嫌烦心。我接连不断地给她拨电话,终于把她的电话拨通了。我开门见山地说:听说你有一个女儿上初中,为了供养女儿上学你身边发生了好多辛酸的故事。这几年随着农村乡镇学校的撤并,社会上又形成了一个特别的群体——陪读群,我想写一本"沉重"系列第三部《沉重的陪读》,你能不能把你陪孩子读书的故事告诉我。张英霞在电话中委婉谢绝说:党老师,感谢你对我们这些生活在底层人群的关心,供养孩子读书是一个做母亲应尽的责任,受苦受累是自己的事,没必要在人前装出一副可怜相,你就不要再费心了。说完挂了电话,我再拨她又不接了。吃了几次闭门羹后,我也不得不放弃对张英霞的采访。

  一年后,县书协谭主席在我书房和我拉闲话,我又说起了农民进城陪孩子读书的事。谭主席说:我有个表侄女叫张英霞,你应该听说过她的故事,她为了孩子上学,受尽了恓惶,假使你能把她的故事写出来,也挺感人的。谭主席的话让我出乎意料,我连忙说:张英霞这个人我早知道,但不晓得她是你的表侄女!去年我登门拜访过几次都没见到人,又给她打过几次电话,结果被回绝,要早知道你和她的关系,何须费这么大的周折。谭主席说:没问题,这事包在我身上,不过她的服装店已经关了门,我估计人在家里。说着拿起手机拨通了张英霞的电话说:英霞,我是你表叔,党老师想采访你,你为什么总是借故推脱呢。英霞在电话里说:我不想让人再知道我、议论我,我活得太累了。谭主席说:党老师你也听说过,十几年来,他几乎常年都在农村跑,为农民呐喊,为生活在社会最底层的人群呐喊,你还是和党老师约个时间吧,把你肚子里的苦水吐出来,或许还能轻松些。结果张英霞还是没有答应。

  过了一个星期,谭主席突然给我打来电话,说:张英霞同

意了，明天要是有空，上午十点我和张英霞一起到你的书房。我连忙说：谢谢！谢谢！放下电话我高兴地自言自语说：这真是踏破铁鞋无觅处，得来全不费功夫。

第二天上午十点，张英霞和谭主席准时到了我的书房。谭主席做了简单介绍，便告辞走了。

我给张英霞倒了一杯茶水，她点了点头，表示谢意。看得出来，她正在环视着我的书房，脸上显示出令人难以捉摸的表情，是在质疑一个商人买这么多的书是在作秀呢，还是平常认真地读书呢？当看到贾平凹给我题写的"人民诗人"四个大字时，脸上露出了一丝笑容，张英霞终于开口了：党老师，我看过你写的《沉重的母爱》和《沉重的回报》两本书，挺感人的。你咋想得出那么多故事！

我说：那些感人的故事都是我在农村采访的，生活中都有原型，既不是捕风捉影，也不是凭空想象，更不是胡编乱诌。

张英霞说：现在好多作家写书还不是坐在城市里的办公室凭空想象，照猫画虎。特别是当今的电视连续剧，更是胡拉被子乱扯毡，不着边际地乱吹牛，谁像你一年四季有二百天都往农村里跑，了解生活在最底层人群的苦和累，血和泪。

我说：习近平主席近来召开文艺座谈会，号召文艺工作者深入到最基层的生活中去，不深入人民群众生活，永远写不出有分量的作品来！

张英霞笑了笑说：怪不得贾平凹给你题写了"人民诗人"四个字。听我表叔说，贾平凹还给你题写了一副"民心大如天，高论横青云"的对联。

我摇摇头说：这些题字对我来说我有点儿担当不起。那是平凹2005年10月登武帝山时，听了我的《打工群》

一组诗,即兴题写的。作家孙见喜,书画家马河声还有凤凰中文电视台的记者也在场。在场的人听后都流下眼泪。

张英霞接着我的话说:我在你主编的《关雎诗刊》上看过《打工群》一组诗。这么多年一些作家平时很少走出书房深入生活,根本不到基层去,即使去了,也是打着作家深入生活的幌子,坐着好车到基层转一圈,吃上几样地方小吃,看看山和水,题写几张歪歪扭扭的字,唱着赞美的诗句就回来了。

我看了张英霞一眼,心想,不愧是个大学生,讲的话头头是道。我笑了笑说:不是习主席的一句话,作家就能转变立场,真真正正深入到基层中去,毕竟还要有个转变过程。张英霞还想说什么,我打断她的话说:咱们对那些事不评论了,你和我也管不了,还是谈谈你的事吧。也可能前边几句不相干的谈论,拉近了我们两个人之间的距离。稍停了一会儿,张英霞打开话匣子,无限伤感地谈起了她的故事……

我的老家在黄河边,兄妹五个,两个哥哥两个姐姐,我是最小的,父母一辈子靠种菜维持全家人的生活。大哥二哥没上多少学,在家当农民,他们早已各自成家,过自己的日子。两个姐姐也只上过几年小学。兄妹四个共有六个儿女,只有一个儿子读过三年大学,找不到什么好工作,现在乌鲁木齐一家私营企业打工。另外一个女儿在家管孩子,其他四个都在外边当农民工。我二姐的孙子小,她在家里一边种地一边照管孙子。大姐的孙子在乡上读小学,她也当了陪读奶奶。我比二姐要小十几岁,父母和哥哥姐姐都很宠爱我。巷里边的人常常在我父母面前夸奖我说:你们小英子人长得俊,在村里不数一也数二,特别是两个眼睛,水灵灵的,一看就是个大学生的料。父母听了村里人赞扬我的话，心里边美滋滋的，脸上乐呵呵的。父母亲经常说：四个孩子都没上多少学，一定要把小英子供出来，即使咱俩享不上孩子的福，也能到人前炫耀炫耀，咱家也出了一个大学生。从小学读到初中，我的学习都在班上拔尖。读到高二时，班上一个男同学悄悄在我的书本里夹了一封信，我打开书本一看，是一封求爱信。这个男同学的学习平时也不错，模样长得也很英俊，他爸还是县上一个局的副局长，家里挺有钱，这个同学平时花钱也很大方。看到那封求爱信，我的心跳了几天，碰见这个男同学头也不敢抬。有一天晚上，下了晚自习我到街上买学习用具，这个男同学在路上等我，见了我，不管我愿意不愿意，硬把我拉进了一家歌厅。在那个昏暗的小歌厅里，他邀请我唱歌。开始我推辞说不会，经不住他的软缠硬磨，只好拿起话筒，和他唱歌、嗑瓜子、聊天，直到晚上十二点才离开舞厅。他送我到学校的路上拉着我的手，我有些不高兴，但也没有拒绝。有了第一次，就有第二次，我的胆子也越来越大了，随后有了第三次、第四次、第五次……说一句不好听的话，我已经堕入到爱情的旋涡中了。不管是晚上睡觉，还是白天上课，眼前总是浮现着那个男同学和我在一起的情景。期末考试时，我从上学期全班考试第二名退步到全班第三十四名，那个男同学考试的成绩比我还差。班主任在暑假前全班同学的总结会上，不点名地批评了我和那个男同学。

放假我回到家里，倒在床上睡了几天，父母还以为我生病了，父母亲再问，我什么也不说。面对我苍老的父母亲，想起他们大半辈子受苦受累，把全家的希望都寄托在我身上，我却不争气，不专心学习，在学校谈情说爱，想到这里我真是悔恨交加，无地自容。我暗暗下定决心，再不能

这样下去,离高考还有一年时间了,考不上大学咋对得起父母亲。暑假中,我四门不出,在家里复习功课。那个男同学到我家找了两次,我都避而不见。

张英霞端起水杯,喝了一口水继续对我说:党老师,一个少女向爱情跨出了第一步,要收回来,需要多大的意志和毅力,你是可想而知的。我会意地点了一下头,没有说话。她接着说:

收暑假后,男同学见了我第一句话就说:怎么,另有人了?把我甩了?!一句话说得我既气又恨。我心里想:断就断了吧,谁稀罕你,我的学习要紧。我用挖苦的口气对他说:你有一个当局长的爸爸,你哥和你姐都是大学生,听说你哥大学毕业后,被你爸安排到省城里一个政府部门工作,我爸我妈都是没地位的农民,我要是考不上大学,只能回家种菜去。没过几天,那个男同学在路上拦住我,把我拉到舞厅,好话给我说了几汽车。女孩子家心软,经不起男孩子的引诱,我俩又手拉手唱起了歌。那个男同学趁机还给我衣兜里塞了五十元钱。眼看高考就要到了,那个男同学还是不断约我出去吃饭唱歌,有时我拒绝了,有时我推不过去,应付上一两次。不过我的大脑还比较清醒,不管怎么样,不能荒废学业,我极力抵制着爱情的诱惑。每次约会那个男同学都要给我衣兜里塞钱,不是五十元,就是一百元。

说到这儿,英霞低下头,抹了抹眼睛,停了一会儿抬起头对我说:党老师,请你不要误会我,我并不是贪图这五十元一百元的,但是这些钱在当时也确实解决了我生活上好多燃眉之急。你的《沉重的母爱》一本书曾写过一个大学生的父母为了给儿子寄十元钱,在寒冷的冬天,剥了三天棉花壳,他们的手指都剥出了血,十斤黄棉花才卖了五元钱，连夜又拔了一架子车棉花秆，拉到三十里以外的纤维板厂卖了四元九，另外在邻家借了两角钱，凑够了十元钱，买了一张八分钱的邮票给儿子寄去。这个故事感动得我哭了几天，从另一个侧面也说明了金钱对于一个供养大学生的农民家庭，又是何等的重要啊！听到张英霞讲我书中所写的十元钱的故事，我的心像被毒蝎蜇了一下，疼得我咳嗽了好一阵子。我想，农村的孩子走进大学校门，常常被家里的钱接济不上所困扰，特别是女孩子，常为家庭经济困难而自卑自叹。社会上经常流传着大城市的高档宾馆，以女大学生明码标价出卖肉体为诱饵，骗取一些色狼的钱财。这种丑恶现象是真是假姑且不论，究其原因，不是一两句话能说得清的，让世人去评论吧！

英霞揉了一下眼睛接着说：高考结束的当天晚上，那个男同学又把我拉到舞厅。他说：试考完了，不管考得好坏，今晚我们庆祝一下。说着打开两瓶啤酒，我们俩举杯对着喝，男同学说：为我们两个人的爱情干杯吧！我也举起杯子忘情地碰杯，一饮而尽。我也不知道喝了多少酒，一觉醒来，我赤身裸体躺在这个男同学的怀里，我失身了。当时我真有点儿害怕，那个男同学对我说：我发誓，永远爱你，不管将来你干什么我干什么，我都会给你幸福，你应该知道，我有个当官的老爸。

录取通知书下来了，我考到本省一家三本学校，那个男同学没有考上，后来上了一所民办大学。大学里我们经常书信来往，几乎每天晚上都要通一次电话，电话中常常谈到深夜，有说不完的话。两个人山盟海誓，永不变心，在天愿作比翼鸟，在地愿为连理枝。每学期放了假，我们俩月下散步、山水留影，形影不离。我母亲说：小英子，我看你那个男朋友不可靠，要是他真的爱你，干脆订了婚我笑着对母亲说：妈，你不要操心，我会处理好我的事。到了大三，那个男同学信写得少了，电话一个星期接不到一个，有时我打电话他也不接。他的理由是，快毕业了，学习紧张，要考虑自己将来的工作，忙不过来。大学毕业后，我们俩回到各自的家，我曾多次找这个男同学，他不是说不在县城，就推说父母对他管得严，不让出门。我心里想，是不是他变心了？有时我也想，这种事现在并不是什么稀奇事，你既然不愿意，那就算了吧，各奔前程。也可能是我的虚荣心强，对那个同学的风度和他的家庭总是有点儿恋恋不舍。加之我的工作还没有着落，他父亲能量大、交际广，或许还能给我找个工作。一个暑假，我始终没有找到这个男同学，他的电话也停机了，我的幻想落空了。

不管怎么说，工作的事对我来说是个头等大事，我求亲戚找朋友帮忙也无济于事，三本的牌子本来就不亮。后来多亏几个老同学热心帮忙，找了几个临时工作，有的工作专业不对口，有的工作我干不惯，到了单位上不了几天班，不是被单位辞退就是我辞职不干。英霞难为情地看了我一眼，低着头丧气地说：有时我埋怨我的父亲母亲从小把我宠坏了，吃不了苦。但转念一想，这怎么能怪父母呢？可怜天下父母心！只怪自己的虚荣心强，脏活看不上，累活不愿干。后来听说那个男同学和他大哥一样，同样被父亲安排在省城工作，我在家里却闲待了半年。我顺便插了一句话：你对这件事有何感想？张英霞有点儿无奈地说：有时为此事心里不平衡，甚至气愤。不管你想得通也好，想不通也好，谁也无可奈何。有些农民的孩子一本毕业，找不到工作的照样大有人在，现在的社会就是拼爸爸的时代。

第二年开春，经人介绍我进了县城一家房地产开发公司。介绍的人对我说：这个房地产老板很有实力，资产上

了亿，你在他那儿好好干，听老板的话，老板会给你好处的。房地产公司坐落在县城东北一条宽敞的马路上，十九层的高楼耸天而立，非常气派。我们坐电梯到了十三层，走进唐老板的办公室。领我的人毕恭毕敬地对唐老板说：人给你领来了，她叫张英霞，是个大学生，人模样长得好，又有气质，给你当个秘书怎么样？唐老板死死盯着我咽了一下唾沫说：你今年多大了？我说：二十三岁。唐老板点了点头说：行，有气质，你就给我当个生活秘书吧，工资以后再说，不会亏待你的，干好了还有奖金。我紧张的心情顿时松弛了，终于找到了工作。

张英霞说着又停住，似乎不想再往下说。我给张英霞的杯子加了水，坐在椅子上，心里想，下边的话该怎么问呢？前边谈了那么多话，还没谈到我所要了解的正题上。再往下问，张英霞说不说？我沉默着，书房里的气氛好像凝固了。停了好一会儿，还是张英霞开了口。

第一天见到唐老板，我就感觉到唐老板看我的眼神有些不对劲，心里很不安，当想到唐老板说的"待遇不薄，还有奖金"八个字，我还是留了下来。没有经验的我，心里琢磨着，生活秘书到底是个啥工作？转念一想，不管怎么说，有份工作总比待在家里强，走着瞧吧，能干就干，不能干就走人。第二天早晨七点半，我提前上班，到唐老板办公室报到。唐老板热情地接待了我，领着我到他隔壁一间办公室，说：这就是你的办公室，主要工作是收发文件，招呼我的客人。房子里边有个套间，是卧室，晚上你就住在这里。工作中有啥不懂的就给我说，自己生活中遇到什么困难也尽管张口。说完深深地盯了我一阵子，转身走了。

说实话，我有些讨厌唐老板看我的眼神，当想到前几次找工作，有些老板同样用这种眼神看我时，觉得也无所谓了。

唐老板说话还挺和气，初次见面又能关心职工的生活，想来也是个好人，是自己有些多疑了。渐渐我就解除了对他的戒备之心。

工作了将近一个月，我几乎天天都在办公室闲坐着，说是收发文件，仅仅收到县上几个部门的通知。唐老板经常到我办公室来，陪着我说东道西，问我的过去，问我的现在，问我的家庭，还问到我的婚姻。有时间得我实在不好意思，只能点头或者沉默，只盼他快点儿走人。可唐老板就是赖着不走，有时还拍着我的头说：好好工作吧，不会亏待你，闹得我非常尴尬。有几个晚上，唐老板让我陪他的朋友一起吃饭喝酒。开始我不愿意去，推说不会喝酒。唐老板说：你是我的生活秘书，陪我的客人吃饭喝酒是你分内的工作。我只得随着唐老板走进了酒店。饭桌上，唐老板喋喋不休地给他的朋友炫耀我长得多么漂亮，身材多么苗条，举止多么有风度，他的朋友也尽说些奉承我的话，甚至脏话连篇。唐老板每次宴席上都让我给客人轮流敬酒，嘴里不断地说着，我的小英子，我的小英子……有些话肉麻得不堪入耳。一个走出大学门时间不长的农村女孩子，从来没有经历过这种场合，几次我想退出去，都被唐老板拦住了。

到了第二个月的七号，公司发工资，我领了一千二百元。一千二百元工资在当时来说，不是个小数目，也是我大学毕业后领的第一份工资。谁知到了下午下班时，唐老板来到我的办公室，顺手往我的办公桌上扔了一个红包说：这是你上个月的奖金。说完转身下楼了。我傻傻地坐在椅子上，没敢打开红包看。心想，一个月来就是在办公室看看报、喝喝茶，饭桌上陪着客人吃饭、喝酒，还发什么奖金，天上真的掉下馅饼了？想了想，管他呢，既然发了，我就收。

打开红包数了数，整整两千元。唐老板给我发的奖金比工资还要多八百元，唐老板是疯了吗？我当时是激动，是疑惑，还是高兴，我也说不清，这天晚上我失眠了。张英霞喝了一口水，望着我压低了声音说：可能我就是那种经不起金钱诱惑的女人，两个月后，我和大我三十二岁的唐老板上床了。

　　我看着低着头的张英霞，张英霞脸上显示出的还是让人捉摸不定的一种表情。我想，像张英霞这样的女大学生的遭遇，在当今社会已经不是什么稀奇古怪的事了。我们的报纸不是经常宣传那些大腕名人和一些富人结了婚又离，离了又结。一些女明星一会儿嫁中国人，一会儿嫁老外，报纸上到底是赞扬还是讽刺，只有报道这段新闻的记者心里最清楚。我记得有一家报纸曾经报道过一个煤老板先后娶了十几个女人，生了十几个孩子，那个煤老板不是照样炫耀自己的富有和本事吗？我无可奈何地叹了一口气，对张英霞说：这不是你的责任，也不能怪你，这是当今金钱至上的社会风气造成中国传统道德的裂变。张英霞用一种感激的眼光望了望我继续说：一年后，我怀孕了，我和唐老板商量，这孩子怎么办。唐老板显得非常高兴地说：这好么，我四个孩子都是女儿，正缺个男孩子，要是你能给我生个男孩，我就和家里那个黄脸婆离婚，和你结婚。开始我不同意，唐老板又是给钱，又是给我买营养品，又是给我发誓许愿。有一天他竟然开着小车拉我见了我的父母，不顾我的反对，给我父母说了我怀孕的事，顺便扔下两万元，拉着我回到县城。我父亲气得当即住了院，一个月后去世了。埋我父亲时，我两个哥哥和姐姐，死活都不让我进门，说父亲没有我这个女儿，他们没有我这个妹妹。从此我落到有家不能归的地步。

人常说，纸里包不住火。过了不多日子，我和唐老板的事让他老婆和孩子知道了。唐老板的老婆人称"母老虎"，她领着几个女儿到公司把我打了几次，还把我压在地上用脚踩着我的肚子气势汹汹地说：非把这个野种踩掉不可。本来我觉得对不起唐老板的家里人，能躲尽量躲，能忍尽量忍，但经过几次打闹，我也豁出去了，经常在公司和唐老板大吵大闹，逼着他离婚。一天晚上，唐老板不知在哪里喝了酒，醉醺醺地来到我的住处，我不让他上床，闹得天翻地覆，把他的脸都抓烂了，并威胁他说：一个月内你不离婚，我就从这楼上跳下去。连拉带扯把唐老板推出我的卧室。唐老板回到家，他老婆又和他大打出手，唐老板两头受气，急火攻心，得了脑溢血，当天晚上就死了。

我听到唐老板死的话，心里有点儿幸灾乐祸，也没顾及张英霞的感受，顺口说了一句：死得活该！张英霞看了我一眼说：你说得倒轻巧，唐老板死了，我该怎么办？我肚子里的孩子怎么办？没有唐老板，公司即使不关门，我也不可能上班了，家里又回不去，我真是既悔又恨，到了走投无路的地步。后来多亏高中的几个老同学帮忙，租了一间房子暂时住下了。老同学都劝我把孩子打掉，开始我同意了，几次走到医院门口，又掉头回到自己的房子里。心里想，不管怎么说，唐老板的死与我有很大的责任，我的坏名声又出去了，好人家也不会要我做媳妇，干脆把孩子生下来，以后再说。四个月后，孩子出世了，是个女孩。一年后，我母亲在忧愤中也去世了，我母亲咽气时不停地叫着小英子的名字。我大哥把我叫回家，最后还是见了母亲一面，我趴在母亲身上哭得死去活来。

张英霞一边流着眼泪，一边说：你也有孩子，管孩子的苦我想你也知道，我就不多说了。开始几年，我几乎没

有踏出过家门半步,买生活必需品,冬天戴着大口罩,夏天戴着大墨镜,生怕碰见熟人。孩子长到五岁,上了幼儿园。我每天早晨七点半送孩子,下午四点半到幼儿园门口接孩子。事情已经过去五年了,现在的社会,是一个新闻爆炸的社会,几乎天天有新闻,我和唐老板的那段往事,人们早已淡忘了。经常到我家来的就只有高中上学的几个老同学,拉家常时,他们劝我另外找个男人嫁了。我说:你们再不要提男人的事,听到"男人"二字我就伤透了心。我将全部心思都用在了女儿身上,打算一辈子再不嫁人,和女儿相依为命。女儿上到小学三年级时,经不住几个老同学的再三劝说,我和县农业局的老王结婚了。老王是个老实人,只是心眼有点儿小。他的前妻是农民,据说好上一个搞装修的,扔下孩子跑了。老王没办法,只得起诉到法院离了婚。老王的孩子是个男孩,比我的女儿大两岁,两个孩子都在城关小学上学。老王工作忙,两个孩子上学放学接送的任务自然落在我的肩上。每天早晨两个孩子的早点都在校门前的摊点买着吃。有一次,我给老王的孩子买了两个包子,给我的女儿只买了一个包子,结果老王的孩子说他还没吃饱。我顺便说了一句:你已经比丹丹多吃了一个,要是没吃饱,中午回家多吃一点儿。孩子中午回到家向他爸爸告了状,说我不让他吃饱,老王不问青红皂白和我大闹一场,说我容不下他的孩子。又有一次,女儿丹丹向我要了五元钱,说是学校要复印练习题。老王的儿子见我给了女儿五元钱,也要五元钱。我说:你班上的老师没收钱,你要钱干啥?老王的儿子顶了我一句:老师不收钱我也得要,你给你的女儿就得给我!老王知道了此事,又和我大闹一场,处处袒护他的儿子。生活中我们经常为了我女儿和他儿子一些鸡毛蒜皮之事吵来吵去。过了不到一年，我和老王还是分手了。

　　女儿要上初中了，过去的积蓄已花得所剩无几。在几个老同学的谋划和帮助下，我开了一个小服装店，也就是关门的运动装专卖店。开始我一个人经营，在店里做饭，在店里住宿，女儿也随着我吃住在店里。为了多卖几件衣服，我早晨八点开门，晚上十一点多才关门，生意还算可以。女儿到了初中一年级，放寒假拿回通知书，成绩明显退步了。我心里埋怨自己，只顾做生意，忘了给孩子辅导功课。随后找了一个合适的营业员在店里招呼生意，我和孩子吃饭住宿都搬回家。一是孩子能吃好，二是晚上我能给女儿辅导功课。女儿去了学校，有空我就到店里招呼生意，我心里常常自我安慰，这样做生意管孩子两不误，比在单位或者企业上班还要好。年终考试，女儿拿回通知书，成绩有了明显进步。暑假旅行社组织学生夏令营，我给了女儿两千元，让女儿随着夏令营到北京转了一圈。

　　女儿长得越来越像我了，高挑个儿，大大的眼睛，长长的睫毛，白皙的皮肤，说话的声音像银铃似的。平时到我家找女儿的同学也越来越多了，男的女的都有，男同学比女同学似乎还多。今天晚上给这个同学过生日，明天晚上几个同学又在一起聚会，周末成群结伙，不是爬北山就是下黄河滩。孩子大了，也有自己的想法，大人想管也管不住。说句心里话，我实在担心女儿走上我过去走的路，几次想阻拦女儿，想到孩子还不知道自己的父亲是谁，又忍住了。英霞谈话中间，我曾几次想问她，孩子知道不知道自己的父亲是谁？因怕撕痛英霞的伤疤，始终没说出口。此时听到英霞提到孩子的父亲，我打断她的话头，终于鼓足了勇气问英霞：你告诉没告诉孩子的父亲是谁？英霞摇了摇头说：没有。女儿上小学时，有一天放学回家哭着说：

妈,同学骂我是个私生子,说我是野种,为什么别的孩子都有爸,我为什么没见过爸爸?你今天一定要告诉我,我的爸爸在哪儿!女儿的话问得我半晌喘不过气来。过了好一会儿,我才断断续续给女儿说:不要听别的孩子胡说,好好上你的学。还有一次,孩子和我一起看电视剧,剧中写一个女人未婚先孕的故事。孩子不懂事地问我:妈妈,你是不是也是未婚先孕生下了我?不然,我为什么没有爸爸?我无言以对,关掉电视抱着女儿哭了,女儿看见我哭了,用毛巾擦着我的眼泪说:妈妈,我再不问你了,我也不要爸爸了。我哭着对女儿说:你爸爸是外地人,你出生没几天,你爸爸就去世了。等你长大以后,我领你去爸爸的老家,在你爸爸坟前烧上几张纸。从此以后,女儿再也不问爸爸的事了。

女儿明年就要考高中了,学校老师加班加点给学生补课。学生晚上在学校复习功课,九点多才能下晚自习。我明知道女儿长大了,一个人可以回家,可总是放心不下,担心女儿的安全。每天晚上九点准时到校门口接女儿回家。女儿说:妈妈,我大了,不用你操那么多的心,我一个人敢回家。不管女儿怎么说,我还是坚持每天晚上到校门口接女儿。一天下午,大嫂在老家打来电话,说大哥生病了,想见我。我等不到孩子放学回家,给店里的营业员安顿说,晚上我可能回不来了,你把女儿接到店里,和你一起睡觉。到了老家,大哥生命垂危,看来活不了几天。我想到大哥过去卖苦力下地劳动挣钱供自己上学,大嫂虽然说是嫂子,但和自己的嫂娘没有多大差别。自己把爸爸气死了,妈妈生前我没尽一点儿孝心,不能再做对不起大哥大嫂的事了,我决定在家伺候几天大哥,也算是给家庭的一点儿回报吧。可我心里能放下生意,却放心不下女儿丹丹,几次给营业员打电话安顿说：照顾好我的丹丹，晚上九点一定要到校门口接人，不能让她在街上乱跑。我在家里伺候了大哥三天，老天不要他的命，大哥的病渐渐好转了。我告辞了大哥大嫂，坐上晚八点最后一趟班车回县城。谁知车到半路坏了，前不着村后不着店，司机好不容易叫来一辆公交车帮忙把客人拉到县城。我回到城里已经晚上十点半，我急急忙忙赶到服装店。店门开着，店里只有营业员一个人，我忙问丹丹呢？营业员说：你走的前两个晚上，我准时接回丹丹，昨天晚上我到校门口等了两个小时也没见人，问丹丹的几个女同学都说不知道。晚上十二点半丹丹才回到店里，我又不敢问。今天晚上我到校门口又没见人。我一听营业员说的话，头"轰"的一下，险些栽倒在地。我让营业员关了店门，和我一起到学校门口找女儿。学校门口冷冷清清一个人也没有，我只得和营业员四处寻找。时间已经到了后半夜，我们找到西门外广场的一个角落里，发现一个男孩子拥抱着一个女孩坐在一棵榕树下，走近一看，女孩子正是自己的女儿。我肺都要气炸了，走上前一把拉过女儿，举起手朝那个男学生脸上打去，手举到半空还是忍住了，什么话都没说，拉着女儿回到家。

　　到了家里，我气得浑身打战，心里最担心的事情终于发生了，真是怕怕处有鬼。我大声训斥女儿说：你为什么是这样？马上就要考高中了，不好好复习功课，和一些男同学到野外鬼混。你的年龄还小，不是谈情说爱的时候呀！

　　女儿看了看我，脸上现出不屑的神色说：我们学习累了，到外边散散心不行吗？

　　我说：我回老家的几个晚上，别的同学都没放学，你却早早逃学了。

　　女儿不服气地说：几个晚自习没上有啥了不起！我们

班上还有几对男女同学几天几天连课都不上，你简直是小题大做！

我想不到女儿竟能说出这样的话，训斥的声音更大了：你说你们散心，那个男同学抱着你，这叫散心吗？

女儿冷笑了两声说：你真不懂现在的孩子，拥抱和接吻那都是闹着玩儿呢，有的男女同学还在小宾馆开房哩！

见女儿丝毫没有认错悔过之意，竟然还说出一个十几岁的女孩子不该说的话，气得我全身直打哆嗦，顺手打了女儿一个耳光，说：你真不要脸！

女儿也愤怒了，尖声顶撞我说：我不要脸，你年轻时比我更不要脸。今天晚上你必须给我说清楚，我是怎样到了这个世界上。

我吃惊地一屁股坐在椅子上，张大嘴巴望着女儿，女儿长这么大从来没像现在这样对我发过凶，也从来没有用这样愤怒的眼光盯过我。她毫不相让，肆无忌惮地大吼着：从小学到中学，同学们在我跟前风言浪语，说了多少难听的话，我的脊梁骨都被同学戳烂了，你想到过我的感受吗？女儿几句话铪得我心都要跳出来，头昏脑涨，一句话也说不上来，全身大汗淋漓，只觉得天昏地暗，眼前一片漆黑，倒在了地上。

不知道过了多长时间，我醒了，挣扎着从地上爬起来，看见女儿没脱衣服倒在床上睡着了。想叫醒她又没有勇气，顺便拉开被子盖在女儿的身上。我强打精神坐在床上，思前想后，任凭泪水往下淌，自己挖苦自己说：这就叫上梁不正下梁歪，可能是老天爷对我的报应吧。

有人说，一个人陷入困境感到无助时，首先想到的是自己的家人。我想到了我的母亲，想到我的大嫂。小时候全家人都宠着我，大嫂比我大二十多岁，我和侄儿曾经争抢着吃大嫂的奶汁。有一次大嫂煮小米稀饭不小心煮煳了,我喝了一口把稀饭吐在地上说:大嫂,你今天的手为什么这么臭,把稀饭煮煳了。妈妈怪我骂嫂子,狠狠地打我的屁股。我哭着跳着跑出大门,和巷里几个小朋友到黄土坡上摘酸枣去了。吃午饭时,家里人等不见我,妈妈和大嫂着急了,分头出门找我。节令虽然到了处暑,黄河滩的太阳仍然烤得整个川道像火炉一样。大嫂好不容易找着我,把我从小土崖上抱下来,看着我的小脸蛋被酸枣刺划破了几道口子,心疼地搂着我说:都怪嫂子不好,明天早晨给我小英子熬豇豆米汤。说着说着嫂子哭了,我抱着嫂子的腰哭得更伤心。不一会儿,母亲也赶来了,看着我和嫂子伤心的样子,不由得也掉下老泪。母亲对我说:都怪妈妈,不该打你,妈妈今后再不打你了。我又想到被我气死的父亲,又想到还躺在病床上的哥哥,叹了一口气说:丹丹说得对,我张英霞对得起谁呀……

  我对着昏暗的灯光感到孤独、无奈、悲伤、悔恨,各种思绪像黄河的潮水一样,冲洗着一颗伤痕斑斑的心。我在潮水般的回忆中坐到清晨五点,硬撑着下床给女儿做好早点,叫醒女儿,还特意给女儿打好洗脸水,督促着女儿洗脸吃饭,赶快到学校去。我望着女儿吃饭慢腾腾的样子,心里像打翻了五味瓶。我悔恨自己不该打女儿那一巴掌,女儿一句话也没说,低着头吃完饭,走到家门口眼里含着泪花对我说:妈,昨晚上我不该和你顶嘴,原谅女儿,以后我再不了。我没说话,跟在女儿的身后,把女儿送到巷口,叫住女儿,摸了摸女儿的头说:妈对不住你,让你受了十几年的委屈,忘掉过去的一切吧。后边的路要好好走下去。女儿点了点头向学校走去。我呆呆地站着,已经看不见女儿的影子了,我还在呆呆地站着,眼睛模糊得什么也看不见,

脑子里一片空白。

　　当天晚上，我照常九点到学校门口接女儿，晚上耐心地给女儿辅导功课。自己睡觉到了午夜十二点以后，清晨五点起床，又得给女儿做早点。我以前早晨九点还要到服装店招呼一阵子生意，十点半回家给女儿做午饭。自从那次女儿和我吵架后，我在女儿面前装得很平静，看似没有什么，到了晚上，总是失眠睡不着觉，不时地长吁短叹，往事像魔鬼一样缠着我紧紧不放。我从镜子里看到我的脸消瘦了，显得苍老了许多。中午我也懒得去店里打理，为了讨好女儿，具体地说是为了女儿好好学习，中午变着花样做饭给女儿吃，还特意加了两道菜。以前吃过午饭我从来不休息，送走孩子就到店里去了。现在送走孩子，我要在床上躺上一个多小时，起来忙忙家务，又准备做晚饭，吃完晚饭给女儿辅导作业。隔三岔五到服装店里转一圈，碰见熟人，他们都会吃惊地问：你是不是病了，精神状况这么差。我只是笑着摇摇头。

　　时间就是这样一天一天地流逝，我拖着疲倦的身子一天天向前挣扎着，对女儿的学习抓得越来越紧了。说心里话，对女儿的期望也越来越高了。我深深意识到我把我所有的赌注都下在了女儿丹丹身上。党老师，说句让你笑话的话，我已经开始相信命运了。我跑到一个寺院里请回来一尊观音，早上香，晚叩头，心里默默祈祷着，希望观音保佑我的女儿丹丹千万不要走我的路，上天要是惩罚就惩罚我吧。女儿似乎也懂得了我的心，学习抓紧了，说话也少了，举止也温柔了。有时给女儿辅导功课时，女儿时不时偷看着我，甚至流上几滴泪。女儿脸上流露出的细微表情我都看见了，为了不打断女儿的学习，我装作没看见，心里边却感觉到很欣慰，看来女儿懂事了，认识到了自己以前的荒唐行为。

这种念头在我的脑海里仅仅是一闪而过,我知道女儿的错都是我这个做母亲的错。我不能怪女儿,一个生下来就不知道自己的亲爸爸是谁的孩子,尤其是女孩子,她幼小的心灵会承受多么大的痛苦和压力?!这年春节,正月初一,我领着女儿坐上班车专程到四十里以外的福山,遇神就拜,见功德箱就投钱,到了文昌星神像前我和女儿足足跪了五分钟,嘴里边默默祈祷着,往功德箱投放了二十元钱。

距离中考还有两个多月了,现在的学校,都是用升学率评先进,老师也是靠本班升学率的比例拿奖金,因此补课的时间越来越长。有些学生干脆中午不回家,在学校灶上买饭吃,腾出路上往返的时间复习功课。我和所有的家长一样,都希望自己的儿子成龙,女儿成凤。女儿丹丹同样中午不回家,在学校灶上吃饭。学校灶上吃饭的人猛然增多,吃饭的学生要排长长的队伍。男学生的劲大,有的排队,有的不排队,不管老师批评不批评,我行我素,照样插在队列前边,女同学大部分被挤在队列的后边。排在后边的学生买不到饭吃是常有的事。为了孩子有饭吃,吃热饭,家长再忙再累,都在家做好午饭,赶学校开饭前十几分钟来到学校门前等着。孩子下课后,把饭送到孩子手里,看着孩子吃完,拿着空饭盒才回到家。我也不例外,做好饭菜赶时间给女儿送去。每当我提着饭盒来到学校门前,看到黑压压的一片人群,有做爷爷奶奶的,有做父亲母亲的,有开小车的,有骑摩托的,有骑自行车的……他们的手里提着各式各样的饭盒,尽管不同的人有着不同的面孔,不同的人有着不同的身份,而每张慈祥的面孔都洋溢着无限深情的父爱和母爱,他们怀着美好的希望,等待着、期盼着……看到这些,我的心感动了,我的心沸腾了,眼里含满激动的泪花,望着这些"世上谁无怜儿意,尽把

春意付儿程"的父母们,即使千言万语,也难表述人世间这种感天动地的场面。党老师,做父母的对儿女的爱,对儿女的希望是如此百折不回,如此执着,是比大海还要深,比大山还要沉重。这可能就是你说的话,天下所有的父母,尤其是做农民的父母,他们终生的希望,就是让苦难在自己身上终止,把幸福送给儿女。

张英霞没有重复一个字地说了一大段话,显得激动不已。我说你不愧是个大学生,她有些不好意思,说:我愧对了大学生这个称号。张英霞的情绪渐渐平静下来,理了理头发,用低沉的声调对我说:我住的地方离学校较远,怕到学校饭菜凉了,花了两千多元买了一辆电动车,专门给女儿送饭。我站在旁边一边看着女儿吃饭,一边端详着女儿,发现她瘦了。看着女儿消瘦的脸我有些痛心,为什么平民百姓的孩子只有考上大学才是唯一的出路呢?我不是大学生吗?试问出路在何方?好多和我一样的大学生,找不到工作,东奔西跑,无颜回家。说着说着,张英霞情绪又激动了,当着我的面朗诵起我的一首诗《一组特写的镜头》第三组:

有一种母爱叫博大
有一种母爱叫永恒
有一种母爱叫无私
还有一种母爱叫沉重
……
除夕的夜晚天空飘着雪花
寒冷的风吹着妈妈花白的头发
颤巍巍的身躯倚在门框上
嘴里边不停地叨叨着话

儿呀 即使你走到海角天涯
四年了 为什么不回一次家

儿子躲在村头的老槐树下
泪珠儿滚滚腮边挂
妈妈 我现在就站在你的面前
但我没有勇气大声喊妈妈

妈妈的苦泪流到了嘴岔
喊儿的声音已经沙哑
等儿等了一千四百六十天
盼儿盼得已经双眼瞎

儿愧疚地低下头
不知道用什么话来回答
儿子大学毕业已经四年了
至今孤身凄凄浪迹天涯
儿子无颜江东见父老
只能躲在村外 偷偷地看妈妈

北来的风你使劲地吹 使劲地刮
把我的思念情送给我的小钢娃
家里有你的天 有你的地
家里再穷也有你吃的饭 喝的茶

儿子摇摇头 跪在了地上
破碎了的心好像鸟儿乱抓
怀里揣着一把家乡的黄土

一步一回首　妈妈啊
　　还是忘了你不孝的小钢娃

　　张英霞流着眼泪朗诵完了，我流着眼泪听完了。我在好多场合朗诵过这首诗，每次朗诵我和听众都流下了泪。
　　这时的张英霞情绪有些失控，竟然抱头痛哭。我没说话，心想，哭吧，哭是对人身上所有重负的释放和解脱。张英霞正哭得泪水涟涟，突然止住哭声，用一种反问自己的口气说：为什么我们这些做父母的明明知道自己的儿女不是大学生的料，却是挣死挣活，无怨无悔，不折不挠，奋战到底？儿女上大学就是父母终生的目标和希望。我接着张英霞的话说了一句：哪怕这种希望是渺茫的，做父母的还要坚持和奋斗下去，这就是父爱母爱的无私和伟大。
　　张英霞擦掉眼泪，看着我苦笑了一下，又开始说女儿丹丹读书的事：有一天晚上，女儿对我说，她近来失眠了。我想可能是学习压力大。星期天我领着女儿到医院检查，医生说女儿心理负担大，用脑过度，但不能吃安眠药，要吃中草药。医生开了十几服中草药，我在药店顺便买了十几盒安神补脑液。每天早晨我提前起床半小时给女儿煎好药，晚上睡觉前又煎好药，看着孩子喝下去，我心里高兴地想，女儿真的懂事了，学习也知道吃苦了，不然怎么会失眠呢。经过十来天对女儿的专心护理，女儿晚上终于能睡着觉了。
　　中考的时间越来越近了，我心里的压力越来越大，对女儿丹丹的学习生活操的心也更多了。不管是刮大风下大雨，我都要坚持给女儿送饭。有一次我骑着车，一不小心，电动车倒了，给女儿做的饭撒了一地，自己的腿也擦破了皮。我忍着疼痛在路边一家小馄饨店，买了一碗馄饨和一个肉夹馍,腿一拐一拐往学校赶去。

我每天都想着法儿做既合乎女儿的胃口又富有营养的饭菜,甚至把中考前每天的饭菜列成表贴在厨房的门上。一天中午,我专门做了女儿最爱吃的炸酱面送到学校门口,学校门前已经站满了给孩子送饭的家长。下课了,学生像潮水一样涌到学校门口。学生各自找着自己的家长,家长各自找着自己的儿女。我找来找去,就是找不见女儿丹丹。学生吃完饭回学校去了,家长也提着空饭盒回家了,我还是等不到女儿。只得提着饭盒到学校找女儿的班主任,班主任看见我提着饭盒,吃惊地问:你是给张丹丹送饭的?我忙问:丹丹又犯了什么错,饭也没吃呀?班主任说:张丹丹今天早晨就没到学校,我还以为生病了。我惊呆了,饭盒从手中脱落到地上也没感觉到。停了一会儿,我回过神,说:今早晨六点半丹丹就上学了,这孩子又跑到哪儿去了?班主任想了想说:班上有一个男同学叫熊大虎,今早晨也没到学校,平常这两个孩子走得比较近。我再详细一问,熊大虎就是上次和女儿在西门外广场的那个男同学。我嘴里没说,心想,糟了,又出事了!还是班主任有主意,到班上问了熊大虎家里的电话号码,随后拨通了熊大虎家的电话。熊大虎的父亲急急忙忙赶到学校说:这个厌娃偷了家里两千元,又跑了。转身指着我的鼻子骂道:你那个不要脸的女子,成天勾引我儿子,现在好,两个娃私奔了!我忍着气和颜悦色地给熊大虎的父亲说:现在怪我怪你都没有用,找孩子要紧。熊大虎的父亲高声说:管他哩,我那个厌娃就不是上学的料,说不定浪回来还能给我带个孙子哩!转身气呼呼走了。熊大虎父亲几句话说得我脸上青一阵白一阵,好一会儿说不上话来。班主任看我生气的样子,劝我说:你不要生气,熊大虎的家长就是那个样子。赶紧

找孩子，我给校长汇报一下，学校也有责任。

我疯了，找了所有亲戚朋友的家和女儿经常在一起的同学家，没有一个人知道女儿的下落。学校也派了几个老师分头寻找，结果也没找到。我和几个老同学从下午找到第二天凌晨两点，县城大街小巷城外的沟沟坎坎都找遍了，只要能问的人也都问遍了，还是没见到女儿丹丹。我的精神彻底崩溃了，几个要好的同学陪护着我，一夜没有睡。第二天早晨，女儿的班主任慌慌张张来到我家，说熊大虎的父亲说他儿子今早打来电话，说人在西安，打算下午坐火车到北京逛一圈。我忙说：他咋不让孩子回来呀。班主任难为情地说：不要提了，他还说逛就逛吧，现在的孩子大了，大人也管不了，还有个女同学做伴。说的话真气人。我听了，虽然生气，但不是发泄气愤的时候，忙对老师说：谢谢老师，我马上到西安找回女儿。两个老同学陪着我，坐专车去了西安。一路上，我心急如焚，恨不得一下子飞到西安火车站，怕女儿真的坐火车去了北京。到了西安火车站，茫茫人海到哪里找呀！我心里乱成一团麻，什么主意都没有，也不怕引起周围人的注意，在火车站一路乱闯，大声叫着女儿的名字。幸亏老同学出了一个主意说：我们分两路找，一路到售票处，一路到候车室。进站口的管理人员拦住我说：没有火车票，不能进候车室。我好说歹说也不顶用，最后老同学拿出自己的身份证做抵押才进了候车室。好不容易找到去北京的车次，车次牌子前排着长长的队列，我一眼看见自己的女儿和熊大虎。走上前去，二话没说拉着女儿丹丹，老同学拉着熊大虎，走出候车室。另外一个老同学在候车室门口等着。三个人都拉着脸，一句话也没说，拉着两个孩子坐上车往回赶。我在车上顺便给丹丹的班主任打了电话，说两个孩子都找到了。我们先回到学校,把熊大虎交给班主任老师。临走时班主任对我说:明天先不要让张丹丹到学校,等学校通知后再说。我什么话都没说,拉着女儿和两个老同学一起回家。到了家里,我身上的骨头都软了,说话的力气也没有,蒙着被子睡在床上。一个老同学到街上买了几个肉夹馍和几杯黑米粥,劝我说:英霞,起来吃点儿东西,无论如何,你不能倒下去,丹丹只有你一个亲人啊。丹丹"哇"的一声哭了,谁也劝不住。

老同学走了,我仍然蒙着被子睡在床上,我脑子乱成一团麻,想生气也没力气。我没有怪罪女儿,只是埋怨自己的过去,也可能是自己身上的基因遗传给了女儿。当时我心里不断地问自己:学校是否能原谅丹丹的过错,学校要是开除了丹丹,我该怎么办?不知过了多长时间,女儿悄悄地揭开我的被子,躺在我的身边搂着我,我和女儿越搂越紧,两个人的眼泪到底流了多少,谁也不知道。我只感觉到女儿不停地给我擦着泪水。

也可能是困了,一觉醒来已经是第二天上午九点多。我全身像散了架,几次想爬起来都没有起来。女儿呆呆地坐在桌子前,一句话不说,早点两个人谁也不想吃。午饭时女儿主动到街上买来两碗我爱吃的鸡丝馄饨趴到我的脸旁轻轻说:妈,还是吃点儿饭吧,身体要紧,我不能没有你。话没说完呜呜地哭了。我没劝女儿,也没流泪,似乎眼泪已经流干了。我只是摇摇头,还是没有吃一口。第二天早上,在女儿的再三哀求下,我挣扎着起了床。中考马上到了,女儿以后咋办呢?我心事重重,坐卧不安,天明盼到天黑,天黑盼到天明。好不容易等到第三天早上,班主任亲自来到我家对我说:学校决定开除熊大虎,给张丹丹记大过一次,明天早晨你亲自把张丹丹送到学校。临走时又对丹丹千叮咛万嘱咐说:张丹丹,你妈供你不容易,再不要胡跑了。

中考马上到了，要抓紧学习！我心里压着的一块石头终于落了地，不管怎么说，女儿还是上学了。不过学校对熊大虎的处分让我有点儿于心不忍，这件事也不能全怪熊大虎，自己女儿也有责任。

第二天，我把女儿送到学校后，心想，好几天没进服装店了，店里的生意到底怎么样，顺便到服装店看看。我前脚进店，后脚熊大虎的父亲气势汹汹闯进店门。进门大骂我的女儿勾引他的儿子，你们母女两个都是狐狸精。不由分说，拿着棍子，噼里啪啦把服装店砸了。邻居要报警，我想了想说：砸就砸了，这个店我也不想开了，冤家宜解不宜结。熊大虎的父亲找到学校又闹了几次，砸服装店的事学校也知道了，为了平息事态，学校把对熊大虎的处分改为记大过，这件事情总算有个结局。我的服装店从此关了门。我照样每天晚上接女儿，中午给女儿送饭。

中考成绩出来了，丹丹落榜了。这个结果我早预料到了，我没有批评女儿一句，也没有流过一滴泪，家里的一切像臭涝池的一团死水，再平静不过了。我只能在心里深深地责怪自己。女儿也可能真正认识到自己的荒唐行为了，不出大门一步，在家里陪着我，做家务活。转眼又要开学了，我坐不住了，丹丹还小，总不能失学吧。又多亏几个老同学的帮忙，花了八千元，自费上了高中。

开学的前两天，我和女儿在家里坐着说话，突然屋里走进一个五十来岁的女人。我还没有认出进来的人是谁，那人盯着我看了一会儿说：真是岁月不饶人，你也老了，咱们做女人的就是老得快。我努力辨认着面前的这个女人，终于认出了此人是唐老板的二女儿，这个女人曾经找到房地产公司打过我。可能是岁月冲淡了人与人之间的恩与怨，我礼貌地说：你来了，坐下吧！说着倒了一杯水，递给她。

那女人用眼睛死死盯着我的女儿丹丹，看来想说什么。我担心这个女人说出不该让女儿知道的话，忙打断她的话头支开了女儿，说：你到我家干什么？

那女人和气地说：事情过去十几年了，咱们之间的恩恩怨怨早已云消雾散，你这多年受的苦作的难我们也知道。不管怎么说，你的女儿和我总是一个父亲生的。

我听到"一个父亲生的"几个字，气不打一处来，说话的嗓门不由得大了：请你以后不要再提起这件事，我的女儿和你们什么关系也没有。

那个女人并没生气，仍然和颜悦色地说：我并不是想认这个同父异母的妹妹，但事实终归事实，你的女儿总是我爸爸的骨血呀。

这个女人说的每一句话，都像在用刀子戳我的心，每一个字都在往我伤口上撒盐。我真想上前扇她几个耳光，但还是忍住了。我极力抑制住心里的愤怒说：你父亲那个王八蛋把我一辈子害惨了，我女儿身上背着无法洗掉的耻辱，还说什么骨血不骨血，请你出去！

那女人坐着一动不动，笑了笑，仍然心平气和地说：我父亲已经死了十几年，今天到你家里来，是我们全家人商量过的。做女人的都不容易。听别人说，孩子要上高中了，你的服装店又被人砸了，我今天来给孩子送来两万元，钱虽然不多，也是我们全家人的一点儿心意，说完放下钱转身走了。

我拿着钱追出门，那女人已经走远了。回到家，我坐在床上，望着这两万元，无名怒火填满了胸膛。过去就是因为贪钱，把自己才糟蹋到如此地步，牵连得女儿也不干不净，我越想越气，把两万元狠狠甩在地上，钱散了一地。我坐在椅子上，气得眼睛都发直了。女儿回到家看到地上撒满的钱说：妈，刚才来的那个女人是谁，扔在地上的钱是怎么回事？我这才回过神给女儿撒谎说：熊大虎的父亲砸了咱家的服装店，托人送来两万元赔偿费。女儿说：他们赔偿是应该的，你为什么扔在地上。我说：今天赔偿了，明天还要闹事，大人的事你不要管。女儿帮我把钱捡起来，第二天我托老同学把钱还给了那个女人。张英霞又不说话了，好像为那件事还在生气。我对张英霞说：唐老板的二女儿也可能是好意，你的经济面临着困难，他们的帮助是应该的，替她的父亲偿还这笔孽债。张英霞说：一个女人要是贪钱就会走向毁灭，我就是再穷也不可能用唐家的一分钱。唐家的钱断送了我的一生！张英霞拿出手机看了看时间说：我还要准备女儿上学的事。说完便起身告辞了。

　　半年后，我在街道上看到一个熟悉的身影，穿着清洁工的服装在街道上打扫卫生。走到跟前一看是张英霞。我大惑不解地问：你是个大学生，为什么找了这份工作？张英霞淡淡一笑说：这个工作比较自由，能腾出时间给女儿做饭，晚上陪着女儿学习，只要女儿能安心学习，再脏再累的工作我也不嫌。说着抡起扫帚用尽全身的力气扫着街道，清除街道上的垃圾和污垢。

马家树不断地问我:这是谁之过?

一座小县城,半个月前后发生了两起因煤气中毒死亡的事件,一起是爷爷和孙子,一起是奶奶和邻居大嫂,他们的死都是从农村到城里陪孩子读书惹的祸。人们不断地质问,为什么一座座希望小学拔地而起,不到几年功夫,希望小学几乎全都变成了"失望小学"。这是谁之过?

五六年前,这座小县城不到半个月发生了两起震惊全城的死亡事件。这两起命案不是凶杀,也不是自杀,更不是工伤事故,而是两起因煤气中毒死亡的事件。前半月死的是爷爷和孙子,后半月死的是奶奶和姨奶奶。前者是县沟南东店村人,后者是县沟北西店村人。悲剧发生的前几天,我因事到外省开会去了,回到家里人已经埋了,如果我在县上,肯定会亲自到东西店村目睹两家死者的葬礼。关于他们的死因众说纷纭,人们一传十、十传百渲染得离奇古怪,死人的直接原因都是农村人到县城陪孩子读书惹出来的祸。为了拿到第一手资料,几次我都想到东店西店两个村子采访,几个朋友劝我说:人家死了人没有几天,你就要上门

采访，你不是采访，是拿着刀子戳人家的心，你这个采访狂，太不识时务了！我想了想朋友说的也在理。2005年10月，我采访十七个到黄河滩拾棉花的农村妇女因车祸而惨遭不幸时就碰过不少钉子，我只得暂且放下这个念头。慢慢地这两起惊人的煤气中毒事件也被人们淡忘了。

近几年，国家出台了乡村城市化的政策，为了加快城镇建设的步伐，上一级政府把城镇人口的增加作为一项指标，进行年终考核评比。再加上其他种种原因，大部分农村学校盲目撤并，有些两三千人口的大村子也没有学校，学生陆陆续续都转到城里读书。当地政府认为，农村学生进城读书，家长随之进城陪读，城镇人口相应大量增长，这是势在必行。在这种"大跃进"式的措施推动下，一个陪读群体应运而生。这些陪读群体几乎全部来自农村，由于城乡人们传统观念的不同，生活环境的差异、贫富的悬殊，他们因陪孩子读书所受的苦和累，他们的不幸遭遇，他们心理上的不平和失落，再一次沉重地撞击着我的心灵。我迈着沉重的步子，再次深入到农村、小县城、黄龙山、黄河边，甚至到更远的外省贫困山区，采访陪孩子读书的这一特殊群体。

五六年前县城发生的因陪读而煤气中毒死亡的两起事件，重新回到我采访的视线里。

六月的一天，在老同学马家树的陪同下，我驱车来到东店村，采访爷爷和孙子煤气中毒死亡的一家人。到了这家门口，大门挂着锁，幸好老同学对这个村里的情况熟，向邻家打听主人的去向。一位老人告诉我，女主人魏香香陪着小儿子在梁家庄乡上幼儿园。我们又驱车赶到梁家庄。梁家庄乡不大，设有一所初级中学、一所中心小学、一所幼儿园。三所学校在同一条街道上,大家称这条街为文化街。街上家家户户住满了陪学生读书的家长。马家树若有所思地对我说:现在只要有学校的地方,无论是高中还是初中、小学、幼儿园,都有陪读的家长。学校所在地的差异,基本上也能区分出陪读群的差异。我心里琢磨着他说的话,一个又一个疑问在我的脑海里交替出现。

老同学在梁家庄乡中学任过教,没费多大周折,就找到了魏香香。他向魏香香简单介绍了我的情况,说明我们的来意。

魏香香没有推辞,用审视的目光看了我几眼,顺便倒了两杯水递给我们,坐在一边,不说话,眼睛发呆,似乎在回忆着那件痛心的事。

魏香香还不到四十岁,看人有点儿邋遢,说话很快,几乎一句接着一句,有时前言不搭后语。她顺手指着桌子上放着的一个镜框说:那就是我死去的大儿子,刚满九岁时照的。随即走到桌子前双手捧着相框,眼泪不由自主哗哗流了下来。眼泪滴到相框上,她一遍又一遍用衣袖擦掉相框上的泪水,然后把相框递给我说:我儿子叫陈勇,死时才十岁,你看多神气。我端详着相框里的男孩,腰里挎着一把玩具冲锋枪,眼睛瞪得圆圆的,双眉浓黑。我心想,这神态简直像战场上的小英雄,长大后要是当了兵,说不定还是一个出色的指挥官,可惜刚刚十岁就夭折了!我无奈地摇摇头,惋惜悲伤凄凉各种思绪交织在一起,像一股骤然而至的寒流袭击着我,我浑身发冷,双手紧紧抱着勇勇的遗像,掉下眼泪,几乎哭出了声。过了好一会儿,我的思绪慢慢平静下来,把孩子的照片双手递给魏香香,不知用什么言辞安慰她,想来想去,只说了句:事情过去几年了,不要过于伤心。这句话其实也是在自我安慰。

东店村原先有一所希望小学,是省城一家工厂出钱盖的。当时学校有一百多名学生,五六个老师,每年统考学校的教学成绩都在乡上拔梢,邻村家庭条件较好的也把学生转到东店村读书,有的食宿在亲戚家,有的家长早晚接送。可是学校盖成不到三四年,社会上刮来一股往县城转学的转学风,东店村学校也有一部分学生转到县城读书。当时魏香香和丈夫在海南打工,公公和婆婆在家种地管孩子。每年春节前腊月十五前后夫妻俩一起回家看望老人和孩子,全家人欢欢喜喜过个团圆年,过了正月初五又出门打工了。香香的公公婆婆都是勤快人,种的庄稼在村里数一数二,两个人爱孙子爱得没法说,香香的公公常常在人前夸耀孙子是全家人的掌上明珠。公公年轻时当过几天民办代理教师,他知道对待孙子爱归爱,严归严,这是两码事,平时对孙子的教育抓得很紧,经常给孩子讲一些岳母刺字、孟母三迁、孔融让梨的故事。香香的儿子也听话,学习认真,待人也有礼貌。香香夫妻俩都没上过多少学,全家的希望都寄托在陈勇身上。每年春节全家人团聚在一起,公公总是说:现在是盛世,国家的政策也好,勇儿将来大学毕业后,好好报效国家。

现在的社会说风便是雨,晴得快,阴得快,国家的政策是定得没有变得快,不到一年工夫,东店村学校一百多个学生大部分转到城里去了,老师先后也调走了,只剩下一名老师和七八个学生。一座两层楼的希望小学变得荒芜冷清,狼来了也没人撵。过春节香香两口子回到家,公公说:听说明年后季咱村的学校也要撤,只剩七八个孩子老师也没办法教。我意思趁早把勇勇也转到县城。说转就转,公公第二天到县城托熟人找熟人,好不容易把陈勇转到了县城二小。陈勇那时才八岁,上小学二年级,当时二小还没有学生食宿的条件，吃饭住宿怎么办？香香的丈夫说：父母亲的年龄大了，还要在家种地，让香香进城陪儿子读书吧。父亲考虑了几天，同意了儿子的意见。就让儿子一个人出门打工。开学时香香陪着儿子陈勇进城读书了。

香香低着头呆呆地看着儿子的照片，足足看了五分钟。几次我想问话，老同学马家树摆眼神阻止了我。魏香香把儿子的照片贴在自己胸前，抹了一下眼泪，抬起头对我说：也可能是现在的娃少了，人们的生活也好了，把孩子捧在手上怕冷，揣在怀里又怕热。我姊妹六个，我是老四，我们那时上学谁管哩，只要有一顿玉米馍吃就算天官赐福了。现在不同了，我每天赶早起来，要给孩子热牛奶、煮荷包蛋，不是吃面包就是吃麻花。孩子放学、上学，接送孩子的家长人山人海，各种各样的人都有。家长送孩子时都是用手牵着，生怕摔了或者跑了。学校门前卖什么的都有，现做现卖的包子呀、油饼呀、煮的鸡蛋呀，这些小吃质量还比较可靠，那些包包袋袋装的东西大部分以次充好，卖价便宜，但孩子不管这些，见啥要啥，家长也只能任着孩子，要啥买啥。我在外边打工时，人们都说，中国人把孩子捧成了小皇帝，这话说得一点儿也不假。我是每天两接两送，时间只能提前，不能拖后，饭做得早了，怕凉了，做得迟了，又怕把孩子饿着。陪孩子读书真不容易。我几次给丈夫打电话，建议让婆婆进县城陪孩子，我出去打工。丈夫说，母亲的身体不好，在家里还要照顾父亲。丈夫说得也对，陪孩子读书是母亲的责任，不能把困难推给婆婆。我们陪孩子读书的人要是碰在一起聊天时，常常诉说着陪读的苦处。埋怨政府，农村学校盖得好好的，楼是那么高，玻璃那么明亮，说盖就盖，说撤就撤，你们知道不知道，当年集资盖学校多么难呀？我们乡上有一个大村子，两千

多口人,前几年十几个曾在村上插过队的知青回到村上,看到学生仍然在破旧的校舍上学,凑了二十万元盖了一座三层楼的希望小学。教学楼竣工典礼那天,省上、市上、县上的领导都赶来庆贺。竣工不到四年,这座全县闻名的希望小学也撤了。听老人说,这个村学校的前身是县上的第五完小,挺有名气,现在变成了养猪场。前年,那十几个插队知青回到村上,看到学校变成了养猪场,跪在地上大哭一场。也不知道国家这是啥政策,让人摸不透。农村的希望小学全部变成了失望小学。我想,当年建学校的钱,总不是风吹来的,建好的学校一夜之间让风吹得无踪无影。我望着失去儿子的魏香香,心想,她这几句话说得多好呀,她说出了最底层农民的心里话!我们过去号召在外工作的人回乡投资,建希望小学,联系城市的一些单位企业,支援农村教育。不到几年工夫,新建的希望小学几乎撤完了,让人寒心呀!但我还是捂着心口说了一句大话:国家的政策谁也挡不住。老同学马家树笑了笑说:我们每天都喊着民生至上,可底下这些歪嘴和尚,谁把民生当回事。滥用职权,土政策朝令夕改,说上一窝蜂,说下一窝蜂,最后吃亏的还是农民老百姓。

经过一阵沉默后,魏香香又说话了:我过去在农村,一个钱掰着两半花,想花钱也没地方花。跟着孩子进城后,走一步路也要钱,花钱像流水一样。城里的学校比乡里的学校收钱名目多得多,什么补课费、资料费、试题费、作业本费,五花八门,孩子回家几乎天天要钱,家长从包包里掏钱也赶不上。接送孩子是家长的头等大事,只能早,不能迟,碰到刮风下雨天就更难了。走在路上,我一手牵着孩子,一手给孩子打着伞,自己淋着雨。有时我想,自己是不是太疼爱孩子了,爱得有点儿傻乎乎的。当看到接送孩子的家长都和我一样时,我的眼泪不由得流了出来。

老同学马家树忽然打断魏香香的话,朗诵着一首小诗:

> 我走进雨季的时候
> 母亲刚刚走过
> 把为儿女遮挡风雨的
> 雨伞送给母亲
> 母亲又推给了我
> 啊 雨伞下的儿女
> 雨伞外的母亲
> 雨不再是雨
> 是上苍送给人间的一颗幸福泪
> ……

马家树虽然用方言朗诵,声调却是抑扬顿挫,饱含感情。魏香香稍停一会儿接着说:看来当今的奶奶爷爷、父亲母亲犯了爱孩子爱得发疯的通病。有一次我看见一个老人背着孩子到学校,一不小心滑倒了,那个老人双腿跪在地上硬是扛着,不让孩子倒在地上,旁边的人上前扶起老人,老人拐着腿咬着牙,一直坚持把孩子背到学校。

本来说,我逢星期五下午可以领着孩子回到老家,帮老人做地里的活,料理料理家务。公公倒还同意,婆婆说什么也不让我带孩子回家:我的孩子我知道,到了家,不是和他那些伙伴到沟里河渠捉螃蟹,就是到涝池摸小鱼,让我有操不尽的心。夏天日头毒怕把娃晒黑了,冬天天气冷,又怕把孩子冻感冒。公公拗不过婆婆,就叫我和孩子不要回来,又担心孩子假期没事干,在街道上乱跑,进电子游戏厅,便对我说:听说城里的孩子星期六、星期天都

到老师家补课,你也找个老师给我的宝贝孙子补课吧,咱大人省着花,在孩子身上不要省钱,你看咱村里人,哪一家辛辛苦苦不是为了孩子!每到周末,不是婆婆坐公交车到城里看孙子,就是爷爷看孙子。来时带着饽饽、煎饼、花卷、自家地里种的鲜菜等,总担心孙子吃不好。见了孩子不是嫌我夏天给孩子穿得厚,就是嫌冬天给孩子穿得薄了。我丈夫三天两头打电话问孩子的情况,在电话里一说就是半个小时。人常说,越是小心越会有事。有一天中午,我接儿子回家吃饭,天下着大雪,路上地里积满了雪,白茫茫一片。我牵着儿子的手,心惊胆战,小心翼翼地走着。孩子突然挣脱我的手,跑到路上滑雪,迎面来了一个骑摩托车的冒失鬼,不小心碰倒了孩子。幸好骑摩托的没有跑,叫来一辆出租车,把我和孩子拉到医院。一检查,孩子的小腿骨折了。我心里越想越害怕,不知道怎么给公公婆婆交代,怎么给丈夫交代。我吓坏了,当时没敢告诉家里,先办了孩子的入院手续,把孩子的腿包扎好。我想祸是闯下了,躲得了初一躲不过十五,只得壮着胆子给家里打了电话。天上的雪越下越大,地上的雪脚一踩一个深窝,公交车停运了,公公和婆婆两个人拄着棍子,冒着大雪,跌跌滑滑气喘吁吁地赶到了病房。两个人见孩子躺在病床上和我说话,见面叫了一声"爷爷奶奶",两个老人心上的一块石头才落了地。公公转过身拉长脸看着我说:你在城里是咋管孩子的?幸好没有闯下大乱子,我孙子要有个三长两短,我非和你拼命不可!婆婆一边摸着孙子的脸蛋,一边唠唠叨叨地数落着我。我一句话也没有说,心里懊悔得站也站不住、坐也坐不稳。自己住在城里专门陪孩子读书,还出了这么大的乱子,人家有的母亲边打工边陪孩子上学,把孩子还管得那么好,我真是个不称职的母亲啊!

医生说：住上一个星期就可以出院，回家慢慢疗养吧，孩子的骨头长得快。我劝公公婆婆说：我一个人照顾孩子就行了，你们回去看家吧。谁知公公说：我孙子要紧还是那个破家要紧？婆婆说：你一个人在医院我不放心，家让邻居照看就行了。于是一家三口人都在医院守护着勇勇这个小祖宗。本来住七天院就可以了，公公害怕孩子小腿留下后遗症，坚持住了半个月才出院。孩子出院后，我说：勇勇现在还不能到学校，快放寒假了，干脆咱们都回老家吧。公公说：咱们先到你租住的地方再说。到了房子后，公公说：我在路上想好了，我回家看门，你妈和你住在县城陪勇勇。无论如何不能耽误勇勇的学习。我找个语文老师和数学老师，每天上午和下午给勇勇补课。公公做事向来干脆利落，说干就干。大冷的天，他跑了半天，回到家显得特别高兴，说：事情说妥了，补课老师明天就到家里给勇勇补课。第二天公公亲自安排好勇勇的补课才回家去了。到了期末考试，公公又赶到县城，背着孙子进教室，背着孙子出教室。全校师生看到这感人的一幕，无不为之动容。

丈夫腊月十五回来了，婆婆见了儿子，第一件事先告了我的状。丈夫看着活蹦乱跳的勇勇，笑着给母亲说：祸后有大福。妈，香香陪孩子读书也不容易，以后小心就行了，这件事再不要提了。明年我们家一定有好运。孩子受伤的阴影慢慢在一家人心头上散去了。正月初一早晨，公公特意买了几卷万字头鞭炮，响得半条巷都是炮皮，一家人欢欢喜喜过了一个团圆年。

春节期间，丈夫和我算了算账，家里去年的收入和支出，虽然说没有拉下账，但经济明显不如前几年宽裕。丈夫给母亲说：香香管孩子不如妈到城里管孩子，妈妈心细手巧，不但能给孩子做好饭，还能照顾好孩子。母亲说：你有话

就说，有屁就放，再不要给我戴高帽子。丈夫停了一会儿笑着讨好母亲说：孩子在城里读书费用大，我一个人挣的工资有点儿入不敷出。我想让香香和我一起出门打工，多挣些钱，我爸在家里种地，你在城里管孩子，这是一举三得的事情啊。母亲没有表态，说：等你爸一会儿回家，商量后再决定吧。老两口既爱儿子更疼孙子，到了晚上，公公开了一个家庭会议，宣布了他的决定：你妈在家看门种地，我进县城陪孩子读书。公公的这一决定，首先遭到婆婆的反对，她说：你一个大男人怎么管孩子，还是让我去。我和丈夫当即表态站在婆婆的立场上。谁知公公不顾大家的反对说：陪孩子读书，不只是做饭洗衣服，重要的是培养孩子学习的积极性，让孩子在学习中独立思考，你母亲斗大的字识不了几升，陪读的任务她胜任不了，还是我去。公公不管我们同意不同意，继续说：香香跟着我儿子出门打工，也免得节外生枝。咱村上东头杨家的媳妇在城里陪孩子上学，天天跳交际舞呀，打麻将呀，上网聊天呀，参加什么户外群呀，结果好上人，和丈夫离了婚。国有国法，家有家规，公公的决定全家人谁也不能违抗。正月十六天刚麻麻亮，我和丈夫一起把公公和儿子送到县城，到学校给孩子报了名。我看着儿子，心疼地拉到自己怀里。眼泪扑簌簌地流下来，给儿子千叮咛万叮咛，要听爷爷的话，好好学习，不要淘气。我又对丈夫说：不然让我再陪上勇勇几天吧！丈夫抹了一下眼睛，一句话也没说，硬是把我拉走了。回到家的第二天，我和丈夫到海南打工，婆婆把两个人送到巷头说：出门在外不比在家里，一定要小心，孩子的事你们不要操心，有我和你爸照管。不知为了什么，往年我和丈夫出门打工，公公和婆婆送到村头叮咛几句就回家了。这次出门，婆婆陪着我俩一直走到公路口，看着我们坐上班车还是站在路边,不停地招手。从婆婆的神态表情和说话的语气,让人感觉到老人的心头酸酸的,似乎有一种不祥的兆头。

爷爷管孙子比妈妈管儿子还难管,儿子不听话时妈妈还会轻轻拍打一下,爷爷对孙子可不一样。人常说,蛮儿子亲孙子,这话说得一点儿不假。孙子吃饭时,爷爷往孙子的碗里不停夹肉夹菜,总怕把孙子饿着似的,孙子吃剩下的饭爷爷全吃了。晚上睡觉时爷爷不知道要起来几次,给孙子盖被子,生怕孙子着凉。有时孩子不好好睡觉,公公睡在床上一边哄着孙子,一边给孙子讲三国、道水浒。孩子听着听着就入睡了。婆婆批评公公说:你心急吃不了热豆腐,讲的那些陈糜子烂谷子,孩子听得懂听不懂?公公一本正经地说:你懂得什么,这叫幼儿教育,灌耳渗透。公公然后从床上轻轻爬起来,收拾房子,给孩子洗衣服。公公在家从来没洗过衣服,不会用洗衣机,只能手洗,还借口说洗衣机声音太大,担心把孩子吵醒。公公平常接送孩子都是走在街道两边的台子上,不准孙子离开他半步,到了校门前,他总是把孙子的衣服从头到脚整理一遍,把没扣上的纽子扣好,然后在孙子左右脸蛋亲上两下,站在校门口一直望着孙子进了教室。

香香的公公进城快一个月了,平常早晨六点半公公就送孩子上学。今天已经八点半了,隔壁的沈大嫂早已送儿子回来,香香公公的房门还紧闭着,听不到一点儿声音。沈大嫂心里感觉到有点儿奇怪,走到窗前叫了几声大叔没人答应,又叫了几声勇勇还是不见人答应。沈大嫂着慌了,急忙叫来邻居几个人,你一声我一声地喊,屋里一点儿动静都没有。大家把门踹开,只见孩子平仰着躺在床上,孩子的爷爷趴在离房门不远的地方,房子里一股浓浓的煤烟味，呛得人气都出不来。沈大嫂摇摇孩子的爷爷，又摇摇孩子，爷孙两人动也不动。在场的邻居赶忙拨通了120，不到十分钟，救护车赶到。医生快步走进屋子，摸了摸爷孙俩的鼻子和脉搏说：是煤气中毒，人早已断气了。旁边的人还是乞求医生把人拉到医院，希望还能抢救过来。人们七手八脚把人抬进救护车。到了医院，医生想尽了各种挽救办法，爷孙两人最终还是被抬进了太平间，死亡的直接原因是煤气中毒。奶奶闻讯赶到医院，看到老伴和孙子的尸体，一口气憋在喉咙眼，昏死过去了。村上的村长领着好多村民也赶来了。大家看到这惨不忍睹的场面，尤其是想到昨天还活蹦乱跳的勇勇一夜之间离开了人世，都接受不了眼前这个残酷的现实。女人哭了，老人哭了，大男人放声哭了，在场的医生也哭了。

人们边哭边埋怨说，学校盖得好好的，偏要撤，要是学校不撤，哪会发生这样伤心的事。

小孩子到城里上学，自己还管不了自己，要大人陪着，既费钱，又费事，谁出的主意撤学校，你咋不想想，这不是加重农民负担吗？

我陪两个孩子在城里读书，他爸在外打工，家里的地没人种，包给人也没人要，只能荒着。

大杨村因陪孩子读书的，就有六七个女人离了婚。

人们不停地痛哭着，七嘴八舌地议论着……

村长安排了几个人守在医院照顾勇勇的奶奶，其余的人用车把爷孙俩拉回家。奶奶经过几个小时的抢救醒过来了，睁开眼睛不停撕心裂肺地号叫着：老头子啊，为什么要叫勇勇的妈妈出门打工呀？你走了，我咋给儿子和媳妇交代呀，我的勇勇呀，你咋一句话不说就走了……

香香的丈夫这几年都在海南一家小电器工厂打工，香香在一家鞋厂上班。两个工厂相距八九里地,早晨出门,晚上回家,苦虽然苦了点儿,工资还是比较高。两个人算了算账,一个月除过吃饭零花,能积攒三千多元。这时香香想说什么又不说了,又死死盯住孩子的遗像。我和马家树谁也没有说话,心里想着:两口子听到父亲和儿子去世的消息,如何承受得了啊!我不敢往下想。香香抬起头带着哭音说:出门前几天,我的眼皮总是跳得厉害,晚上常常做噩梦,有时半夜从梦中惊醒,身上出了一身冷汗。在工厂干活,从早到晚心思恍惚,似乎感觉到要出什么大事,但从没想到家里会有什么事。丈夫每天早晨出门时我千叮咛万叮咛,路上要小心,工作中要细心,特别要注意安全。有一天,我正在上班,丈夫急急忙忙跑来说:村长来电话,说父亲有病,你赶紧请个假咱们回家看看。我们住的地方离火车站还有几十里,晚上七点才有到西安的火车,中途还要倒车,到家最少也要两天时间,村长不停地打电话催促。我们正在发愁,丈夫的厂长听说家里老人有病,派人用车把我们送到飞机场,并提前给丈夫预支了一个月工资。第二天上午十一点,我俩到了咸阳飞机场,村长已经派专车在飞机场等候。一路上不管我们怎样问,司机总是说:你父亲病重,可能人不行了。到了村里,我家门口男男女女老老少少站满了人。我和丈夫知道大事不好,父亲不在人世了。邻家的几个人把我们拉到父亲的房子里,父亲的尸体平躺在炕上,母亲斜靠着被子躺着。看见我们回来,"哇"的一声哭了。我和丈夫趴在父亲的尸体上哭得死去活来。哭了好一阵子,邻居的一个大婶拉着我说:香香,不要哭了,起来看看孩子吧。几个人扶着我和丈夫走进我的房子,看见儿子也平躺在炕上,好些人流着眼泪,守着孩子。我还没有反应过来,旁边的几个邻居妇女放声大哭。走上前一看，孩子脸蜡黄，紧闭着眼睛，我眼前一黑，跌倒在地，什么也不知道了……

香香说到这儿，望着孩子的遗像又放声大哭，我心里也像刀子在扎，尽量抑制着不让眼泪流下来。老同学马家树一连问了我几次：这是谁之过？我无言以对，心里一遍又一遍重复着老同学的话：这是谁之过！这是谁之过！香香几次止住了哭声又放声哭起来，几次想说话却没有说出来。最后还是马家树说话了：埋人那天，方圆几十里的人都来了，那个凄惨的情景不用提了，在场的人们都哭了。东店村离公路不远，来往的汽车停在公路两旁，车上的人纷纷赶来参加爷孙两人的葬礼，汽车不停地鸣号，好像为不应该死的人送行。村长特意把爷孙两人的葬礼安排在村上空荡荡的学校里。在场的人看到崭新的教学楼，荒凉的校园，谁不长吁短叹，谁不哭泣，埋怨天，埋怨地，埋怨学校不应该撤。一阵西风吹过，教学楼的门窗噼里啪啦响着，好像为从这座教学楼转走的小勇勇悲哀。说真话，我虽然没有目睹当时的情景，可想而知，那种场面是何等的凄惨悲哀。我不敢再往下想，我不想再出现当年采访农民供大学生难的故事时，我和被采访者放声对哭的情景。房子里沉闷得仿佛空气已经凝固，我不想继续采访下去，但又找不出适当的话安慰魏香香。我主动地从魏香香手里要过孩子的相框，心里还是马家树那句话：这是谁之过！

魏香香好不容易缓过神来，断断续续地说：不到一年，我婆婆也因忧伤过度病逝了。香香再也不说话了。这时有一个四五岁的小男孩走进屋子，叫了一声：妈！看见两个陌生的人坐在屋里，不说话了，瞪着圆圆的小眼睛怯怯地望着我。香香擦掉眼泪，把孩子搂在怀里问了一声：你饿不饿？孩子摇了摇头没说话，还是瞪着眼睛瞅着我。马家

树说：这是香香的小儿子。我看了看相框里的照片，又看了看香香的小儿子，两个孩子长得几乎一模一样。刚想开口说，要是大儿子还在，该多好啊！不过我还是忍住了。香香一边拍打着孩子衣服上的土，一边疼爱地说：妈给你做饭去。转身对我们说：你们坐一会儿，吃了饭再走。我和马家树连忙说：不吃了，来时才吃过。说完便起身告辞了。

马家树的家离梁家庄村只有五六里路，到了马家树家，他的老伴已经把午饭做好了，我也毫不客气地吃起农村的家常便饭。一边吃饭，马家树一边给我讲述刚才没有讲完的故事。

香香的婆婆去逝后，香香的丈夫再没有出去打工，失去了三个亲人的巨大悲痛笼罩着这个不幸的农村小家庭，笼罩着几百户人家的东店村。夫妻俩足足在炕上病了几个月，好心的邻居每天三晌到香香家里帮夫妻二人做饭，收拾家务。邻居的杨大婶和马大嫂轮换住在香香家，生怕两个人寻短见。香香曾经趁人不注意跳到村头的涝池里，幸亏涝池的水少，人们发现得早，才把香香救上来。从此，香香的精神有点错乱了。每天披头散发抱着儿子的相框在村里转来转去，叫着儿子的名字，一会儿哭，一会儿笑，经常跑到儿子坟前坐到天黑也不知道回家。香香的丈夫毕竟是个男人，鼓足心劲，强撑着站起来，死了的人走了，活着的人总要生活呀。香香的丈夫除了种地，还要在家里照料病了的妻子，刚过三十的小伙子，瘦得没个人形。也可能是苍天有眼，一年后香香怀孕了，还是个男孩子，就是我们刚刚在家里见到的那个孩子。香香有了孩子后，病情也渐渐好转了。只是话比以前多了，说话也快了，但有点儿乱。我问：香香的丈夫到哪里去了？家树说：孩子长到三岁，丈夫又到海南打工去了。孩子在梁家庄上幼儿园。

香香借住在亲戚家陪着小儿子。我说：咋不转到县城幼儿园？家树说：可能怕睹物伤情吧！我说：梁家庄离香香家也近，有中心小学，有初中，将来上高中时再进县城。马家树摇了摇头说：不一定，几万人的梁家庄乡，中学也就剩下一百多名学生了。说不定几年工夫，乡中也会撤，合并到县城的学校，听人说县城已经开始建四中了。老同学，你说咱们过去上学，就没怎么觉得难。前十年你提出了供养大学生就像背负着一座大山，说出了农民心窝窝里的话，现在陪一个小学生读书，更是难上加难呀！我一句话也没有说，这顿家常便饭足足吃了一个多小时。

和马家树告别时，我约他过两天到西店村采访另一起因煤气中毒死人的事件。他推辞说：西店村离我家有四五十里地，比较远，地里种了几亩瓜，已经到了掐头时节，我还得忙活几天，你还是一个人去吧，主人叫宁宏福。我说：你在西店村任过教，人比较熟，一是好找人，二是能拉近我和被采访人之间的距离，过去下乡采访经常出现坐冷板凳的现象，尤其是采访这一类事件，更会遇到拒我于门外的尴尬场面。我找各种理由，费尽口舌，还是没有说服他，我只得驱车回县城。

马家树是我初中同学，高中毕业考大学落榜，在农村劳动了几年，当了民办教师。转正后调来调去跑了好多地方，不过总是在农村学校任教，从没进过县城，可谓是任教数十年，桃李满天下。退休后，儿子和媳妇在外打工，他在县城当了几年陪读族。儿媳担心爷爷管不好孙子，让他退下来，自己接班进城陪读。他是一个闲不住的人，点瓜种豆，名曰劳动健身养心，实乃陪孙子上学所有费用都由他负担。

到西店村采访那天下着蒙蒙细雨，我坐车行驶不到半里路，猛然想起下雨天马家树肯定在家待着，还是叫上他好。我让司机掉头赶到马家树家,不由分说,拉着他上了车,冒雨来到西店村宁宏福家。宁宏福家的大门被铁将军把守着,我们又碰了钉子。农村的人还是待人实诚热情,一个老汉主动告诉我:宁宏福和媳妇冯月花在县城金环路摆水果摊。我当机立断,驱车返回县城。

金环路西边搭建着一行简易棚,都是卖水果的,问了好多家,终于找到宁宏福。马家树给宁宏福说明了来意,宁宏福又摆手又摇头,死活都不答应,说他不想再提这件烦心事。多亏马家树以老师的身份八八九九说了好一阵,宁宏福算是答应了。采访不是三言两语的事,也不能因采访耽误了主人的生意,最后约定晚上八点,宁宏福收了水果摊,我到他租住的地方去。马家树给我说,他老伴一个人在家,身体不好,他要回村去,晚上不能陪我。我陪着司机把马家树送回家,马家树下车时再三叮咛我说:听说宁宏福两口子正闹矛盾呢,尽量在宁宏福面前少提他妻子的事。我说:你放心,我会见机行事。

晚上七点四十分我准时到城西南角段家巷十二号门口等宁宏福,等了将近一个小时,好不容易宁宏福回来了。宁宏福一边开房门一边抱歉地说:今晚上批发水果的商贩从西安回来迟了,让你多等了一会儿。我说:不要紧。宁宏福租的房子有二十多平方米,房子里的摆设虽然没有城里人阔气,还是比较时髦,桌子上还放了一台电脑。我取笑地问宁宏福:你一天还上网聊天?宁宏福苦笑着说:一天生意做回来就累了,谁还顾得上网聊天,电脑是我妻子的专用品。孩子寄宿在学校,星期五晚上回到家,常常和他母亲为争电脑闹矛盾。听宁宏福说话的口气,显然对妻子玩电脑不满。我想问宁宏福的妻子上哪儿去了,想到马家树叮咛的话,话到口边又咽了回去。我想,采访宁宏福

和采访魏香香不一样，一是男女之间的忍受程度有差别，二是死者的身份不同。没有必要拐弯抹角，就单刀直入问起宁宏福母亲和邻居大嫂煤气中毒死亡的前后经过。

　　从宁宏福的举手投足和开言动语来看，他是个硬汉子，谁知一提起母亲煤气中毒的事，宁宏福的眼泪止不住地流了下来。哭着哭着终于哭出了声。我没有劝阻，男儿有泪不轻弹，不到伤心处何以如此悲痛？何况死者是自己的母亲，是因陪自己的儿子读书断送了性命，更是人世间之大悲。让他尽情地哭号吧。宁宏福哭了好一阵子，才哽咽着断断续续给我说：父母把我养这么大，我没报父母一天恩。老人为了管孩子上学送了命，我怎能不伤心！我经常半夜梦见两位老人站在我面前老泪涟涟，对我说：宏娃，我们老了，死就死了，没啥遗憾的，唯一就是放心不下我的孙子，你们一定要管好孩子，供娃上好学，考上大学后带着娃到我坟头烧张纸，我们在地下也能瞑目了。梦醒了，想起父母梦中说的话，不由得放声大哭，有时坐在床上直哭到天明，妻子骂我不是男人，有那么多的眼泪。我说：你咋没良心，父母是为了陪咱的儿子读书死的啊！父母去世多年了，当我遇到烦心的事，就跪在两个老人像前，半晌半晌不起来，给父母诉说自己心里的委屈。他从电脑后边取出装着父母遗像的相框，擦了擦上边的灰尘，看了好一会儿，又原放到电脑的后面。

　　宁宏福的母亲是个退休教师，父亲当了一辈子农民。宏福排行老三，两个姐姐早已嫁人，都在农村。弟弟上了大学，在外地工作，已经成了家，有了孩子。宁宏福初中毕业后，没有考上高中，他也不爱读书，母亲让他补习，第二年重考，他死活都不去，跟着打工潮出门打工。二十二岁时经人介绍和邻村的冯月花结了婚，第二年生了

一个男孩。宁宏福的父母见是个男孩,爱得好似心尖尖、胜似心尖尖。孩子不到两岁,宁宏福夫妻俩又出门打工了。父母在家管着孩子,还要种地。孩子转眼到了上学的年龄,西店村的学校两年前已经撤了,当了大半辈子教师的奶奶知道孩子读书的重要性,宏福没上多少学,母亲常常自责,感觉到对不起宏福。宏福的弟弟考上大学后对母亲也是个安慰。从此宏福的母亲要把一生的心思和希望都用在孙子身上。她专程跑到县城,亲自找教育局长给孙子挑了县城教学质量最好的一小上了学。母亲在城里租了一间不到二十平方米的房子陪着孙子读书。农闲时,父亲也住在城里和母亲一起照管孩子。

宏福说:我母亲爱孙子爱得着了魔,我们有时实在看不惯说上几句。我母亲总是袒护孩子,批评我说:我孙子比你强得多,你从小学读到初中,学习总是落在后边,我孙子还不到五岁就能背几十首唐诗,两位数乘法能很快算出来,而且背得快,得数也正确。母亲说的全是实话呀,我的孩子虽然淘气,但脑子特别聪明,从小学上到初中,每次考试在班上总是前几名,去年全县作文竞赛还得了奖。儿子学习为什么这么好,都是我母亲教育的结果。孩子上到小学二年级,我母亲打算给孩子找家教。我在电话里不同意,说:你的退休工资并不高,孩子在城里上学的费用高,开支大,我算来算去不够花。孩子还小,不必要过早请家教,你是老教师,孩子的作业你就能辅导。母亲在电话里骂我说:你懂得什么?万丈高楼平地起,基础教育是最重要的。你过去的学习不好,就是在小学耽误了。那时我是民办教师,既种地又教学,哪顾得上管你。再说,现在的教材和我们过去的教材有了翻天覆地的变化,我不会辅导,不能让我的孙子像你一样去当农民工。我说服不

了母亲，最后在电话里说：家教的费用你不要管，我每月给家里寄上几百元。母亲笑了笑说：看来我儿子懂得帮母亲的忙了，有你这句话就行了。钱的事不用你操心，我会安排，在外把你们管好就行了。每年春节回家，我都给父母买些外地的好食品，给些零花钱。母亲总是说：回家就行了，再不要给我们买东西。给我孙子多买些好吃的，孩子将来上大学的费用不是个小数目，那时我和你爸说不定都不在人世了。你们还是把钱攒下吧，准备孩子上大学用。我笑了笑对母亲说：你和我爸身体健壮着哩，将来还要管我的孙子哩。母亲轻轻打着我的脸笑着说：看把你想得美的。

这年春节，弟弟带着媳妇也回家了。媳妇是城里人，在农村待不惯，初三早晨和弟弟吵架，闹着要回城里，弟弟没办法只好和他媳妇一起回到他城里的家。第二年弟弟生了一个女孩，母亲打电话要见孙女，结果弟弟一个人回来了，说他媳妇不让孩子回乡里的老家，为此父母哭了几个晚上。

从农村走出去的大学生融入城市人生存的行列里，而且有的大学生娶到城市里的媳妇，其结果往往是娶到了媳妇，娶不到媳妇的心。好多城里生城里长的媳妇看上了身上流淌着农民血液的大学生，看不起大学生生活在农村当农民的父母，更不要说热爱农村破旧土气的家。尽管有些父母耗尽毕业心血，甚至不惜举债，为了"土"儿子带着"洋"媳妇能在家住上几个晚上，给家里盖新房、置家具、买沙发，岂不知这些新房、沙发、家具在"洋"媳妇的眼里仍然是土包子的窝。有些"土"儿子领着"洋"媳妇春节前赶回家，晚上住在宾馆里，白天到家里转一转，从表面上做到常回家看看。他们怎能体会到除夕之夜全家人围坐在家里热烘烘的炕头上吃着自己地里产的核桃、枣儿、落花生那种说不完道不尽的亲情呢！他们怎能体会到老母亲从炕道里取出砂锅里热的柿子，一家人围着吃"忍柿"的寓意呢！他们怎能体会到初一早晨乡里邻居的年轻人走进各家给长辈拜年浓浓的乡情呢……他们更不懂得富有时代性的新观念和中国传统文化、城市现代化和农村乡土气息，儿女们的超前意识和父辈厚德载物的固有高尚品质，两者在不断地撞击、不断地包容、不断地融合，将会生发出炫耀长空的火花。

每年我们都是初五过了就出门打工。那年春节前父亲感冒了，吃药打针在床上躺了半个月，我们一直在家伺候着父亲。正月十五的晚上，母亲催着我们说：明天孩子要收假了，你父亲的病已经有所好转，你们赶快出门打工去，家里的一切事有我照管。正月十六早晨，我和妻子把父母和孩子送到城里，第二天便出门了。

谁知我们走后，父亲的感冒又加重了，母亲既要照顾父亲，又要坚持每天接送孩子，还要给孩子做三顿饭，忙得团团转。母亲对父亲说：你的病还没有好，我看孩子的补课暂时停下来，等你病好了，再请老师。父亲不同意说：我这把老骨头算什么，孩子是咱们家的希望，你看咱小儿子在城里有多风光。不提小儿子不要紧，一提到小儿子母亲一肚子火。说：再不要说那个忤逆虫了！孙女生下几年了，我们还没见过一面。父亲说：不怪你的儿子，只怪你儿子怕媳妇，农村的孩子，娶个城里媳妇不容易呀。母亲叹了一口气，不说话了，第三天还是给孩子请来家教。

父亲的病渐渐好了，他对母亲说：离开家已经半年了，今年春旱，听村里的人说，家家户户都在浇地，咱家二亩苹果园也要浇水，我先回家看看。父亲走后的第二天，

我老家东邻居的马大嫂来了，说她女儿上高中，送了生活费，顺便到医院检查身体，第二天才能取结果，省得路上往返麻烦，就借宿在我母亲那儿。马大嫂是我母亲的学生，两个人平时关系要好，晚上谈起孩子上学的事，各自都有一本心酸账，直说到半夜才睡觉。

　　第二天早晨，东北风呼呼地刮着，母亲按时五点半起床后，捅开蜂窝煤炉子，给孩子煎了一个荷包蛋，热了一杯牛奶，从炉子里取出烤好的花卷。看着孩子吃得香甜的样子，心里默默说：孩子呀，快长吧，奶奶不但要看着你上大学，还要看着你结婚，还想抱重孙子呢。可千万不要学你二爸，娶了媳妇忘了娘。娶媳妇一定取个家在农村的媳妇。马大嫂看到母亲高兴的样子，说：又想你孙子上大学的事，还早着呢。母亲对马大嫂说：你身体不好，多睡一会儿，我送孩子去。母亲送了孩子回到家，觉得也有点儿困，心想是不是刚才出门受了点儿风寒，关了房门，拉开被子睡觉了。

　　中午学校放了学，儿子在学校门口找不见奶奶，等了一会儿，还不见奶奶的影子，独自一人跑回家。到家以后，房子门还关着，再叫奶奶也没人答应。不晓事的儿子还以为奶奶陪着马大嫂到医院看病去了，就坐在房子门口等着。一个钟头过去了，还不见奶奶回来。我儿子跑到楼上问在同一个学校上学孩子的母亲：你看见我奶奶没有？那个同学的母亲顺便说了一句：没有看见。转念一想，平常早晨七点就能听到老人在楼下说话，今天咋没听到一点儿动静。同学的妈妈陪着我儿子走下楼，推了推房门，房门在里边紧紧关着，再叫大婶也没人应。同学的妈妈感觉到大事不好，忙叫来邻居踏开门，发现孩子的奶奶躺在炕上，另外一个人卧在炕沿下，已经断了气。火炉烧得通红通红的。叫来

120，医生摸了摸两个人的手，没说话，只是摇了摇头，赶忙救人。采取了各种办法也没用，只得说：人死了，没救了！宁宏福已经泣不成声，他跺着脚悔恨地说：要是儿子回到家不见奶奶当即叫来邻居，或许还能救活我的母亲，马大嫂无缘无故也跟着送了命。

不到半月，一个小县城因煤气中毒死了四个人，一个陪读的爷爷，一个陪读的奶奶，一个上学的小学生，还有一个无辜的邻居。我又重复了老同学马家树的一句话：这是谁之过！

沉默了好一阵儿，我问宁宏福：孩子现在在哪儿上学？他说：现在读高一。出事后，我和妻子再也没有出远门打工，父亲失去了母亲，在炕上躺了半年也去世了。我父母是为了陪孩子上学而死的，不管怎么样我要对得起他们。我们全家搬进城里，我在建筑工地打小工，妻子在家给孩子和我做饭，料理家务。孩子上到初二时，我从两层楼高的架子上摔下来，也是阎王爷不要命，命保住了，左胳膊却摔断了。在医院住了不到一个星期，包工头给了八千元的赔偿金，算了事了。我说：八千元怎么能了事，医药费、误工费、营养费，最少也得四五万元。要是再落下残疾，那赔偿的钱就更多了。宁宏福叹了一口气说：现在的包工头都黑了心，只要能赚钱，谁管民工的死与活！赔八千元就算不错了。说着抬起他的胳膊：我这个胳膊至今还有点儿弯不过来，干不了重活。后来我摆了一个水果摊，和妻子一起经营。隔了不长时间，妻子借口给孩子做饭，干脆不来了。

我又想起老同学马家树的话，不要问宁宏福妻子的事。但我这个人向来爱刨根问底，朋友批评我不知趣，我却说这是执着。我想既然宁宏福谈到自己的妻子，口气还有些

埋怨，肯定有什么不顺心的事，我不如借势来个打破砂锅纹（问）到底。我说：现在十一点了，你妻子咋还没回家？宁宏福叹了一口气说：一言难尽啊！我又犹豫了，问吧，他好像有难言之隐，不问吧，我又不甘心。权衡利弊，冷漠之情还是败下阵来，我对宁宏福说：这儿就是你和我，心里有什么难处，尽管对我说出来，或许心里还能轻松些。

宁宏福的媳妇冯月花，和宁宏福是初中同学，冯月花模样长得俊，上学时可以说是班上的一朵花。宁宏福性格内向，人老实，五官长得不算帅气，但也端正。加之宏福的家庭是"一头沉"，有母亲挣工资，家里状况比较好。月花开朗大方，上初中时月花曾给宏福写过情书。两个人当时都是十五六岁的孩子，谁也不懂得什么叫爱情。情窦初开的月花初中毕业后，独自一个跑到宏福家找宏福，弄得宏福毛孩子的脸蛋被汗水洗脱了一层皮。月花考上高中，宏福出门打工，水性杨花的月花也看不起宏福了，宏福认为自己也配不上月花，两人小小心灵中那一点儿爱情之火也熄灭了。月花上高中时，向她求爱的同学有一大堆，扰得月花没有办法学习。上到高中二年级退了学，也出门当了打工族。可能是月下老儿的安排吧，宏福和月花在一个上千万人的城市里偏偏碰见了。两个人高兴地存了对方的电话号码，频繁地接触，电话中相互问候和关心，两个人又相爱了。不到两年工夫，两家大人给宏福和月花办了婚事。婚后两人一直在外打工。自从宏福母亲出事后，夫妻两人一起来到县城陪孩子读书。开始一两年，月花还能安心在家做饭料理家务。孩子上初中后，有一天，回到家对母亲说：妈，同学家里都有电脑，查找各种知识很方便，你给咱家也买一台电脑吧。宏福牢牢记住母亲的话，一定要供孩子上大学，加之孩子学习也好，宏福和月花第二天花了将近四千元给孩子买了一台电脑。宏福摆摊子卖水果,月花在家给全家人做饭,有时闲着没事干,好奇地打开电脑,却不会操作。儿子晚上玩电脑时,月花坐在旁边一边问一边学。儿子白天去学校了,月花请来隔壁一个陪孩子上学的年轻母亲给自己教电脑。渐渐地,月花迷上了电脑,而且学会了在网上聊天,经常忘了给孩子做饭、给丈夫送饭。有时聊天聊到凌晨两点也不睡觉,甚至把电脑占住不让孩子学习用。宏福为此事和月花吵了多少次都没有用。两个人结婚到现在,月花始终是强者,宏福始终是弱者。孩子上到初三,为了不耽误学习,搬到了学校吃住。月花见儿子不在身边反而感觉到更清静了,没黑没白在网上聊天,交朋友。有一次,宏福实在看不惯,顺手打了月花一个耳光,月花和宏福闹了几天,说:你竟然打我,你不心疼我,有人心疼我,网上的网友开口叫我心肝儿、闭口叫我心爱的宝贝儿,你五大三粗的算个什么?

　　近几年全国又刮起了一股跳广场舞的旋风,月花又对在电脑上聊天不感兴趣了。每天早晨六点半起床,经过一番精心打扮,就跑到县中心广场跳舞,跳到中午十一点才回家。晚上吃过饭又匆匆跑到九凤公园跳舞,常常十二点还不见回家。快四十岁的人了,涂脂抹粉,口红涂得比血还要红,打扮得花枝招展,不停地买高档时髦的服装。没钱花就吵着向宏福要,宏福不给或给得少了,月花就大吵大闹,要不到钱誓不罢休,从来不过问孩子的学习。孩子考上高中后,宏福对月花说:孩子几年工夫就要上大学了,在学校吃不好,你还是安心在家里给孩子做饭。月花嘴里应承着,照样我行我素,早出晚归,中午回到家也是躺在床上睡大觉。宏福心里琢磨着,妻子哪里来的这么多钱?自己给的钱远远不够她的花销,但又不敢问。幸好孩子还

争气，从初中到高中学习始终是班上的前三名。孩子清明节到爷爷奶奶坟前烧纸时哭着说：爷爷奶奶，你们是为我上学而死，我一定好好读书，一定要考上名牌大学，不辜负你们对孙儿的期望。

　　宏福还想说什么，月花已经闯进门，看见我，笑了笑热情地说：夜这么深了，你到我家有啥事？宏福说了我的来意，月花对我说：那有什么好采访的，现在大街小巷都住着陪学生念书的家长。我看月花说话的样子，也不想再问什么，告辞走了。宏福一直把我送到巷头对我说：你说这些陪孩子上学的女人是不是疯了，在家里不好好管孩子，跳一会儿舞，锻炼身体可以，你总不能不管孩子没黑没明地跳。我笑了笑说：这是社会多种原因造成的。

　　回家的路上，我想着宏福，想着月花，想着宏福的父母，想着宏福正在高中读书的孩子，百感交集，一股莫名的情感涌上我的心头。我自言自语重复着老同学马家树的话：这是谁之过！这是谁之过！

他们深深懂得：官做得再大，儿女不成器，是人生最大的失败

> 妈妈请长假陪儿子到省城读书，当局长的爸爸几乎是每周一次坐专车到省城看望儿子。夫妻俩为了儿子将来成大器、干大事，不惜血本给儿子择名校、请名师，想尽各种办法开发儿子的智力。儿子终于"考"上了一本，进了重点大学，谁知东窗事发……

祝有财年龄刚过四十，已经在县里的一个重要部门当局长了。大家经常议论说祝有财在工作中有魄力、能力强，和上下级关系处理得也很融洽，下一届换届时完全有可能被提拔为副县级。县领导也很器重祝有财，出外招商引资，参加经贸洽谈会，年终在北京、省城的乡党联谊会，祝有财每次都是筹备小组副组长，将会议办得有声有色，与会者人人满意。祝有财的妻子叫申琳，也是县上一个部门的副科级干部，她人长得漂亮，说话和气，工作认真。不管是夫妻俩的同事朋友还是村上方圆几十里的乡党都说祝有财上辈子积了阴德，才使这辈子官运亨通，有权有钱。他们有一个宝贝儿子叫祝煜，据说给儿子起名时，专门请了西安的易经大师、起名专家。大师专家解释说煜是照耀的

意思，你的儿子将来会像升起的一颗新星，闪耀在天空。夫妻俩听后高兴得差点儿跳起来，当时给了起名大师两万元。儿子自生下来，奶粉、滋补品，各种能开发智力的食品堆成了一座小山。孩子长到七岁上学了，不管体重还是个子，都是班上第一名。家里的爷爷和奶奶对孙子的疼爱更不用说了，三天两头做着好饭往县城送。局长家门口隔三岔五停放着祝局长的小车，村里的左邻右舍目送着祝煜的爷爷和奶奶坐着车进城，坐着车回家。人们羡慕地说：儿子当了官，父母亲也跟着沾光。也有人嫉妒地说：是沾了国家的光。

祝有财事事顺心，就是这个比别人家的孩子胖了一圈、高了一头的宝贝儿子，从一年级起，考试成绩不是班上倒数第一就是倒数第二。夫妻俩想尽了办法，绞尽了脑汁，儿子的学习还是外甥打灯笼——照舅（旧）。上二年级时，申琳给宝贝儿子许下承诺：只要你期末不落在班上的后十名，放了暑假妈妈领着你到北京旅游。祝煜不屑地说：北京上海咱们已经去过好几次了，有什么意思？听老师讲，新疆八月的水果最多，葡萄最甜，我还没去过新疆哩，我要到新疆吐鲁番吃葡萄！申琳说：吐鲁番八月的天气太热，太阳又狠毒，你不怕把你白嫩白嫩的脸蛋晒黑了？儿子说：有一次上体育课，我躲在操场的柳树下避太阳。体育老师笑着说：祝煜，你那么胖的身体，太阳只能晒到你的皮，晒不到你的肉里边。申琳显得一脸不高兴地说：你们体育老师说话也太损了！

学校离祝有财家不到半里地，祝煜开始上学时，不是父亲送就是母亲接。到了二年级祝煜坚持中午吃饭不要父母接送。申琳说：一路上车那么多，再说有同学欺负你咋办？祝煜挺了挺胸膛、举了举双拳说：我的身体又高又胖，在班上称王哩,高年级的学生见了我也要让三分。不管祝煜怎样解释、怎样阻挡,除过中午祝煜自个儿回家去学校,夫妻俩还是早送晚接。要是碰到天空笼罩着阴霾土雾,或者雨雪天气,夫妻俩不是你开着你的车就是他开着他的车接送宝贝儿子。期末考试结束了,祝煜拿着通知书高兴地跑回家对母亲说:妈,我的学习进步了,考试成绩全班倒数第十三名。君子口内无戏言,说话算数,你虽然没有我爸的官大,但大小也是个官,一定要领着我到新疆吃葡萄。申琳仔细看着通知书上歪歪扭扭的字样,疑惑地说:你老师的字写得这么差还配当老师?祝煜说:老师为了锻炼学生,今年的通知书让班干部填写。申琳看着通知书上写着的第四十七名,心里高兴了:我儿子终于进步了,再不是一年级两学期期末考试的名次,一次是五十八名,一次是五十九名。上学期虽然有了进步,也是班上的第五十六名。祝有财随着县领导到外地考察去了,申琳本想等丈夫出差回来,一起领着孩子去新疆。谁知祝煜等得不耐烦,每天早晨起来第一句就喊,我要吃新疆的甜葡萄,晚上梦中也喊,我要吃新疆的葡萄。有一天,祝煜早晨起来对母亲说:我昨晚做梦来到新疆的葡萄园,新疆的葡萄大得和妈妈的奶头一样,说得申琳哭笑不得。申琳等不到丈夫回家,通了一个电话,第二天就领着宝贝儿子,坐专车到咸阳机场,登上飞机飞往乌鲁木齐。母子俩在新疆玩了将近十天,买了几大包新疆特产,坐飞机返回咸阳机场。祝有财开着专车在机场等候。祝有财看见儿子,用尽全身力气抱起宝贝儿子,在脸蛋上狠狠亲了一下说:我的儿子晒黑了!

　　转眼工夫要收暑假了,在祝煜不断的吵闹下,一家三口坐上专车又去了一趟麦积山。回到家的第三天开学了,申琳领着儿子到班主任的办公室报到。到了办公室门口,

祝煜拦住母亲说：妈妈，我大了，让我自个儿报到吧，你在门口等一会儿。申琳按照儿子的指示在门口等着，等了好一会儿班主任领着祝煜从办公室走出来对申琳说：你是祝煜的母亲吗？祝煜报名来为什么没有带上学期的通知书？申琳问儿子：你的通知书不是在书包里装着吗？祝煜支支吾吾地说：找不见了。在老师的再三追问下，申琳才知道祝煜上学期考试排次是班上的第六十名。为了达到吃新疆葡萄的目的，祝煜从老师房子偷来一张空白通知书，请班上一个同学填写了假分数和名次，报酬是请这个同学吃一顿羊肉串。申琳面对孩子的班主任，双颊通红，顺手掏出一张五百元的购物卡，硬塞到班主任的手里说：我的孩子不懂事，以后还要你严加管教。班主任对申琳说：教育孩子，学校家庭要互相配合，千万不要把孩子惯坏了。

儿子上六年级时，祝有财由副局长升到正局长的职位上。新官上任三把火，局里的事情多、业务忙，既要应付上级的检查，又要下乡调查民情，忙得不可开交，祝煜的事全靠申琳照管。申琳想尽办法，不但给儿子在县城请家教、拜名师，星期五下午还亲自领着儿子到省城出大价钱请名校的老师辅导。对于名师的讲解祝煜左耳朵进右耳朵出，老师讲上十句，祝煜能忘十一句。你不要看祝煜学习不好，但他也有自己的优点，就是对同学讲义气，出手大方。从上四年级起，又在武术学校学了一些拳脚，有些高年级同学欺负小学生时，祝煜常常挺身而出，打抱不平，所以很受同学的欢迎，被同学尊称为学校的黑旋风李逵。祝煜很喜欢同学给他起的这个绰号，就是不喜欢"黑"字，他说：我不黑呀，脸白的能挤出牛奶，应该叫我白旋风李逵。从此，全校同学和老师都知道学校六年级有一个白旋风李逵。爱打抱不平的白旋风也就常常做出一些打抱不平的事情让同学看。有一天,祝煜放学回家,看到两个高年级学生围着一个小男学生要钱,小学生吓得从包包里掏出五元钱给了其中胖一点儿的学生,另外一个高个子扇了小学生一个耳光说:你是打发叫花子,再掏!小学生哭着说:我没钱了,你放了我吧,我回家取钱去。胖学生说:你敢欺骗我们,想叫你大人来找事!说着又扇了小学生一个耳光。祝煜在旁边看见了,冲上前去,二话不说,左右开弓把两个高年级学生打翻在地,然后护送着小学生回到家。祝煜下午到了学校,正给同学们炫耀此事,班主任走进教室,厉声叫了一声:祝煜,过来!原来胖一点儿的同学被祝煜打倒在地,头碰了个血口子,家长找到学校,结果祝煜给人家赔了一千元钱。学校念及祝煜是为了帮助小同学,没有给祝煜处分,还表扬了祝煜。

祝煜家的经济状况好,加之父母过于娇惯,养成了他花钱大手大脚的习惯,平时和同学进饭馆、逛夜市都是祝煜掏钱请客。有时父母给的钱不够花,祝煜就打开母亲的抽屉,用多少拿多少,母亲碰见了打个招呼,碰不见也不说。母亲知道了,也只是疼爱地批评宝贝儿子几句而已。有一天,祝煜提前和同学计划好,拿了母亲五千元和两个同学坐火车一起去了在兰州工作的姑姑家。祝有财和申琳跑了一天一夜找不见儿子,急得像热锅上的蚂蚁。第二天中午祝有财的姐姐从兰州打来电话,说祝煜在她那儿。电话中又批评祝有财:你两口子把儿子惯成什么样子了!吃得五大三粗,张口一个咱家,闭口一个咱家,在我面前还自称咱家白旋风李逵也!说得有财两口子不知道怎样给姐姐解释才好。过了两天,有财的姐姐亲自把祝煜和另外两个同学送回家。有财看到长得又高又壮的宝贝儿子,气不打一处来,抬起手就要教训儿子,被申琳挡住了,说:批评批

评就行了，咱们只有一个儿子，你不心疼我心疼。其实祝有财心里也只是想吓唬吓唬儿子，申琳不让打，他借坡下驴，坐在沙发上不说话了。申琳从冰箱里取出一袋酸奶，递给了儿子，摸着儿子的胖脸蛋心疼地说：不管你花钱多少，都应该给妈打个招呼，不能偷妈妈的钱，养成这种坏习惯咋办呀！

祝煜一听偷钱二字发火了：儿子拿妈妈的钱还能说是偷？

申琳说：不管谁的钱，没打招呼拿走就是偷！

祝煜大声说：拿！

申琳说：偷！

祝煜坚持说拿、拿，母亲坚持说偷、偷，母子俩你一个偷，他一个拿，对着说了十几遍，结果还是申琳败下阵来：好、好、好，拿！拿！我的小祖宗！我服了你了！

祝煜上初中了，个子长得比父亲祝有财还高。祝有财夫妻俩看着同事们的儿女一个个考上了重点大学，又是羡慕又是嫉妒。两人在一起常常互相埋怨，说惯坏了祝煜。有一天中午，申琳在厨房做饭，祝有财坐在沙发上想着宝贝儿子的事，越想越生气。越生气，越无奈，自言自语地说：同一个父亲，智力却一个在天上，一个在地上。谁知这句话让申琳听见了，申琳一下子把电饭锅摔在地上，走到祝有财面前，指着丈夫的鼻子说：祝有财，你是不是又想你的前妻了？当初你是瞎了眼，一个有妇之夫把我一个花季少女骗到你家，既然你想你的前妻那咱俩离婚算了！祝有财知道刚才说漏了嘴，忙改口说：我说的是我和我姐姐。申琳既哭又闹，祝有财害怕邻居听见，一边向申琳求饶，一边保证说：我再不提过去的事了，想也不想了。

祝有财比申琳大八岁，当年他在乡上当财税干部时，申琳在街道上开了一家小商店。当时祝有财已经结婚了,还有一个女儿。乡政府所在地仅有巴掌大的街道,低头不见抬头见,两个人慢慢地熟悉了。申琳漂亮的脸蛋迷得祝有财神魂颠倒,最后两个人混在一起,申琳未婚先孕。祝有财并没有打算和妻子离婚,在申琳的威胁下不得已离了婚。女儿由前妻带着,现在在高三火箭班读书。申琳平时对祝有财约法三章:第一,不准和前妻有任何来往,即使碰到当面也不能打招呼;第二,不准私下给前妻女儿钱物;第三,不准在她面前提前妻和女儿的事。祝有财一一答应了。刚才无意中说漏了嘴,祝有财又拍胸膛又抱拳,算是平息了这场风波。祝有财刚起身要走,申琳叫住丈夫说:你先坐下,我想和你商量祝煜上学的事。祝有财说:今天下午三点局里开会,现在已经两点四十了,晚上回来再说吧。说完拔腿就跑。申琳朝着祝有财的背影骂了一句:你到外边再不要回家!我和儿子才清闲!

　　祝煜的班级在学校拔河比赛中夺得了冠军,一帮子同学恭维祝煜说:要是没有你白旋风,咱们班上根本夺不了冠军,这个冠军是你夺来的。祝煜被吹捧得昏了头,在十几个同学的煽动下到夜市请客去了。申琳趁宝贝儿子不在家对丈夫说:全社会都在抓学生质量,想叫自己的儿女成龙成凤,连农民都知道死活也要供儿女上大学。你看现在农村的学生,整村整村地往城里转,好多干部家属把儿女转到省城择校上学。省城几所重点大学每年高考,录取到清华北大的学生就有几十名,我也想把祝煜转到省城重点中学。祝有财想了一会儿说:祝煜在咱们身边都管不住,让他一个人到西安,成了脱缰绳的野马。咱的宝贝儿子你知道,四肢发达头脑简单,到了省城还不知能给你弄出多大的乱子!申琳说:人都说你是个能干的局长,你怎么不

用一点儿脑子,我能放心儿子一个人去省城读书?我要到省城陪儿子读书。祝有财说:那不是三天两天、三个月两个月的事,儿子到高中毕业还有五年呢,难道你不要工作了?申琳笑了笑说:你越来越变成一个榆木脑子,单位里常年不上班的大有人在,我给单位请个长假不就行了。即使县领导问,我想也不会因为我难为你吧。祝有财觉得妻子说的话有道理,笑着说:看来我要拜你为师了。第二天祝有财和申琳夫妻俩专程去了一趟西安,带着厚重礼物托熟人办孩子的事。本来想在省城住一个晚上,又怕祝煜出事连夜赶回来。回到家,祝煜和一帮同学正在客厅练打拳,夫妻俩看着眼前的情景既好气又好笑。

祝煜上初二时转到省城一所名校,据别人说,择校费花了将近十万元。申琳陪着儿子也搬到省城,租了一百二十平方米的单元房专门给儿子做饭洗衣服。祝有财安顿好妻子和儿子后,出门时给妻子千叮咛万嘱咐,一定要管好儿子。走到楼下又反身上楼给儿子说:到了西安不要把你的绰号白旋风李逵告诉同学,再也不要打抱不平了,天外有天,人上有人,你学的那点儿武术到省城用不上。祝有财坐到车上神情显得有点儿伤感,对司机说:不管你的官做得多大,后代不争气是你一生最大的失败。

学校离申琳住的地方比较远,申琳接送儿子都是坐出租车。申琳经常从报纸的健康栏目查找能给孩子增强智力的良方妙药。下午定时打开电视机听医疗知识讲座,千方百计开发儿子的智力。初中二年级第一学期,祝煜每天按时到校按时回家,除星期六星期天申琳带着他到商店买些生活用品和各种高档食品外,从来不出门。有时自觉在书房做作业,背诗文。申琳怕影响儿子,儿子做作业时从来不做活,怕弄出响声,干扰儿子的学习。几次听到儿子朗读课文的声音,她蹑手蹑脚走到书房门外,偷偷地听着,听着……你不要看祝煜脑子笨,普通话说得却很好,也可能是母亲的遗传吧。申琳曾经在县上电视台当过几天播音员,县上几次诗歌朗诵会她都夺得了第一名。申琳听着儿子带点儿童音的男中音,听着听着陶醉了,流泪了。申琳曾经对丈夫说:儿子高中毕业后,可以考中央广播学院。丈夫笑得眼睛挤出了泪花,说:世上人都觉得自己的孩子亲,别人的老婆漂亮。一句话惹恼了申琳,站起身大骂祝有财:原来如此,怪不得你局里近来调进几个漂亮年轻的女干部,是不是你给办的?你天天喊谁家的老婆漂亮,谁家女孩子身材好,四十好几的人了,不知道害臊。祝有财知道又说漏了嘴,忙给妻子赔礼:天下只有我老婆最漂亮。不过,你也应该有点儿自知之明,你看全国电视台的男播音员,哪有一个像咱儿子那样肥——嘴里差点吐出"肥头大耳"四个字,又怕惹怒妻子,觉得自己也不应该用这样的词语形容儿子,忙改口说:咱儿子长得太壮实了,不适宜做男播音员。申琳说:那不叫壮实,那叫富态!一脸的官相。你看你副局长的儿子,学习还差不多,瘦小得像个猴子似的。

　　有一天晚上,祝煜放学回家对妈妈说:给我买一台电脑吧,要好的。别的孩子家都有电脑,在电脑上还能查找学习中的生字难题。按照申琳的家庭经济状况,前多年就该买电脑了,夫妻俩商量过不下几十次,怕儿子迷上上网,耽误学习,家里什么样的现代化电器都有,就是没有电脑。申琳听说宝贝儿子要在电脑上查找生字难题,高兴地搂住儿子的脖子说:我儿子知道学习了。妈明天中午就去买,买一台好的。晚上申琳和丈夫通了电话,说:咱们转学的决策是对的,儿子知道学习了。你明天早晨赶十点到省城,和我一起给儿子买台电脑。祝有财在电话里没说什么,第

二天赶十点到申琳住的地方，申琳拉着祝有财即刻要到商场。祝有财硬是把妻子按在沙发上，提出了不同意见：儿子马上要考高中了，买台电脑容易，现在学生上网聊天，甚至网上谈恋爱，已成司空见惯的事。儿子的情况，你我心里都清楚，不要画虎不成反类犬。为了帮助儿子学习，反而把儿子害了。申琳觉得丈夫说得也有道理，为了不打击儿子的学习积极性，最后夫妻两个人到大商场手机专卖柜花了五千元，给儿子买了一部上市不久的"苹果"手机。申琳对儿子说：手机上也能查找生词和有关学习资料。儿子看到美观大方的苹果手机，给父母敬了一个礼，说：谢谢！从此，祝煜在学校也好，在家里也好，苹果手机不离手，上课也玩着手机。为此老师批评过祝煜几次，也叫申琳谈过话。申琳把儿子手机没收了两次，祝煜胡搅蛮缠，软硬兼施，又把手机要回来。课堂上不玩耍了，回到家里边吃饭边玩手机。申琳再说，宝贝儿子也不理会。无奈，申琳又打电话求助丈夫。祝有财第二天赶到西安，埋怨申琳说：当初我不同意买电脑，你又提出买手机，现在好了，遇到麻烦事只知道给我诉苦，你是自找苦吃！申琳哭丧着脸说：不要埋怨我了，赶快想个办法，离中考的日子越来越近，考不上高中咋办呀，更不要说将来考大学。两口子商量了半天一夜，决定晚上请家教给儿子辅导作业。祝有财立即出门找省城里的朋友。过了两天，找到了两个在校大学生，逢单日补习语文，双日补习数学，每节补课费一百元。

　　母亲节快要到了，学校为了不耽误初三的中考，提前一个月举办了母亲节感恩诗歌朗诵会，班主任指定祝煜代表班上参加，申琳特意为儿子选了她初中语文老师写的一首《一双没有做成的布鞋》。诗歌朗诵会当天，学校特地邀请学生家长列席。申琳提前一个小时到了学校，把祝煜的衣服整了再整，头发梳了再梳。朗诵会开始了，申琳好不容易等到儿子登上舞台，祝煜用他特有的带童音的男中音朗诵着：

我的年龄已花甲开外
床头放着母亲做的
一双没有做成的布鞋
四十多年一直伴随着我
它饱含着一个伟大母亲的情怀
大学毕业我被分配到天山
母亲手拉手送我走出了村寨
我穿着母亲做的布鞋
离别的泪儿洒湿尘埃
三年后我回到魂牵梦绕的故乡
深厚的黄土地已把母亲的芳骨埋
万恶的病魔夺去了母亲的生命
给我的遗物就是这双
没有做成的布鞋
据说母亲的眼睛闭上又睁开
眼睛里透出一丝盼儿的光彩
一只手拿着鞋紧紧贴在胸口上
一只手拉着用棉线纳鞋底的姿态
鞋底上打着密密麻麻的结
倾注着一个母亲对儿子的关爱
我捧着布鞋，跪在母亲的墓前
千呼万唤啊！母亲您归来
成长的路上我穿着母亲做的鞋
走起路来像风儿似的快

走过了大江,走过了高山
千难万难脚下任意踩
算了算我共穿过母亲做的一百五十双鞋
纳鞋的棉线能用车儿载
儿行千里母牵挂啊
牵挂的线儿绕住地球缠几排
我床头上放着这双布鞋
显得永远是个不懂事的小孩
母亲的情啊母亲的爱
母亲的情爱高似泰山深似海

祝煜朗诵完了,台下静得针掉在地上都能听见。突然全场爆发出雷鸣般的掌声。申琳哭了,祝煜含着眼泪望着妈妈笑了。台下跑上来两个女同学,给祝煜献上了鲜花。晚上祝煜被班上几个同学连拉带推到夜市吃烤羊肉串。自从祝煜转到省城读书,从来没有和同学逛过夜市,这次破例了,做东的当然又是祝煜。祝煜和几个同学吃着羊肉串喝着啤酒,像几个凯旋的英雄。突然走来几个男同学,其中一个低个子大骂祝煜:你这个乡巴佬,竟然夺了诗歌朗诵第一名,还敢接受我女朋友的献花。说着照祝煜脸上就是一拳。祝煜被激怒了,抹了抹嘴上的血,抡起拳头,一拳打得那个同学仰面朝天,倒在地上。祝煜还觉得不解恨,又往那个同学的胳膊上狠狠踩了一脚。另外几个同学看到祝煜出手不凡,慌忙扶起倒在地上的同学跑了。祝煜回到家,母亲看到儿子脸上青肿的样子,忙问儿子:你碰到什么地方,脸碰成这个样子?祝煜撒了个谎说:走路不小心摔倒了,脸碰到街道的路沿上。申琳忙拿来棉球碘酒要为儿子擦洗。祝煜说:一点儿小伤算不了什么,我是个男子汉大丈夫,要有男子汉的气魄。申琳听了祝煜说的话,望着眼前站着既高又胖的儿子,想到下午诗歌朗诵会上的情景,申琳心里乐开了花。心想,我儿子长大了,学习要是再能有所进步,那真正是天下最优秀的儿子了。申琳高兴得凌晨三点多才入睡。

  第二天早晨,祝煜照常去了学校。过了不到半个小时,祝煜的班主任打电话,叫申琳到学校来一下。申琳满以为学校叫她谈儿子昨天诗歌朗诵会上的事情,出门挡了一辆出租车,兴冲冲地往学校赶。人常说心越急事儿越多,早晨八九点正是汽车流量的高峰期,申琳不停地催司机开快,心里恨不得一下子飞到学校。好不容易到了学校,申琳高高兴兴向祝煜的班主任办公室跑去。进了办公室,申琳一看,一边站着和祝煜昨晚上吃羊肉串的几个同学,一边站着另外几个同学,挨了打的同学右胳膊用纱布吊着。他的家长气呼呼地站在一旁。班主任给申琳说明了情况,也没有过多批评祝煜,对挨打同学的家长说:祝煜下手是有点儿重,不过事情是你儿子引起来的,也不能全怪祝煜。转身又批评祝煜说:以后再不要和人打架了,好好学习吧,中考马上就要到了,你从县城转到西安,你母亲陪着你读书不容易啊!老师的几句话触及了申琳心里的痛处,申琳有些伤心,流下了眼泪。祝煜耷拉着大脑袋,胖乎乎的脸蛋上也挂了两行泪水。经过班主任的调解,申琳给受伤同学赔了两千元医疗费,算是了结了此事。申琳走时,班主任意味深长地对她说:教育孩子要努力学习,过于溺爱实际上是害了孩子。申琳回家的路上心情糟透了,昨晚上的兴奋劲一扫而光,想把丈夫叫来狠狠批评祝煜,转念一想,中考马上到了,又怕扰乱了儿子学习的积极性。路过超市,买了些鸡呀鱼呀鸭呀,准备为儿子滋补身体。回到家和补课

老师通了电话，每天晚上给儿子增加半个小时的补课时间，补课费每晚是一百五十元。

省城里高中招生比例比县城大得多，祝煜中考成绩虽然差了几分，但祝有财找熟人送了礼，还是让儿子顺利上了高中。申琳为儿子操的心更多了，为儿子服务也更周到、更精细了。祝有财打电话的次数从一周两次改为两天一次，每次通电话，夫妻俩都是谈儿子的事，唠唠叨叨没完没了，最少也得半个小时。祝有财到西安从两周一次也改为每周一次。祝煜在母亲精心照料下，也越来越高、越来越胖了。

祝煜上到高二分科时，申琳和祝有财发生了争执。申琳提出让儿子上文科。祝有财说：文科就业难，理工科招生面广，也好就业，还是让儿子上理工科。申琳说：儿子的数理化比较差，我看还是让儿子学文科，将来报考中央广播学院。祝有财笑了笑说：咱们的宝贝儿子即使当了播音员，播音时都要照着稿子念。社会上流传着，学好数理化，走遍天下都不怕，我看还是让他上理工科。祝有财家庭的大小事决定权从来都是申琳说了算，这次例外，申琳同意了丈夫的决定。夫妻俩商议了好一阵子，又想出一个新招，除过星期一到星期五晚上的正常补课外，再利用星期六和星期天两个白天的中午给祝煜补课。

祝煜的学习、生活，一切都遵照母亲申琳的精心安排，一日复一日，一周复一周，按部就班地往前推进着。时间快得像跑马一样，转眼一年就过去了，申琳的心也越来越沉重了，再过一年多儿子是龙是虫将会见分晓……申琳不敢往下想，她心里对自己的儿子最清楚不过了。她常常想到别人的儿子，又想到自己的儿子，为什么自己的儿子不如别人的儿子呢。为此事她和丈夫祝有财探讨过、辩论过，甚至抽过签、算过卦，始终百思不得一解。可惜她从来没有想过，温室培育出的花木长不成参天大树，温室生长出来的果蔬不但味道不纯正，而且容易腐烂。培育名花贵草，施肥浇水必须适可而止，水肥过量，它的根会腐烂，它的花会凋落。申琳肯定知道惯子如杀子这句古训，可知道归知道，对儿子过高的期望和溺爱战胜了一切。

申琳每天变着招儿给孩子补身体，对他的学习也抓得更紧了。补课老师走后，申琳每晚陪着儿子做作业，一直到深夜。补课老师建议申琳说：你最好给儿子买一部电脑，有些题听不懂还可以在电脑上查找。申琳说：早都想给儿子买电脑了，就是怕他上网聊天。补课老师说：孩子长大了也能自己管好自己，要是想聊天，你管也管不住，街道上的网吧多得是。申琳听了补课老师的话，第二天就给儿子买了一台电脑。

祝煜上到高三第一学期时，一次祝有财破例星期四来到西安，哭丧着脸给申琳说：上边有文件，不准单位职工长期请假，下周县纪委集中到各单位点名检查，我看你得先回单位应付一下。申琳不假思索地说：县上爱检查让他检查吧，我的儿子上学要紧。有财说：这次风头紧，你还是回去应付应付吧，过几天就来了。申琳说：我儿子再有一年就高考了，我一天也不能离开儿子。祝有财说服不了申琳，只得拨通申琳单位领导的电话，把手机递给了申琳。单位领导在电话中说：申琳，你已经好几年没上班了，单位同志的意见非常大，以前我找了各种理由为你掩护，这次纪检委要动真格的了，你还是先回来，等检查完了，你再去省城，我给上级也好交代。申琳放下电话后，坐在沙发上，一言不发，心想，高考是儿子人生中的一个最重要环节，自己要是回县城，谁来管儿子？祝有财毕竟是当局长的，脑子转速快，办法多。他略加思索，对申琳说：你

不是有个姨妈在省城儿子那里住着，不然让她到咱家照管几天。申琳说：说是姨妈，已经隔了几辈人了，我们两家多年都不来往，我咋好意思求人家！祝有财说：为了儿子，抹下脸皮试试吧。星期五下午，夫妻两个人到超市买了好多礼品，硬着头皮找到了申琳的姨妈家。主人热情接待这一对儿不速之客。申琳向姨妈说明了来意，谁知姨妈不但没有推辞，而且爽快地大声说：孩子上学是天大的事，你有事尽管回去，别说几天，就是一个月、两个月，这个忙我也得帮。祝有财两口子千恩万谢告辞了。星期六早晨，申琳和祝有财开车把姨妈接到家，安顿好家里的一切事务，并嘱咐儿子：一定要听姨奶奶的话，妈妈几天就回省城。星期天午饭后，祝有财夫妻望着儿子，两眼泪巴巴地不忍离开，尤其是申琳，走一步退三步，摸摸儿子的头，摸摸儿子的脸。祝煜的脸上同样挂着恋恋不舍的表情，最后还是祝有财拉着申琳上了车回县城去了。

　　祝煜自由了，他除过按时去学校、定时补课外，第一件大事就是玩电脑，上网聊天。不要看祝煜数理化考试门门不及格，几天工夫却把电脑上聊天玩了个精，网友交了几十个。祝煜的网名是白旋风牛奶。其中一个叫画眉儿的网友和白旋风牛奶聊的时间最长、也最投机。姨奶奶不懂电脑，还以为祝煜在电脑上学习哩，她照申琳嘱咐按时给孩子做饭，家里打扫得干干净净，一切收拾得有条有理。

　　申琳回到单位后，满以为应付上几天检查就过去了，谁知县上这次检查职工上岗的时间是一个月，不定期还到每个单位复查。这下难倒了申琳，走又不敢走，留又无心留，只能硬着头皮从星期一坐到星期五，手里拿着报纸，心却在省城，杯子的茶水凉了换，换了又凉。下班后回到家里，第一件事先给祝煜打电话。一会儿又给补课老师打电话，

一会儿又给姨妈打电话,问祝煜的学习,问祝煜的生活,问祝煜的休息,左一个不放心,右一个不放心,问个不停。好不容易等到周末,祝有财开车拉着申琳赶到省城,看见儿子好像十几年没见似的,不离儿子半步。星期天下午两个人又返回县城应付检查。祝有财夫妻在省城的两天,白天祝煜连电脑摸也不摸。等父母睡觉后,祝煜躲在自己的房里上网聊天,有时聊到凌晨四五点。第二天早晨不起床,即使起来也是无精打采。申琳还以为姨妈做的饭不合祝煜的胃口,又不好意思当面说,在街上又买了几种滋补品让祝煜吃。

夫妻两个人往往返返四个星期,总算把单位上的检查应付过去了。申琳又请了长假来到省城继续陪儿子读书,照管自己的宝贝儿子。申琳到省城已经两周了,发现儿子一天到晚精神萎靡不振,补课时也迷迷糊糊的。开始以为姨妈做的饭不好,便给儿子加倍补充营养,结果祝煜的精神状况还是一天不如一天。申琳心里起了疑惑,星期五的晚上,申琳假装睡觉了。到了午夜,她轻轻地从床上爬起来,轻轻走到儿子书房门前,听见祝煜正在和谁说话。开始还以为是和同学通电话,越听越觉得不对劲,申琳慢慢推开书房门,从门缝中看到祝煜在电脑前视频,听口气好像在和一个女的说话。申琳气得浑身打战,真想冲进门痛骂儿子一顿。只听祝煜说了一句:明天中午十二时半在红光超市对面公园见。申琳压住了满腔怒火,推开书房门拉长脸,只说了一句:关掉电脑,赶快睡觉吧!

申琳睡在床上瞪着双眼,翻来覆去,一会儿唉声叹气,一会儿捂着被子啼哭,自言自语说:我恨不得把身上的肉割下来让儿子吃了,不到一个月,我名义上去单位上班,坐在办公室,不是坐着发呆,就是心慌得在办公室转来转去,心里老想着儿子上学的事。为什么这个不争气的儿子一点

儿都不懂事呀。好不容易熬到早晨六点，申琳照常起床，给儿子做饭，收拾家务。儿子吃饭时，申琳一句话也没有说。祝煜心里只想着十二点半和网友画眉儿约会的事，也没有看母亲的脸色。补课老师来了，申琳有些歉意地说：让老师费心了。说完坐到自己的卧室悄悄流泪。三个钟头的补课，老师讲了什么祝煜一句也听不进去，心里只想着画眉儿。吃午饭时，祝煜胡乱吃了两口，给母亲说：一个同学约我有点儿事，我出去了。申琳没说话，悄悄跟在儿子的后边。祝煜走进公园，看见一棵垂柳下站着一个三十多岁的女人，满脸涂着脂粉，抹着浓浓的口红，穿着妖艳的服装，像电视中的妓女一样。画眉儿看见祝煜，扭动着腰肢，舞动着手中的花手绢，妖里妖气地说：哟，我的白旋风牛奶，还是个孩子呀！祝煜看见画眉儿是这样一个网友，吓得掉头就跑，谁知刚好撞到母亲的怀里。申琳怒气冲冲照着儿子狠狠打了一个耳光，又准备走上前去教训教训那个妖艳的画眉儿。画眉儿一看情况不妙，拔腿就跑。申琳没有追上画眉儿，转身拉着站在一旁傻乎乎的儿子回家了。申琳回到家，余怒未消，闯进书房，抱起电脑，摔在地上，坐在沙发上一把鼻涕一把眼泪诉说着。祝煜还是傻乎乎站在一旁，站着站着扑到母亲的怀里也哭了。当天晚上，申琳在电话中哭着对丈夫说了儿子的事，第二天祝有财来了，进门后不管三七二十一把祝煜狠狠踢了一脚，骂道：你非把你妈妈气死不可！祝煜狠狠瞪了爸爸一眼说：你只顾当你的官，哪有心管我的学习！申琳看着儿子不服气的样子说：你不要亏了你爸爸的心，他把你含在嘴里怕化了，捧在手上怕掉在地上打碎了，为了你的学习和前途可是操碎了心。祝有财接着妻子的话说：我不关心你的学习，两个星期到西安来一次，有时还是一个星期来一次，花钱不要说，为你上学不知往西安跑了多少次,耗了多少油。祝煜说:高二分科时,我妈让我读文科,你坚持让我读理科,说什么学好数理化,走遍天下都不怕。我对数理化一点儿兴趣都没有,上课时一句也听不进去。要是听了我妈妈的话学文科,考上中央广播学院,说不定我还能当个优秀的男播音员哩。祝煜天真的话说得祝有财和申琳忍不住都笑了,祝煜也笑了,三个人都笑出了泪花。

  祝有财和申琳是工作在最基层的干部,不管职位高低,他们对儿女的期望比农民对儿女的希望更迫切、更宏伟。农民对儿女的希望仅仅是走出农村,再不要像父母那样当农民受苦受累,过上梦寐以求的城里人的生活。而祝有财和申琳则希望儿子青出于蓝而胜于蓝,平步青云,光宗耀祖。他们深深懂得,儿女事业的失意和失败,就是他们人生的最大失败。所以他们想尽各种办法,在儿女人生的道路上,安排好一个驿站又一个驿站。我想起我写的《蜀道易,人生难》一首诗的最后两句"人生犹如古今之蜀道,易之易来难之难,难之百年跨一步,易之一步跨百年"。不管怎么说,我们还是要感谢中国古代的科举制度和现时的高考制度,尽管制度里有各种弊端,甚至背后有见不得阳光的污垢,但它毕竟是平民百姓改变命运的一个平台。

  离高考再有一学期了。过春节时,祝有财夫妻都没有回老家,在省城陪着祝煜复习功课。正月初一中午仅仅领着儿子在街道上转了一圈。时间好似流水,转眼离考试不到三个月,祝有财和申琳商量说:咱儿子平时的学习成绩你我心里都清楚,肯定考不上大学,干脆找一个在校大学生替考。申琳说:要是被监考老师发现了咋办?祝有财说:现在替考的学生也不少,即使发现了,也不过是取消考试资格。反正考又考不上,不如冒风险碰个运气吧。申琳灵

机一动说：儿子考试是在县上考，你认识教育局好多人，让他们给监考老师打个招呼，事后重重地酬谢人家不就行了。尽管夫妻两个人商量着替考的事，对儿子的学习仍不放松，祝有财每个星期都到省城和妻子一起陪着儿子学习，到西安出差那就不用说了。两口子把儿子管得更严了。

高考前十天，祝有财拉着申琳和儿子回到了县城，自己又回老家看望父母。祝煜的爷爷听说孙子回来了，要到县城看孙子。祝有财给父亲解释说：再过十几天，你孙子考完试就回老家看你来了，你还是不要去了。父亲显得一脸不高兴：孙子在西安待了五年，只回过两次家，我要去西安你总是说，我去了会耽误孙子的学习，今天我非去不可，想孙子我都想疯了。祝有财没办法，只得用小车拉着父亲去县城。祝有财心不在焉地开着车，一路上老是琢磨着替考的事，担心计划不周出了娄子，那就前功尽弃了。车行驶到北沟上坡转弯时，迎面开来一辆大货车，祝有财心里一惊，慌了手脚，方向盘往左一打，翻在一丈多深的悬崖下。货车司机赶忙报了警，打了120电话。120急救车拉着受伤的父子到医院抢救。祝有财没有大碍，只是左胳膊摔断了。祝有财的父亲经过一天一夜抢救，停止了呼吸，老人至死都没有见上孙子一面，两眼直直地瞪着合不上。为了不影响儿子的高考，祝有财封住所有人的嘴，不准把车祸这件事张扬出去。替考的事也没有告诉祝煜，怕儿子不懂事，在同学面前说漏了嘴。高考的前一天，是祝有财父亲的葬礼，申琳没有回家，左右不离陪着儿子。祝有财在家呼天抢地哭着父亲，口里不停地喊着悔不该，悔不该……到底悔不该什么，谁也不知道，只有祝有财心里清楚。埋葬了父亲，祝有财也不顾什么风俗不风俗，当晚就赶到县城。第二天高考开始，申琳在家看管着祝煜，不准儿子跨出门半步。祝有财用纱布吊着胳膊在考场外转来转去,等着"儿子"从考场下来。高考两天,天气特别炎热,气温达到三十七八度,学生在考场热得汗流如雨,拼命应试。考场外学生家长心急如焚,待时如年。祝有财焦虑、惧怕、悲伤,各种感情汇聚在一起,好像三伏天怀里抱着火炉,内外烤得焦头烂额。在家里守着儿子的申琳,更是坐卧不安,如热锅上的蚂蚁。又高又胖的祝煜也不知什么原因,一阵阵的恐惧感不停地袭击着他的心。空调调到低温16度,祝煜穿的短裤和背心照样被汗水湿透了。

高考成绩下来了,"祝煜"的考试成绩比一本分数线高出五十分,祝有财和申琳高兴得发狂了,逢人就说,见人就夸,自己的儿子考上一本大学了。祝有财今天请一桌同事,明天请两桌朋友,天天请个不停。申琳挎着皮包,包里装满糖果,碰见熟人和祝煜的同学,不是发糖就是邀请到她家唱卡拉OK、吃水果。通知书下来了,祝煜被录取到外省一所重点大学。祝有财夫妻俩在县城最大的一家饭店摆了五十桌,还请来祝煜上高中时的班主任和代课老师,名曰"谢师宴"。横幅上挂着"热烈祝贺祝有财、申琳爱子祝煜考上××大学",据管事的人说,那天鸣放了八千八百八十八元的鞭炮。宴席上,夫妻二人都喝醉了,一会儿哭、一会儿笑,赴宴的人都说两口子为儿子上大学操碎了心,吃尽了苦。

上大学的前三天,祝有财、申琳带着儿子来到父亲的坟前,三个人跪在地上,祝有财一边给父亲奠酒,一边大声说:爸爸,安息吧,你的孙子终于考上重点大学了!为咱祝家争了光!说着说着趴在地上大哭起来,申琳母子也大声哭了。

祝有财站起来看着一大片一大片显得有点儿干旱的庄

稼，想起自己上小学时的情景。虽然说那时十年浩劫已经结束了，但人们的思想仍然沉浸在红色潮流的旋涡中。盲目崇拜，没有理性的狂热，饥饿肆虐着神州大地的农村。祝有财的父母是地地道道的农民，一辈子把太阳从东山背到西山，一家子老小仍然是挨冻受饿。有财小的时候跟着父亲到地里打土块、坐耱、踩耙、拉耧、拉玉米秆，跟着母亲拾棉花、拔谷苗。记得有一次他和母亲到收完麦子的地里拾麦穗，结果母亲被拉上生产队的批斗台，说是挖社会主义经济的墙脚。有财想到这里，感慨万千。他无限伤感地对申琳说：变了，一切都变了，三十年河东，三十年河西。申琳用一种理解的眼光望着自己的丈夫，因为她也是从那个时代的农村走出来的。祝有财又看着祝煜，心里说：儿子啊，努力吧，千万不能走回头路……

连月来的干旱，地里的玉米叶子都蔫了。通向坟地小路两边的杨树上，秋蝉揪人心地叫着，黄土坟头底下躺着的老人，也可能在说：我知道了，只是死前没有见上我孙子一面，我死不瞑目！三个人在坟前待了一会儿，虔诚地从小路走到公路边，准备坐车回家。祝有财擦了擦头上的汗珠说：祝煜，每年暑假寒假都要到你爷爷坟前多烧几张纸，多磕几个头，乞求你爷爷在天之灵保佑你锦绣前程，百事亨通！

武帝山潮云了，猛的一声炸雷吓得祝有财打了一个寒战，说：天要下暴雨了，赶快回吧！三个人忙钻进小车往回赶，车后扬起一阵阵尘土。

又一声炸雷，倾盆大雨瓢泼而下，暴雨中还夹着冰雹，肆虐着黄土地上饥饿的庄稼。农村老太太照样拿着铝盆盆、铁片片敲着、打着，嘴里唠叨着，是天怒还是人怨……

不到一年，东窗事发，替考的事被有关部门查明，祝煜被开除学籍回家了，不过祝有财没受到任何牵连和处分。

又过了一年,祝煜在县上一家事业单位上班了。

据说,祝煜在家待着的一年时间,申琳乌黑发亮的头发里长出了不少白发。

一个山村农妇陪四个娃娃读书的血和泪

婆婆嫌她第一胎生了一个女娃娃，骂她是母猪肚子怀不上仔猪。第二胎又生了一个女娃娃，婆婆愤怒了，把她和娃娃赶出家门。第三胎偏偏又生了一个女娃娃，她甚至想到过自杀。第四胎送子娘娘终于给她送来了一个男娃娃。从此她和丈夫背上供养四个娃娃的重负，艰难地向前爬行着。为了改变四个娃娃的命运，他们从山沟来到乡上，从乡上走进小县城，陪着四个娃娃读书。谁知老天爷在一次车祸中要去了丈夫的命。她吃的苦、受的罪，像家乡的凉水河一样，说也说不完，流也流不尽……

写这篇文章之前，我先说上几句题外话。我的报告文学《沉重的母爱》出版后，引起全国轰动，也赢得了千千万万人的眼泪，尤其是做母亲的眼泪。我记得当时有一个不大不小的官员发表文章说：计划生育多年了，你为什么要养那么多孩子，你受苦受累是自找苦吃。是的，作品中的主人公，好多人都是四五个孩子。20世纪六七十年代，政府虽然提倡计划生育，但没有严格执行。试问这个官员，我们国家历朝历代都反腐倡廉，为什么越反腐，腐败越厉害。从古至今即使是封建王朝都提倡开源节流，反对铺张浪费，为什么在今天的社会主义国家里，官场接待从一元四毛九的小角楼，喝到上万元的茅台酒；从四菜一汤的饭菜发展到十八大以前几万元甚至几十万元一桌的宴席。今天我要写的主人公是一位年过四十的母亲陪四个儿女读书的故事。请读者再不要用那位官员的官话批评她、嘲笑她、挖苦她。孩子生下来，就有生存的权利，上学的权利，父母就要承担起供养的责任，何况这个故事发生在偏远的山区。

明山县关工委的王副主任陪着我到临县采访。出发时，天下着蒙蒙细雨，老天爷似乎嫌我肩负的"沉重"还不够沉重，雨越下越大，几乎是铺天盖地从天上往下倾泻。山路本来就不好走，豌豆大的雨点打在车窗玻璃上，即使雨刷子在不停地刷洗，视线也看不到十米远，前边雾茫茫一片。司机放缓速度，小心翼翼地往前行驶。路上王主任对我说：我们山区，天旱少雨，今天天气虽然不利于咱们采访，雨却是好雨呀！我说是的，我们老家人常说，麦收八十三场雨。赵主任有点儿不解地问我：你们陕西和我们紧邻，哪有那么多的雨。我笑了笑解释说：八十三场雨指的是八月是播前雨，十月是按麦雨，三月是长苗雨，所以叫八十三场雨。赵主任说：看来你对农业也挺内行。我说：不敢说内行，我家祖祖辈辈是农民，我年轻时，当过十年农民，农村的苦活、脏活我都干过。王主任说：我们这儿种的是春小麦，这几年气候暖和了，农民也开始试验种冬小麦。不管怎么说，八九月的雨对农民来说，都是一场救命雨，更何况在我们这天旱少雨的穷山沟。

好不容易到了临县，已经上午十点半了，临县城关的教育专干在县郊区一所小学校门口等我们。老天爷没有停

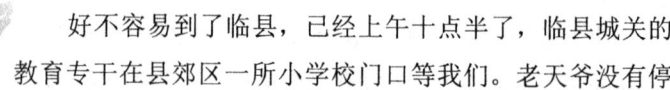

雨的意思，还是没头没脑地往下灌。我们没有下车，司机摇下车窗玻璃和教育专干简单说了几句话，专干随即坐上自己的车，领着我们开往目的地。车在大雨中行驶了十几分钟，在一条窄长的巷道口停下来。我们下了车，专干递给我们每人一把雨伞说：前边就是陪读大院，巷道窄，车进不去，我们要步行。我们一行四人踩着泥泞小道，躲着泥水洼往前走。四五百米长的巷道，走了不到三分之一，我们的裤腿就溅满了泥浆。巷道尽头是一座大院子，院子里的东西南北盖满了平房，当地人称为"陪读大院"。只见一个瘦小的中年女人，冒雨站在陪读大院门口等我们，任凭大雨浇得像落水鸡似的。教育专干对我说：这就是陪四个孩子读书的马兰英。马兰英向我们点点头，领我们进了大院。也可能是她心急，走了没几步，就摔了个仰面朝天，本来已经湿透了的衣服又沾满了泥浆。我和王主任慌忙走上前，想扶起她，还没等我们走到跟前，她又很快从地上爬起来，回头朝我们笑了笑，转身走进房子。房子起架较高，有四五十平方米。房子西北角摆放着一张大床，能睡五六个人。房子南边摆着两个小木桌，桌子上放着几沓书，一看就知道是孩子学习的地方。我顺口操着老陕普通话说了一句：房子还挺大啊。马兰英给我们边倒水边说：我家人多，租了一间大房子。马兰英说话用的是本地方言，我似懂非懂，老王好像看出我没听懂，将马兰英说的话用当地普通话给我重复了一遍。

我一字一板问马兰英：你有几个孩子？

马兰英说：四个娃娃。三个女儿，一个儿子。

我说：计划生育已经实行几十年了，你为什么还生了那么多孩子？

马兰英低着头说了几句话，我还是没听懂。老王给我翻译说：她说，前边三个都是女娃娃，生不下男娃娃婆婆家看不起。王主任接着对我说：我们这偏远穷困山区，重男轻女思想还很严重。

专干打断了我们的对话说：这个大院离县城只有三里路，过去是一家鞋厂，工厂倒闭了，厂长把厂房全部隔成小房子租出去。住在这个大院的有二十来户人家，几乎都是农民进城陪孩子读书的，人们习惯把这个大院叫"陪读大院"。马兰英情况比较特殊，大女儿今年考上大学，二女儿考到了市上的职业技校，三女儿和小儿子在县城二中上学。专干转过头对马兰英说：这位老师是从陕西赶来的，多年来一直关心农民供养儿女上大学的事，在全国很有影响。他专程来到咱贫困山区，采访农民进城陪孩子上学的事情，你的家庭很典型，你好好回忆一下，把你这几年陪孩子读书中受到的苦和累给党老师说一说。专干又对王主任说：我还要开会，你们谈吧。顺手掏出二百元放到桌子上对马兰英说：你的困难我知道，这二百元你收下吧。马兰英的眼泪一下子涌了出来，两腿跪在地上要给专干磕头。专干赶紧扶起说：不要这样，这点儿小事是我应该做的。马兰英站起身用手抹着眼泪，嘴里反复说着：谢谢大恩人，谢谢大恩人。

我把摄像机放在床沿上，对准马兰英，掏出笔记本和笔，不放过一个字，艰难地听着马兰英用当地方言讲述自己的故事，幸亏有王主任不断给我翻译解释。

马兰英家离县城有六十里地，山高沟深，山地往往旱得榨也榨不出水。种庄稼靠天吃饭，十料九薄收。马兰英十八岁时嫁到尚家窑，丈夫叫尚三狗，家里兄妹六个，三男三女。三狗是儿子中的老三。三狗父亲死得早，母亲吃糠咽菜带大了六个孩子，六个孩子都没上过学。尚家窑

埝上埝下，只住着十几户人家，五个自然村合成一个行政村。村上唯一的一所小学，离尚家窑要翻一座半山，来回十七八里路。孩子早晨去学校带上干粮，中午在学校喝开水、吃干粮就算午餐了。晚上回到家，不管饭菜好坏，还能热热乎乎吃顿饭。山里的人祖祖辈辈惯了，娃娃从小就能吃苦，胆子大，再小的娃娃上学，来回也不要大人接送，两三个娃娃太阳冒花时结伴去学校，星星满天时结伴回到家。

　　马兰英结婚第二年就怀孕了，她婆婆找算命的算是男孩还是女孩。算命的问了马兰英的生辰八字，掐了掐手指，胡诌了几句说是男孩，婆婆听后高兴得几天几夜没有睡着觉。兰英怀孕期间，家里吃了上顿没有下顿，婆婆东挪西借杀了一只羊，给兰英每天炖着吃，隔三岔五煮鸡蛋下挂面。孩子生下了，婆婆一看是个女孩，气得转身就走，坐在炕上不吃不喝，哭了三天三夜，再没踏进兰英的房子半步。连孩子看都不看一眼，整天在院子里骂兰英赖母猪的肚子，下不下一个伢猪娃。兰英月里不到二十天，婆婆就骂着要她下地劳动，不下地不给饭吃。三狗性子软，母亲的话不敢不听，又心疼媳妇，只得领着兰英一起到地里做活。到了地里，他让兰英躲在山下一个窑洞里休息，自己一个人在地里干活。有一次兰英婆婆转到地里，看见儿子满头大汗干着活，兰英在山洞里坐着，顿时大发雷霆，不管三七二十一把兰英从窑洞里拉出来，顺手打了两个耳光，转身朝三狗唾了一脸，大声骂着说：几辈子没见过婆娘，真是个软蛋，然后气呼呼走了。中午回到家，只准儿子吃饭，不准兰英端碗，说：你偷懒就不让你吃！为了讨好婆婆，第一个孩子生下来不到十个月，兰英又怀上了。谁知盼来盼去肚子不争气，生下来又是个女娃娃。娃娃生下来的第三天，婆婆让儿子三狗把兰英赶出家门，说你买下这头母猪无用，生不下个伢猪，只能占着圈白吃食。三狗死活都不干，最后没办法，只得和兰英抱着两个娃娃搬到村头过去养羊的一个破羊圈里。马兰英整夜整夜睡不着觉，心想我的肚子为什么这么不争气，生不出个男娃娃，几次想寻短见，当看到两个可怜的孩子和老实善良的丈夫时又不忍心了。三狗劝兰英：咱穷山沟的老年人都是老顽固，重男轻女，再生一个试试运气吧，说不定能生个男娃娃。为了在人前能说起话，为了男人的面子，兰英答应了。没想到第三个生下来还是女娃娃。兰英唉声叹气说：天不怪，地不怪，只怪我自己的命苦。兰英绝望了，一天中午三狗到地里干活，兰英看着一个比一个只高半头的三个娃娃，狠了狠心，在羊圈前的一棵老槐树上吊了。谁知树枝断了，想死阎王爷也不收，三个娃娃吓得趴在妈妈的身上哭成一团。三狗知道后，从地里赶回来，把兰英背着放到炕上，抱住兰英放声大哭。兰英想把第三个娃娃送给别人，三狗不同意，说女娃娃也是咱们的娃娃。

　　三个娃娃慢慢长大了，兰英婆婆还是不让三狗一家进门，咒骂兰英是丧门星，即使在路上碰见她的三个孙女，也扭过头看都不看一眼。村子里的人也看不起三狗和兰英，尽管村子只有十几户人家，风言风语让三狗和兰英走路也得低着头。过了两年，兰英又怀孕了，当时兰英想到医院把孩子打掉，三狗坚决反对，说他有天晚上做了一个梦，梦见送子娘娘说：你媳妇因为生不下男娃娃吃尽苦头，这次给你送个男娃娃。从那天起，兰英和三狗见神就磕头，见佛就烧香，希望老天爷保佑生个男娃娃。也可能是兰英和三狗的诚心感动了上天，兰英终于生了个男娃娃。娃娃一出生，三狗高兴地跑到家里给母亲报了喜，托人在邻村商店买了十几串鞭炮，在村子里转巷响着。婆婆听说媳妇

生了一个男孩，立马像换了一个人似的，马上把兰英和娃娃接回家，杀鸡呀，煮鸡蛋呀，下挂面呀，冲红糖水呀，高兴得忙个不停。

婆婆让兰英在炕上坐了三个月，不让下地，每顿饭都是她亲自下厨房做好送给兰英吃。兰英想，男娃娃的命比女娃娃的命就是值钱！连他妈都跟着沾光！

三个女娃娃慢慢长大了，该上学了，离家里最近的一所小学也撤了。兰英婆婆说：女子无才便是德，女娃娃将来总要嫁人，上什么学！我没踏进过学校半步，一辈子不是也好好的嘛！兰英私下和丈夫商量：咱们没上过学，吃尽了苦头，二十五六岁的人了，天天看着太阳从山的东边出来，从山的西边落下，出门走路不是山就是沟，长这么大没走出过大山半步，外边的世界到底是个啥样子，一点儿也不知道。我们不能让孩子和咱们一样，一辈子待在山沟里种山地当农民。三狗说：听说邻村有一家的孩子上了大学，在省城工作，把他母亲接到城里享福去了，不管怎么说，咱们一定要让孩子上学。兰英和丈夫合计了几天，决定去离家四十里的乡政府所在地大埝村打工，送娃娃到乡上的小学读书。兰英这次下了狠心，不顾婆婆的反对，铁了心要出门。婆婆说：要走你们走，只能带着三个女娃娃，我的孙子要留下。兰英和丈夫没办法，只能带着三个女娃娃来到大埝村，租了一间房子住下。

大埝村是乡政府所在地，是个有七八百户人家的大村子，有一条长长的街道。逢集赶会时，卖山货、买山货的人比较多，来往客人熙熙攘攘，虽然不算繁华，也够热闹的。乡上有一所小学，兰英的大女儿大妞、二女儿二妞同在一个年级上学，小女儿三妞在家待着。三狗到一家砖厂打工，天蒙蒙亮出门，天麻麻黑进家。熟人介绍兰英到一家小食堂洗碗，也是天明上班天黑下班。那个时候，学校还不管学生的饭，中午十二点、下午六点学生要回家吃饭，两个女儿回到家只能吃冷馍、喝开水。三妞年龄小，生活还不能自理，有时饿了一个人跑到食堂找兰英，兰英把顾客剩的饭菜给女儿吃。食堂老板看见后说：上班不准带孩子，要带孩子你就不要上班。兰英上班不到半个月，三个娃娃饥一顿，饱一顿，个个面黄肌瘦。兰英只得辞退了工作，待在家里给孩子做饭。小女儿也很懂事，从来不在外边贪玩，经常帮着妈妈做家务。兰英的四个娃娃，一个比一个大一两岁。三妞本来该进幼儿园了，但她坚持不去，小小嘴巴说：我爸一个人挣的钱供不起我们姊妹三个，我在家里帮你做活就行了。兰英的男人三狗挣的工资不但要养活在外面的五口人，每月还要回家给儿子送生活费。每次回到家，母亲就骂儿子：你们两口子成什么精，在女娃娃身上费那么大的劲有什么用？不如把钱积攒下，将来供小子上大学。兰英的男人虽然没上过学，却是个孝子，不管母亲怎样骂，只是笑，从不顶撞母亲。但他心里有数，男娃娃女娃娃都一样，不管怎么说，都不能让三个女娃娃一辈子待在穷山沟当农民。

为了给家里多增加一点儿收入，减轻男人的负担，兰英让三狗把老家的人力车拉来，自己在街上学着贩菜。贩菜可是个苦差事，早晨天不明起床，赶到蔬菜批发市场，才能贩到好菜、便宜菜。再匆匆忙忙赶个早市抢时间卖个大价钱。过了九点，菜就难卖了。现在种的蔬菜大部分都是大棚里培育的，有的菜还喷了保鲜剂，看起来红鲜红鲜、绿嫩绿嫩的，太阳一晒菜就变了颜色，蔫得没人要了。兰英是从外乡来的，人生地不熟，好多主顾都是拣熟人的菜买，即使熟人哄熟人，主顾也放心。兰英有时站上半天，一点儿也卖不出去，赶十一点还要回家给孩子做饭，她拉着人力车走在回家的路上，一边走一边流着眼泪。回到家里给没卖完的菜喷些水，下午又拉到街上卖。谁知菜一见水，当时看来比较新鲜，过了两个钟头又蔫了。幸亏有些陪孩子读书的和一些没钱的农民，专门到菜市上捡便宜，兰英只要见钱就卖，也不管划得来划不来。辛辛苦苦卖了一个月菜，一算账赔了二百元。男人三狗说：你赔了我十天的工资，干脆在家里看娃娃做饭算了，别胡折腾了！兰英也觉得自己不是个做生意的料，便收了摊子在家里待着，心想给娃娃把饭做好，让娃娃长好身体，读好书，将来也有个出息。

世事往往是跛子腿上被棍敲。一天兰英在家里做饭，砖厂一个工人慌慌张张跑来说：嫂子，我三狗哥从一丈多高的山崖上摔下来，已经送到乡卫生院了，你赶快去看吧。兰英听了好像天上打了声炸雷，吓得两腿发软，扔下手里的活，慌忙赶到卫生院。医生说：你丈夫的小腿摔断了，不过没有生命危险。兰英看着丈夫躺在病床上咬牙忍疼痛苦的样子，眼泪哗哗地往下流。三狗说：不要紧，农民的骨头贱，几天工夫就会好。兰英哭着说：你是咱家的顶梁柱呀，你要是有个三长两短，我和四个娃娃咋活呀！随后，三个女儿也赶到医院，娃娃们望着床上躺着的爸爸，"哇"的一声全哭了。

丈夫看着三个哭成泪人儿的娃娃说：爸爸不要紧，只是腿受了点儿伤，过几天好了照样能到砖厂干活给你们挣钱，不要管爸爸，好好上你们的学。兰英连哄带拉把三个孩子带回家。兰英做好饭，三个娃娃站着就是不吃饭，她再催还是没有一个娃娃动筷子。兰英心疼地望着三个女儿，不知道说啥才好。大妞说：妈，你和我爸太累了！我已经长大了,也能打工,让我停了学跟着你卖菜吧!我会吆喝。说着说着就当着妈妈的面,学着街道上卖菜的吆喝起来:我的菠菜既便宜又嫩,我的黄瓜刚下架。一边吆喝一边哭了。二妞看见姐姐哭了,也哭着说:妈,让我姐上学吧,我姐的学习比我好,我跟着我爸到砖厂抱砖去,我有劲,会给你挣很多很多的钱。三妞看着两个痛哭的姐姐,哭的声音更大,呜咽着对妈妈说:妈,不能让两个姐姐停学,我已经长大了,你卖菜去,我在家里做饭。兰英看着三个女儿,她们说的话就像一把把刀子插在她心上。她把三个女儿搂在怀里,大声哭起来,说:都是你爸你妈没本事,你们投胎为什么不投在城里的人家,偏偏投在这穷山沟沟里。中午这顿饭,谁也没动一筷子。上学的时间到了,兰英给大妞和二妞书包里塞了两个玉米棒,催她们赶快去学校,两个女儿死活都不去。兰英没办法,一手拉着一个女儿,硬是送到学校,给老师说明了娃娃迟到的原因。从学校出来,兰英转身来到乡卫生院,丈夫的腿已经扎好绷带,砖厂留了一个工人在病房伺候着。兰英坐在丈夫的病床前,想起刚才三个女儿的情景,心里阵阵酸楚,她紧紧握着丈夫的手,一句话也说不出来,只是默默地流着眼泪。

砖厂老板是个好心人,三狗在医院住了三天,老板派人把三狗送回家,并给了兰英五百元,作为三狗补身子的营养费。

回到家的第四天恰好是星期日,三狗平躺在床上,小妞帮着妈妈做饭,大妞二妞做作业。兰英的婆婆牵着兰英的小儿子小宝突然闯进门来,二话没说,指着兰英的鼻子破口大骂:你这个丧门星,不在家里待着养娃娃,硬要出门打工,说什么要供女子娃上学。现在好了,我儿子的腿摔断了,你这是想把你男人整死另外嫁人!兰英吓得直哆

嗦，不敢说话，三个女儿护着妈妈，怕奶奶打妈妈。三狗躺在床上给妈妈解释说：这不怪兰英，是我不小心从土崖上摔下来的。奶奶指着三个孙女骂着说：女娃娃成精作怪上什么学，几年工夫长大就嫁人了，读书顶个屁用，把你爸挣死，你们就高兴了！兰英的婆婆越说越气，越骂声音越高，好像要把房子顶掀了似的。兰英的三个女儿跪在地上，哭喊着：奶奶，不要怪我妈妈，我妈妈太苦了。三狗趴在床上不停地给妈叩头，兰英的儿子小宝"哇"的哭了，跑到妈妈面前，抱住妈妈对奶奶说：你再骂我妈妈，骂我姐姐，我就不跟你回山沟沟的家了，跟着我妈上学。兰英的婆婆听孙子喊着不回家，霎时气消了一大半，忙拉过孙子说：我娃将来不但要到县城上学，还要到省城上大学，你不能跟着你妈那个丧门星。谁知孙子挣脱奶奶的手，又跑到妈妈的身边对奶奶说：奶奶是丧门星。兰英赶忙捂住小宝的嘴巴说：不准骂你奶奶，听你奶奶的话，跟奶奶回家去，到了上学年龄，妈妈再来接你。兰英的婆婆怕孙子不跟她回家，拉着小孙子急急忙忙走出门，一场风波才平息。

　　人常说，骨断要养一百天，也可能是农民的骨头硬，兰英的丈夫在床上躺了不到两个月，腿还没有痊愈就硬撑着到砖厂上班了。好心的老板知道兰英家的情况，让兰英的丈夫暂时看砖厂，工资照常发给。兰英一家子谢天谢地，说碰见好人了。

　　兰英有时和丈夫商量，这样下去总不是办法，明年小女儿要上学了，再过两年无论如何也要把儿子接来上学。小学虽然不怎么费钱，到了中学咋办？更不要说高中和大学了，尽管这些希望对兰英两口子来说，是个奢望。拼死拼活供儿女上大学，已经是当今全国农民的头等大事，尤其是西北地区，农民穷怕了、苦怕了，当农民当怕了。中央三令五申政策倾斜农民,多年来各级政府事实上也给农村、农民办了好多实事。但由于长期形成的农民社会地位低贱的思想,人们对"农"字的偏见,至今还根深蒂固。

兰英和丈夫心里有一个主意,孩子要上学,大人要下苦挣钱,不能在家里闲待着。春节后丈夫还在砖厂打工,兰英托熟人给一个小包工头说情,每天中午和下午到工地供匠人三个钟头,本来工资每天是五十元,自己只要三十元就行了,好说歹说包工头算是应承下来。西北地区天气冷,四月份建筑业才能慢慢开工,兰英等到开工后,到离家有三里地的建筑工地上了班。小工干的活杂,拉砖、浇砖、拉水泥、拉石子、打扫场子,只要是工地上的活都干。过去一个大工带三个小工,现在的老板为了省钱,一个小工供一个大工。兰英一会儿浇砖,一会儿拉砖,一会儿和水泥,一会儿拉石子,丢了耙耙拿扫帚,只要进了工地,想喘口气也没工夫。兰英本来就身体瘦小,骨架单薄,一晌活干下来,累得一步路都不想走了。当想到孩子放学还要吃饭,三里地不到十五分钟就跑回家。有时三狗问她苦不苦,要是苦就别干了。兰英说:农民就是这个受苦的命,为了孩子上学,苦就苦吧,几时累死了就算享福了。三狗打断兰英的话说:要死让我先死,你不能死,我管不了孩子,咱家六口人的吃吃喝喝、穿穿戴戴全靠你。身单力薄的兰英,为了供三个女儿上学,和男人一样顶着烈日、冒着风雨,一天又一天不停地干着。有一次,兰英在家给孩子做饭,忽然一阵头晕,跌倒在地,家里一个人也没有,幸亏陪孩子读书的邻居沈大嫂听到动静,把兰英扶起来,要送她去医院,她死活不去。稍微休息了一会儿,又给孩子做饭。还有一次,已经到了晚上十一点,丈夫和孩子早已睡了,兰英在灯下给女儿补衣服,猛觉得胸闷,咳嗽了一阵,吐出一口血。她生怕咳

嗽声吵醒丈夫和孩子，赶紧跑到院子外边，连续咳嗽了一阵，又吐出一口血。兰英进屋倒了一杯水，漱了漱口，把吐到被子上的血和院子里的血全部擦掉，不让家里人发现，第二天照常到工地供匠人。兰英辛辛苦苦，从四月干到十月，共干了七个月的小工。前四个月的工资包工头按时发了，到了后几个月，包工头说：八至十月的工资到停工结账时一起发给你们，你们还能攒几个钱，好好过个年。兰英心里盘算着，三个月自己能挣两千多元，除过儿女的书本、生活费，还能剩五六百元。好几年了，没有给孩子买一件新衣服，自己还穿着当年结婚时缝的衣服。工钱还未到手，兰英就安排得有鼻子有眼。谁知到了十月底，包工头一夜之间消失了，工地上二十多个工人，到处找不见人。包工头的老家在外省，具体地点谁也不知道，电话已经关机。当时政府还没有帮助农民工讨工资的说法，那真是叫天天不应，叫地地不灵。有一半外地工人，连回家的路费都没有，只能露宿在街头，寒风呼呼，衣衫破烂，是死是活也没人管。有些欠农民工工钱的包工头还振振有词说：工程是政府的项目，政府不给钱，料钱都是我们垫付的，要工钱你们找政府要去。这种三角债不知道亏了多少农民工。在工地上干了七个月比牛马还要苦的兰英，三个月的工资变成泡影，气得大病一场。为了孩子吃饭，她还得强打精神下炕做饭。三妞看妈妈病得不成样子，每次做饭时，主动帮助妈妈。妈妈实在起不来了，七岁的三妞就一个人做饭，做的饭不是面条煳了，就是馍不熟。全家人吃饭时没有一个人弹嫌，还夸三妞做得好。三妞也知道自己还没学会做饭，听了家里人的夸赞，心里特别难受，但小小的脸蛋上还是挂着微笑。

快过年了，也可能是心劲吧，兰英的身体慢慢恢复了。兰英原先计划好的事全部落了空，四个孩子一件衣服也没有买。兰英望着丈夫和三个女儿，内疚地说：那个该杀的包工头，至今找不见人，原本想给全家每人添件新衣服，现在看来不行了，妈对不住你们，说着说着哭起来。丈夫从包里掏出六百元说：砖厂老板也听说包工头跑了，知道咱家庭困难，给我预付了半个月工资。大人新衣服旧衣服一样过年，十多年都是这样过去了，还是给四个孩子一人买一件吧。大妞说：爸，我旧衣服穿惯了，新衣服穿上还不自在，我和两个妹妹商量，今年咱家经济紧张，收了寒假，我们姐妹两个还要花许多钱，小妹妹后季也要上学，你看我妈累成啥了，只给家里小弟弟买一件衣服吧！兰英和丈夫望着三个女儿，心里说：娃娃还小，却这么懂事，真是穷人的娃娃早当家呀，有这样的娃娃我们就是挣死也值得。兰英对丈夫说：六百元给咱们剩四百元，二百元你拿回家给咱妈，咱们的小宝还在家，她老人家的日子过得也艰难。本来想和娃娃一起回家过个年，你看咱们这寒酸样子，又要惹妈生气，还是不回去的好。

  春节后，大妞二妞开学了，兰英的丈夫三狗还在砖厂看门，砖厂老板对三狗说：春天砖厂开工后，你操作切砖机，工资能高几百元。三狗回到家里高兴地对兰英说：你不要打工了，在家专门给孩子做饭，挣钱也挣不了几个，你累得已经没有人形了。兰英想来想去，孩子慢慢大了，花钱的地方也越来越多，丈夫一个人挣的钱肯定不够花，我还得找一个既能给孩子做饭又能挣几个零用钱的工作。兰英托了好多人，大家都说没有这样合适的事。兰英既着急，又失望，自己几次跑到街上，问这家问那家，还是没有适合自己干的活。有一天，隔壁王大妈跑来给兰英说：我今天到街上买菜，听说蓝天宾馆招收卫生工，你试一下。兰英听了，二话没说，放下手里的活，跑到街上寻找蓝天宾馆。

巴掌大的一个乡政府所在地，兰英没费多大工夫就找到了。说是宾馆，实际上是一个小酒店。不过在一个小小的乡上这家宾馆还是挺有名气的。兰英走到宾馆门前，看到自己土巴巴的样子，几次走进去又退回来。为了娃娃上学，她还是硬着头皮，找到了宾馆的田老板。田老板看见从外边走进一个衣着破旧的妇女，以为是个讨饭的，瞪着眼睛说：出去，哪儿来的叫花子！让客人看见倒胃口。兰英胆怯地说：听说你们宾馆要招个打扫卫生的临时工，你看我行吗？田老板看也不看一眼说：你还能打扫卫生？先把你自己的卫生打扫干净！兰英还想说什么，田老板不耐烦地挥了挥手说：快出去，再啰唆我叫保安赶人了。兰英只好跟跟跄跄地走出来，看了看自己的衣着，自言自语地说：自己脏兮兮的样子，怪不得田老板不要我。回到家，兰英坐在床上忍不住呜呜咽咽又哭了。自生下第一个女娃娃到现在，她流的泪水可以说能汇成家乡的凉水河，流也流不尽。兰英的哭声惊动了隔壁陪读的王大婶、西边厢房陪读的沈大嫂和南边从六盘山来陪读的齐大妹子，大家劝她不要过于伤心，另想办法。齐大妹子说：到宾馆干活，还得注意衣着形象，不然老板不要，老板经常高薪聘请年轻漂亮的服务员，做门迎招揽顾客。大家走后，兰英心里琢磨着，齐大妹子说得也是。等孩子吃过午饭，兰英给三妞叮咛了几句，换了一身干净的旧衣服，把自己的头和脸着着实实洗了一遍，又向宾馆走去。上次兰英去宾馆仅仅走了六七分钟，这次迈着沉重的脚步走在去宾馆的路上，走了有半个小时。到了蓝天宾馆，欲进又停，欲停又进，停停进进反复了好几次，最后还是走进大门，碰巧遇见田老板。兰英说：田老板，我又来了，求求你收下我，我能吃苦，一定把宾馆的卫生搞好。田老板认真地打量着兰英：这个女

人年龄虽然大了一点儿,不过模样还不难看,穿上工作服,或许还能过得去,打扫楼上楼下三个厕所的卫生还是可以的。现在年轻漂亮姑娘,谁还愿意打扫厕所。田老板想了想,给兰英说:一个月工资六百元,上午从八点干到十二点,下午从两点干到六点,要是同意,明天就上班。兰英想了想说:田经理,我还有三个娃娃上学,要给娃娃做饭,能不能让我中午十一点下班,下午五点下班?不管时间长短,我一定卖力干,把卫生打扫得干干净净,让你满意。田经理感觉到这个女人说话还老实,看来也是个下苦的人,略加思索说:每天少干两个钟头,月工资只能发五百元。兰英连想都没想,给田经理深深地鞠了一个躬说:明天八点我准时上班。

兰英终于找到了一份既能管娃娃又能挣工资的活干了。虽然说工资少一点儿,每月只有五百元,但对于兰英这个家庭来说,也顶大用。回家的路上,兰英顿时感到轻松许多,脚步也迈得快了。吃晚饭时,兰英把这个好事告诉了全家人,全家人听后都很高兴。

第二天,兰英准时八点到宾馆上班。宾馆的领班也是个中年妇女,本乡本土人,给兰英安排好活路,就忙自己的事了。兰英一丝不苟地刷洗着,打扫着。山沟沟里小乡镇上宾馆的厕所,脏得已不成样子。尤其是那些喝酒划拳的人,不管厕所里边有没有人,进门解开裤子就尿,张开嘴就往地上吐。初开始兰英看不惯,领班的给她说:咱们都这把年纪了,有什么看不惯的,忍着吧。那些喝醉了酒的人,不管是干部还是街道上的生意人,见了年轻女服务员,不是满嘴喷粪、就是动手动脚,谁都不敢惹,要是冲撞了这帮人,轻则被经理罚款,重则被经理开销。为了挣几个钱,为了你的孩子上学,还有什么想不通的,有气都往肚里咽吧。

兰英干活非常卖力，再脏也不嫌，几天下来，三层楼的厕所一天到晚都是干干净净的，厕所的玻璃也擦得比过去明亮了，几次还受到老板的表扬。领班是个独身，前夫在外边包工挣了钱，养了二奶，把她甩了。有一个女孩她带着，孩子在乡中心小学上六年级，她也是为了陪孩子读书在宾馆打工。领班还告诉兰英，她在这儿干不长了，今年后季孩子要进县城读初中，她准备在县城找个工作，陪着孩子上学。

兰英在蓝天宾馆干了五个多月，没请过一天假，从不迟到早退，认真清扫厕所，有空还帮忙别人做些杂活。有一天她正在一楼厕所打扫卫生，忽然一个干部模样的男人醉醺醺闯进厕所，进门就朝着兰英吐，吐了兰英一身。兰英看了那人一眼，没有说话，擦掉自己身上的污垢脏物。谁知那个干部模样的人对着兰英破口大骂：哪儿来的婊子，我吐到你身上是你的福气，沾了我的光，你还敢用眼瞪我，说着举起拳头就要打兰英。幸亏领班及时赶到，忙把兰英从厕所拉出去，给那个醉醺醺的人赔情，说她是刚来的，大人不记小人过。谁知那个干部模样的人，一点儿也不相让，在厕所门口越骂越凶，大声吼道：田经理，你出来，今天你不把这个婊子开除了，我非封你酒店的门不可！田经理在二楼听到喊声，一看是乡上史翟副乡长，忙赔着笑脸说：史乡长，对不起，我立即打发这个婊子走！田经理转过身骂兰英：你真他妈的不识相，这是乡上的史副乡长，咱们的父母官，你不想活了，把工作服脱下，马上滚！兰英又失了业。

又要开学了，大妞和二妞已经上了三年级，三妞也该上一年级了，但她死活不到学校去。不管兰英怎么说，三妞总是倔强地说：妈，我不上学，你供我两个姐姐就够累的了，我在家里还能帮忙做饭，做零活，你要是找到工作，我在家给全家人做饭。兰英为三妞的事不知哭了几个透天明。她知道孩子不上学，没知识，将来和自己一样，会受一辈子苦，她不能叫三妞走自己的路。兰英的丈夫三狗为上学的事轻轻打了三妞两个巴掌，兰英搂着受了委屈的三妞哭了整整一天，三妞还是没到学校去。兰英心想，家里的小宝也快到上学的年龄，靠丈夫一个人那一点儿辛苦钱根本养活不起。自己再委屈也得找个活干。她看着三妞心想，不然先让孩子在家待一年，到明年再说。经人介绍兰英又到一家小饭馆洗碗。这家小饭馆，早晨七点上班，晚上往往要干到十点才能下班。兰英五点起床，把早点给孩子准备好，有时还把中午的面条做好，出门时又把中午做饭的米面舀出来，给三妞再三叮咛，怎样下面条，怎样煮稀饭。三妞年龄小，不会蒸馍，兰英隔上几天利用晚上蒸一锅馍，给孩子吃。

  乡上的小饭馆，吃饭的人少，就是靠时间长来挣钱，往往白天没几个人吃饭，到了晚上人才比较多。不管时间多么长，活多么累，兰英都是卖力地干着，饭馆里的活她都抢着干。世上还是好人多，本来说好每月六百元工资，老板见兰英干活不惜身子，给她每月加了五十元。为了这五十元工资，兰英趴在地上给老板磕了头，高兴得几夜没睡好觉。发工资的当天，兰英买了一斤肉，晚上回到家，包好饺子让三个孩子第二天中午煮着吃。三妞也很聪明，不但学会了擀面条，还学会了做几样菜，有空便到地里挖野菜，等两个姐姐中午放学回来，饭已经做好。两个姐姐下午放学回到家，帮助三妞一起做饭。兰英有时在灯下，看着睡着了的三妞，难过地骂自己没出息，让一个小孩子承担起家务。兰英暗暗下定决心，不管怎么难，明年一定

要让三妞上学,不能耽误她一辈子。兰英又对丈夫说:小宝也该上学了,想办法接过来。丈夫说:咱妈的那个话难说,还要我多回去几次,给妈买些好吃的,提前做好工作。

兰英在饭店干了十个多月。有一天中午,兰英正在洗碗,邻居沈大嫂慌慌张张跑来找兰英说:你家失火了,赶紧回去!兰英吓了一跳,手里的碗也掉在地上摔碎了。她三步并作两步跑回家,进门一看,三妞坐在地上哭着说不出话来,床上的破被子几乎被烧完了。在场的几个邻居见了兰英说:你也能放心一个小娃娃在家做饭,不是大家发现得早,房子也被烧了,娃娃也不知道会烧成什么样子!原来三妞做饭时听到巷子里有人骂架,八九岁的娃娃好奇心强,跑出门看去了。结果灶膛里的柴火引着了地上的干柴,烧着了床上的被子。幸亏邻居李大妈闻着烟味,一边用水灭火一边喊人。邻居听到喊声都跑来了,七手八脚扑灭了火,才没有酿成大祸。兰英趴在地上千恩万谢,给前来救火的人磕着头。大家扶起兰英说,一家有难,四邻相帮,这是情理中的事,还谢什么。邻居们先后走了,兰英抱着惊吓的三妞放声大哭。大妞二妞回来,看到此情此景,也抱着三妞哭起来,说:妈,不打工了,让三妞上学吧。

时间过得真快,眨眼一年又过去了。这一年对于兰英来说是度日如年,好不容易熬到第二年收暑假,开学时,兰英和丈夫连哄带骂,终于把三妞送到了学校,从此兰英再没有出门打工,在家专门给孩子做饭。兰英的丈夫三顿饭都在砖厂吃,砖厂忙了晚上也不回家。有一天晚上,已经十二点了,兰英和三个孩子都睡了,三狗敲门进了家,说:下午我请了半天假回了一趟家,给咱妈说小宝上学的事,开始咱妈还是不同意,我劝说了好一阵子才同意。她说她今年的身体越来越不行了,三个女娃娃都上了学,咋能让小宝在家待着。咱村没有学校,她又没有力气陪孩子上学,就让小宝跟着咱们出门吧。不过小宝的年龄还有点儿小,再等上一两年再说。兰英听了,把头埋在丈夫的怀里哭了好一阵子。

　　大妞二妞上六年级时,小宝被三狗接来上学,兰英在家里照看四个孩子,尽管忙得团团转,心劲却越来越大。想着前三年,想着后三年,想着十年后,甚至想到自己老了,四个儿女大学毕了业,各自也成了家,全家人站在她和丈夫的两边,拍个全家福,这么多年的苦也算没有白下。兰英想着想着又哭了,这次流的眼泪是高兴激动的。

　　兰英的丈夫三狗虽然没有文化,但人忠厚本分,在外干活能吃苦,从不和人争三论四。砖厂厂长也喜欢三狗这样的人,给的工资虽然不算高,每月却能按时发,逢年过节还给几十元甚至上百元奖金。一家六口人寄居在这个山村里,从鸡鸣到犬吠,上学的上学,做饭的做饭,卖苦力的卖苦力,从大人到小孩心里都有着一个坚定的信念:知识能改变命运,为改变命运而学习,为改变命运而拼搏。即使再清贫、再艰苦、再劳累,他们一家子都高高兴兴地生活着。夫妻间、姊妹们相互体贴、相互照顾、相互关心,没听到过一句争吵声,也许这就是穷苦人家的真正幸福吧。左邻右舍常常羡慕地对兰英说:你的四个娃娃真乖,将来肯定能考上大学;你丈夫三狗才是真正的男人,女人找男人就要找这样靠得住的。

　　明年大妞二妞要升初中,乡上的初中已经撤了,好多人家把娃娃都转到县城读书。兰英和丈夫也是这个主意,不管怎么说,要让孩子进县城读书。听人家说,娃娃转到县城读书,要花好多钱。兰英和丈夫三狗听到这个话又发愁了,一是县城没熟人,二是三狗挣的那点儿工资上月接

不住下月，转学的钱从哪儿出来呢？厂长知道情况后对三狗说：不要熬煎，我娃娃在县教育局工作，我给他说说，让他想办法，或许还能少花些钱。

　　人常说，人熟好办事，有厂长儿子的帮忙，兰英一分钱没花，几个娃娃上学的事都办好了。收暑假时，大妞二妞进了县城二中，三妞和小宝进了城郊平洼村小学。砖厂厂长又托人替他们在平洼村附近租了一间房子，也就是兰英现在住的陪读大院。平洼村小学在陪读大院西边，县二中在陪读大院东边县城里。兰英什么工作也不能干，只能在家给四个孩子做饭。兰英丈夫为了照顾兰英和孩子，辞了砖厂的工作。砖厂厂长感谢三狗这几年在砖厂出了力，把砖厂一个旧农用车送给三狗，让他在城里拉送煤球。拉送煤球的差事时间比较随便，但也要起早贪黑。兰英为了多挣一点儿钱，利用空闲时间，帮丈夫送煤球。进县城了，费用随之加大，物价年年涨得让人咋舌，尤其是衣服和蔬菜，几倍几倍往上涨。好在国家免去了初中和小学的学费，可是各种名目的杂费加起来比免去的学费还要高。三妞和小宝的早点，学校免费供应，减轻了兰英一部分负担，为此兰英常常给四个娃娃说：现在的国家真好，上学不收学费，还管你们的早饭。人常说，知恩必报，在学校要好好学习，长大后好好给国家干事。

　　一顿早餐仅仅两三元，一个不识字的山里农村妇女，也懂得滴水之恩，当涌泉相报。而我们有些学校，不顾国家的三令五申，变着法儿向学生收取各种费用，择校费、转学费，有些学校的择校费竟然开出天价，一些学校甚至还摊派上课用的桌椅费。个别丧失师德的老师和商家勾结在一起，提高校服价格，购买不必要的课外阅读资料，从中索取回扣。国家逐年加大教育投资，减轻在校学生负担。

请问这些学校和老师们,你们是如何感恩国家、感恩人民的呢?不要小看一元钱、两元钱,就是这不起眼的一元钱、两元钱,对于一个供养学生的农民家长来说也来之不易呀。记得2003年我下乡采访农民家庭供养大学生难的情况时,一个家庭供养两个大学生,一个学生在校生活费每月三百元,他们的母亲还怕儿女吃不好,为之痛哭。两个大学生的父母和本文的主人公一样,以送煤球来维持全家人的生计。那时拉送煤球还是用人力车,挣死挣活每月收入不到三百元。父母亲在家里半年除过吃粮外,只买了两元钱的盐。听到此话我落泪了,这些做父母的全是无怨无悔,只知付出,不图回报。

一天晚上,三狗回来得早,兰英给丈夫说:孩子进了县城读书,衣服也不能穿得过于破旧,不能让城里的孩子看不起,想给孩子买件新衣服,算来算去总是腾不出钱来。三狗说:你说得也是,咱们省着花,不能亏待了孩子,你明天到商店,有合适的先给大妞和二妞各买一件,三妞和小宝的衣服随后再说。兰英到了街上走进商场,给孩子看衣服,拿了又放,放了又拿,三番五次,也定不下来。不是兰英看不上衣服,而是嫌贵,包包里羞涩取不出钱来。售货员看得都不耐烦,也懒得给兰英取了,结果兰英还是放下手上的衣服离开了商场。不过四个孩子挺懂事,联合起来抗议母亲给自己买新衣服。大妞说:妈,你和我爸累死累活,省吃俭用,供我们上学,我们姊妹四个心里很难受,咱们不能和人家城里孩子比,新旧衣服穿着都一样,只要能填饱肚子就行了。兰英听了大妞的话,心里想,孩子大了,懂事了,我当妈的对不起孩子呀。

三年过去了,大妞二妞考上了高中,三妞上了初一,小宝读小学五年级。老天不负苦心人,四个孩子的学习在

班上不是数一数二，也是排在前列。兰英和丈夫看到墙上贴满了四个孩子的奖状，不管挣死挣活，心里都特别高兴。兰英还不到四十岁，脸上已经爬满了皱纹，眼睛看远处的东西，显得模模糊糊。丈夫刚过四十，累得已经有点儿驼背，看起来比五十多岁的老汉还要老。不管怎么说，两个人看到娃娃认真读书的样子，脸上总是笑呵呵的，心里甜滋滋的，眼睛的深处透出一种强烈的希望之光。

兰英的丈夫三狗没黑没明地干，整个身子扑在四个娃娃上学的事情上。人常说，人都是往下亲，兰英的丈夫却是个大孝子，有空就买些东西回家看望母亲。有一天，东北风呼呼地刮着，天空飘着雪花，兰英的丈夫趁早送完煤球，给兰英招呼一声，顺便在街上买了一箱牛奶和一袋水果，回老家看母亲去了。母亲看到儿子累成这个样子，摸着儿子的脸心疼地说：娃娃呀，你供一个小宝就行了，三个妞儿上学顶个屁用，你真是个怕婆娘的尿种，你婆娘一点儿都不心疼你，她本身就是个丧门星，非要把你整死不可！三狗笑着给母亲解释说：妈，三个妞儿也是你的亲孙女，娃娃待在农村受一辈子苦，你不心疼吗？你那三个孙女和小宝都很争气，学习好，也听话，又勤快，将来一定能干成大事，你这个做奶奶的也要跟着享福哩。兰英婆婆撇了撇嘴说：享福我也是享小宝的福，不指望享三个妞儿的福。三狗和母亲拉了拉家常，看天色不早了，便开着农用车回城里。俗话说，老人的嘴里说话有毒哩，三狗一路上加快车速往回赶。山路本身转弯多就难走，雪虽然停了，但路上的积雪堆成了厚厚的一层，有些地方还结成冰溜子。三狗行驶到离县城还有十几里路的转弯处，刹车失了灵，翻到十几丈深的山崖下，再也没有爬起来。

冬天天黑得早，不到六点，天就麻麻黑看不见人。兰英估计丈夫晚上七点多就能到家,等到十点多,还不见丈夫的影子,她不知道到门外大路上看了多少次。到了凌晨一点还不见人回来,兰英心想,是不是婆婆病了,丈夫在家伺候婆婆?她想借别人的手机打电话,但丈夫没有手机,老家也没有电话。兰英心慌意乱,在屋子里转来转去,一会儿跑到院子里,一会儿转到大门外。好不容易等到清晨五点多,又跑到大门外等了一会儿,还是不见丈夫的影子。她回到屋里做好早点,准备叫孩子起床吃饭。大妞问妈妈:我爸昨晚咋没回来?兰英心不在焉前言不搭后语说:可能你奶奶病了,不是,不是,大概家里有啥事……四个孩子去了学校,兰英坐也坐不住,站也站不稳,丢了魂似的,嘴里不停地埋怨自己:天气不好,就不该让三狗回老家。没办法,兰英只得顺着回家的山路往老家的方向走去,走了不到五里路,迎面开来一辆警车,她心里更慌了,连忙挡住车问:路上见到一辆农用车没有?谁知交警车在兰英身边停也没停,呼啸而过。兰英心里更是慌乱,不由得加快了步子。走了约莫十来分钟,老远看见山路上对面过来一辆农用车,兰英以为是自己丈夫回来了,悬在喉咙眼里的一颗心放下来。农用车越走越近,仔细一看,开车的是一个三十来岁的小伙子。兰英挡住农用车忙问:你看见没看见路上有一辆旧农用车?那人看了看兰英说:前边老虎崖下翻了一辆旧农用车,车摔成了碎片,开车的人也摔死了!兰英一听再没敢多问,疯了似的向前跑去。老虎崖下已经围了一堆人,一辆警车停在路边,交警正在勘查现场。兰英冲上前去,拨开人群,一看是自己的丈夫,兰英"啊"了一声,昏倒在地,什么都不知道了。

　　送走丈夫,兰英大病了一场,多亏娘家的姐姐从老家过来,既照顾兰英,又给四个孩子做饭。有一天,兰英躺

在床上和姐姐说话,兰英的婆婆领着丈夫的姐姐闯进房子,二话没说劈头盖脸大骂兰英:你这个丧门星把我儿子克死了,我尚家容不下你,你把小宝给我留下,带着三个女子另外嫁人吧!说着说着号啕大哭,一把鼻涕一把泪地叫着冤死的三狗呀,妈妈咋给你娶了一个丧门星的媳妇呀,声音越哭越大,谁也劝不住。婆婆哭了好大一阵子,忽然止住哭声说:我儿子的那份家产属于我孙子小宝的,你娘家给你陪的那个大衣柜,我已经让人拉来放到院里了。兰英什么话也没说,只是哭。兰英的娘家姐姐看着兰英婆婆既伤心又凶狠的样子,忙赔情说:老婶子,兰英的病还没有好,还要供四个娃娃上学。她四十岁的人了,哪儿也不嫁,生是你尚家的人,死是你尚家的鬼。说着说着也哭了:我妹子的命咋这么苦。

兰英婆婆和丈夫的姐姐毫不相让,不是挖苦就是骂,兰英始终一句话都不说,只是躺在床上哭。中午十二点了,四个娃娃放学先后回到家,婆婆看见小宝拉着就往外走,小宝死活都不离开妈妈。三个妞儿护着小宝,跪在地上哭着说:奶奶,就让小宝和我们在一起吧,我们姊妹几个还有个照应,我妈的病还没有好,你要带走小宝,我妈怎么活呀!四个娃娃抱着奶奶的腿一边哭一边哀求奶奶。兰英丈夫的姐姐听着四个孩子撕心裂肺的哭声,心也软了,流着眼泪硬是把母亲拉出了门。

人常说,富人的病是靠养哩,穷人的病是靠扛哩。兰英在床上躺了不到一个月就下了床,她对姐姐说:你家里也有老人,还要照顾小孙子,还是赶紧回家吧。姐姐说:孩子都出门打工了,你姐夫虽然勤快,就是做不了饭,不会料理自己的生活,我回去把家里的事安顿好再来。你要想开点儿,人死不能复生,四个娃娃的抚养和念书全压在

沉重的陪读
CHENZHONG DE PEIDU

你一个人身上,肩头的担子不轻呀!不管前面的路是山还是沟,你都要挺起腰板走下去!

过年了,除夕夜,兰英一家五口沉浸在无限悲痛之中,兰英煮好饺子放在平时吃饭的小桌上,全家人围坐在桌子四周,谁也没说话,谁也没有动筷子。小宝望着爸爸遗像前供献的一碗饺子说:谁也不准吃,等爸爸吃完了咱们再吃。一句话说得四个娃娃站起来趴到爸爸遗像前叫着爸爸哭起来。兰英流着眼泪,尽量控制着自己,不让自己哭出声。她想起往年除夕之夜全家人围在一起吃饺子的情景,丈夫总是说:穷富算个什么,只要一家人团团圆圆、和和气气就是福,娃娃的学习好才是大福。兰英终于忍耐不住,放声痛哭说:三狗,四个娃娃不能没有你呀……

孩子睡着了,兰英一个人偷偷走出大门,跪在路边,对着老家又是一阵放声痛哭,嘴里边不停念叨着:娃娃的爸爸,你一句话也不说就走了,你扔下你的四个娃娃走了,四个娃娃的书咋念呀,我们一家子靠谁来生活呀!老天爷,你为什么不睁眼呀,你为什么总是和穷人过不去呀!兰英没完没了地哭叫着丈夫三狗,忽然听到身后面也有人在哭,回头一看,原来是大妞和二妞,不知什么时候姊妹俩跪在母亲的身后哭喊着爸爸……

东北风呼呼地刮着,像刀子一样割着兰英、大妞、二妞的脸,不一会儿三妞和小宝也跑来了,跪在路边大声哭着喊爸爸。午夜的鞭炮声响了,漫天的礼花划破了黑乎乎、冷冰冰的夜空。陪读大院的路边,凄凄惨惨的哭声掩盖了喜庆的鞭炮声,哭声传到陪读大院,哭声传到附近的村子里,哭声传到四面的黄土山冈,哭声随着西去的风传到埋葬着三狗的黄土墓冢里。三狗静静地躺在地下,一切痛苦、忧愁都解脱了。难道你真能丢下你的四个孩子吗?他们是

216

你生前的希望啊，古时常有"将军未战身先死"的千古遗恨，三狗呀，你也是"儿女学未竟，爱父身先亡"啊！你能闭上眼睛吗？

按照当地风俗，去世了的人在第二年正月初二，全家人和所有亲戚要到死者的坟前烧纸悼念，人们把正月初二这天称为"新主"。兰英本想带着四个孩子赶回家，谁知婆婆年前捎话说，不准兰英和三个女娃娃回家，只要小宝一人回家。兰英只好领着四个娃娃赶正月初二中午到了丈夫的墓地，躲在山沟里，等老家的人烧完纸回家了，她才领着四个孩子拿出四样献果，跪在丈夫三狗的坟前诉说着、哭泣着。兰英几次哭得昏死过去，四个孩子围在妈妈身边连哭带喊，把妈妈摇醒，兰英搂着四个孩子又是一阵号啕痛哭。

快收寒假了，一天晚上，大妞等两个妹妹和弟弟小宝睡着后给母亲说：妈，我想停学打工。兰英瞪大眼睛轻轻问：为什么？大妞说：过去我们姊妹四个上学的费用、全家的生活靠爸爸送煤球挣来的一点儿血汗钱，现在我爸爸走了，你的身体又不好，以后的日子咋过呀！我年龄最大，让我出门打工，给家里挣些钱，供二妞三妞小宝好好上学。兰英说：娃呀，你和二妞已经上高中了，学习都在班上拔梢子，我和你爸受苦受累就是为了让你们读书，将来有个好前程，你停了学咋对得起你死去的爸爸？说着说着母女俩抱头痛哭。哭也只能捂着被子哭，怕吵醒了二妞三妞和小宝。

收寒假时，兰英领着四个娃娃，跪在丈夫的灵堂前，给遗像磕了三个头，用眼泪送着四个娃娃走进了学校。娃娃上学了，兰英不能不考虑生活费和娃娃学杂费的来源。到了这个地步，兰英也顾不了许多，跑断了腿在县城各种店铺寻找自己能干的活。腿没枉跑,苦没白下,兰英终于在一家好又多超市寻下活。开始,超市老板看到兰英身体瘦小,脸寡白得像有病一样,担心她吃不了苦,胜任不了工作。兰英看到老板不想要她,"扑通"一声跪在地上,捣蒜似的向老板磕头,诉说着自己的不幸遭遇。老板是个女的,听了兰英的诉说,同情地流出了眼泪。她的丈夫前年也因车祸去世,可能是同病相怜,她不但安排了兰英的工作,而且让兰英中午提前一个小时回家给孩子做饭。兰英感恩不尽,心想,今天遇到活菩萨了。

兰英每月的工资九百元,再计划再俭省也养活不了五个人。四个孩子的学杂费,家里的日常生活费,加起来头大身子小,收和支差一大截子。好又多超市每人每月有两天休假,兰英从来不休假,加班挣钱。超市的三楼开着一家快餐店,兰英找了快餐店老板四五次,说了自己的境况,恳求老板把顾客吃的剩饭剩菜打成包,下班带回家给孩子吃。开始几天,快餐店有些职工讥笑兰英说:你就那么穷,吃别人剩下的饭菜,难道你不觉得恶心?有的人还骂兰英下贱不要脸。为了娃娃读书,什么难听的话她都能受。不管别人怎么议论,她权当没听见,每天下班时照常把打包的剩饭剩菜带回家。当知道了兰英的不幸遭遇后,大家同情地说:世上还有这样可怜的人。有的服务员主动把剩的饭菜打成包,等兰英下班时递给兰英。有一天,一个穿着时髦的女人买了一份红烧排骨打好包放在餐桌上,又买别的饭。兰英下班后到了餐厅,一个服务员顺手拾起餐桌上打的包递给兰英说:这包饭没人要,你赶快拿回家吧。兰英高兴地提着饭包就要走,穿着时髦的女人看见了,转身从兰英手里夺过饭包说:这是我给家里的狗买的红烧排骨,你看你那穷酸样子,还配吃我的狗食!兰英没敢说话,几

个服务员听了那个女人欺人的话,愤愤不平地围着那女人你一言我一语,批评那女人仗着几个臭钱欺负打工的,一个服务员气得还要打她,被兰英死死拖住。那个衣着时髦的女人灰溜溜地走了,走到楼梯口转过身吐了一口说:物以类聚,人以群分,尽是一群下贱货!

不管前边的河是深还是浅,不管前边的路是宽还是窄,不管头顶的是太阳还是月亮,不管是冒着雨雪还是顶着狂风,不管肩膀上扛着十个麻袋还是携着几十个筐子,兰英都领着四个孩子往前艰难地前行着。大妞今年考上了省城一所大学,二妞考到市上一所技工学校,三妞上高一了,小宝也上了初中二年级。

兰英的脸上显示出一种感激之情,对王主任说:感谢政府这几年的政策好,上初中的娃娃不但不收学费,还管饭吃。大妞二妞上高中时国家每年给补助两千元。社会上的好心人,经常把孩子穿小的衣服送给我。说句实话,有些好心人,逢年过节还给我家送菜送肉,还有人给我的孩子买新衣服。不是政府和社会上对我们的帮助,我的四个娃娃早已停学了。王主任说:国家的政策会越来越好,你要有勇气坚持下去。我接着王主任的话,加重语气对马兰英说:记住,孩子是你的希望,是你死去丈夫的希望,知识会改变命运,一定让孩子读好书。说着我和王主任每人掏出三百元放在兰英的桌子上。兰英又要跪下去磕头。我慌忙扶起兰英,说:再不要这样,这是我们应该做的,坚强些。

到此,我想结束采访,但总觉得意犹未尽。我望着床上薄薄的两床被子,问兰英:四个孩子和你睡在这一张大床上?

兰英苦笑了笑说:丈夫在时一家六口人就盖着这两床

薄被子。

我问：夏天好过，冬天咋办？

兰英说：冬天也是这样，我和大妞盖一床，二妞三妞小宝盖一床。

我又问：冬天这儿最冷的温度是多少度？

兰英摇了摇了头说：不知道，反正很冷的。

王主任给我说：最冷时零下二十多摄氏度。

我接着问兰英：这么大的房子冬天要生一个火炉吧？

兰英说：饭都吃不上，哪有钱买煤生炉子，做饭时地上生堆柴火烘烘房子就行了。晚上睡觉我们五个人都不脱衣服，等把被子暖热了才脱衣服。第二天起床时只能钻在被窝里穿衣服，房子里放的水都结成了一层厚厚的冰……兰英不说话了，好像又回想起当时令人心酸的情景。

我和王主任再没有多问，也许还有些事不便问。我们走出房门时，看到黄板纸上晾晒的水果片，我问兰英，这是什么？兰英说：超市坏了的柠檬我捡回来，把腐烂的切掉，好的切成片当菜吃。我望着兰英还想说什么，但忍住了，眼睛有点儿潮湿。兰英把我们送到大门口，雨越下越大，我们每人打着一把伞，往巷头走去。我回头望着站在雨地里的兰英，任凭大雨洗刷着，不知她头上脸上淌的是雨水还是泪水。

三个母亲因陪读而离婚的故事

学校撤了,丈夫出远门打工去了,留守在家的妻子,放下家里的老人,扔掉地里的庄稼活,肩负起"儿女读书是天大的事"的重担,走进城镇陪孩子读书。为了儿女走出农村,为了儿女过上幸福的生活,他们忍辱负重,任劳任怨,"鸡鸣出市去,犬吠夜归人",谱写出一曲又一曲"沉重的母爱"之歌……

乡村和城市环境的变化,乡里人和城里人生活方式的转换,有些陪读母亲经不住"穷"的困扰,耐不住寂寞,在城市化的道路上,疯狂地脱掉"土装",换上"羊皮"。沉迷于跳舞、打牌、上网聊天,甚至以出卖肉体换取金钱,最终导致家庭破裂……

不管这些母亲堕落到何等地步,心里也仍然牵挂着"儿女上学的大事",赎罪的唯一方式就是用金钱替代母爱。

韩清雅说:他图我人,我图他钱……

采访中,一个因陪孩子读书而离婚的女人告诉我:儿子在县城上初中时,丈夫出门打工,我在家种地,照顾老人。

女儿在邻村上小学,除过午饭在学校吃,早晚饭、睡觉都在家里。儿子不好好学习,经常打游戏,最后发展到抢同学的钱物,结果被学校开除了,在社会浪荡,谁也管不住。回想起来这都是自己的错,假使我当时进县城陪着孩子,他也不至于落到这个地步。女儿上了初中,我吸取儿子的教训,陪着孩子进城了,谁知道却走上了另一条路……

孩子要进城了,留守在家里的母亲放下家里的老人,扔掉地里的庄稼活,肩负起"儿女读书是天大的事"的重担,走进城市陪孩子读书。她们任劳任怨,忍辱负重。有的母亲边打工、边陪读,"鸡鸣出市去,犬吠夜归人"。为了儿女走出农村,为了儿女的幸福,谱写出一曲又一曲"沉重的母爱"之歌。也有一些陪读母亲经不住"穷"的困扰,为追求虚荣和享受,丧失了农民固有的勤劳和纯朴,沉迷于跳舞、打牌、上网聊天,甚至不惜以出卖肉体换取金钱,最终导致家庭破裂。据调查,有一个两千多人口的大村子,因陪读而离婚的就有六七起……

昨天晚上,家住王庄的一位老同学孟浩平打来电话,说我委托他调查村上几桩因陪读而离婚的事情,基本情况已有所了解。今天早晨他坐公交车到县城来找我。我说:公交车有时不方便,到时我专程接你。今早晨,时间还不到八点,我驱车赶到孟浩平的家,他已经站在大门外等我,彼此寒暄几句,他领着我徒步来到王庄小学。学校天蓝色的大门漆皮已经脱落,无情的铁将军把守着,拒我们于门外。我透过门缝看见校园内杂草丛生,一片荒凉景象。仍然崭新的教学楼像一个被人抛弃了的庞然大物静静地蹲着,老槐树上的乌鸦呱呱地啼叫着,有几只母鸡飞过围墙,在蓬蒿中觅食,谁家的大黄狗不知从哪里钻进来,卧在教学楼的平台上悠闲地晒着太阳。听见大门响动的声音,忽地

站起来，朝着大门方面吼叫了几声，四条腿弓起，仰起头，忠心耿耿地守护着这个空无一人的"家"，似乎不许任何人侵犯。校园的这一景象让人寒心、哀愁、失落，我不由得想到马致远《天净沙》中的"枯藤老树昏鸦""古道西风瘦马"两句诗。孟浩平指着一排排校舍告诉我：学校虽然撤了好几年，校舍的门窗玻璃至今仍保护得完好无损。村委会规定，不准任何人在校园堆放杂物、乱倒垃圾。有好多人找村支书要租用学校，有做停车场的、有养猪的、有养鸡的、有做修公路民工宿舍的，老支书都一一谢绝了。老支书深有感慨地说：我任职期间，学校就是学校，虽然没有学生了，在我心里她仍然是一处纯洁的圣地。听了老同学的一番话，我要求到老支书家里去一趟，想了解这位对学校一往情深的老农民对撤校并校的看法。事与愿违，老支书到乡上开会去了，我有些遗憾，对老同学说：改天再来吧。为了赶时间，我们坐上车马不停蹄往县城赶，找我要采访的韩清雅，路上孟浩平又给我讲起当年撤校的情景。

王庄小学鼎盛时期有近四百名学生，教师十八九个。十多年前，农村的希望小学像雨后春笋，一栋栋崭新的教学楼拔地而起。县财政局给村上拨了十几万元，村上号召在外工作人员慷慨解囊，集资了三十多万元，建成了一座宏伟的教学楼和教师宿舍。当时村上农户的房屋都比较低矮，人们不管站在自己院子里，还是站在村外，甚至在方圆十几里的野外，都能看到王庄高高的教学楼，它像立在当地农民心中的一座丰碑。孟浩平边走边回忆说：王庄小学建校至今将近八十年的历史，原先学校东边是杨家祠堂，西边是孟家祠堂。20世纪60年代扩建校址，两姓祠堂也被扩进去了。八十年来，这个学校培养的学生成千上万。有科学家、作家、企业家、从政当官的等等。他们分布在全国各地，还有人走出了国门。王庄村的村民数十年来听惯了早晨从学校传来悦耳的朗读声、老师娓娓的讲课声。晚上，人们看见楼上教师办公室明亮的灯光，想到老师们正在辛勤地工作，敬意油然而生。在人们的心中，王庄学校是王庄村最神圣的地方，不允许任何人在这神圣的学府周围吵闹。这几年村上的小车多了，车还没开到校门口，就自觉放慢速度，从不鸣笛。有些人，离好远就从车里走下来，怀着虔诚的心情走过自己的母校，引起他们一段又一段的追思忆往，唤起他们对花季般童年的美好记忆。即使在十年动乱中，村上的"革命委员会"也不准势不两立的两派组织跨进学校大门半步。现在学校要撤了，村民心中神圣的殿堂即将倒塌。撤校的当天早晨，老支书召集全体村民来到学校，大家迈着沉重的步子，怀着无比沉重的心情，两三个老师和仅仅剩下的不到二十个学生，站在庄严肃穆的五星红旗下，村支书和校长站在国旗两边，像天安门广场守卫国旗的战士，神态威武，情感悲壮。五星红旗徐徐升起，学生抬手行礼，村民弯腰鞠躬，庞大的校园寂静得没有一点儿声音。空气凝住了，人们的心脏也似乎停止了跳动。随着五星红旗徐徐降落，校园猛的爆发出撼天动地的哭声，有些村民跪在地上痛哭不已。哭声传出校园，传出村子，传到金水河，呜咽的金水河载着这悲痛的哭声流进了滔滔的黄河。该吃早饭时，村子里各家各户的房舍上没有冒出一缕炊烟。

说者情绪显得有些激动，听者更是激动不已。重视教育、尊重知识，是中华民族几千年来的优良传统，古人曾说过："万般皆下品，唯有读书高。"这种说法尽管有些片面，但我个人认为，这句话不能说没有一定的道理，读

书是一种手段，目的在于掌握知识。知识能改变一个人的命运，改变一个民族的命运，改变一个国家的命运，甚至大到改变整个地球。一个没有知识的民族，一个没有知识的国家，她的命运将会如何，不言而喻。两千多年前，孔圣人曾提出有教无类。在落后的农耕时期，受教育者必定是少数人，现在整个世界已跨入到知识时代，知识的重要性，不分民族、不分地域、不分贵贱、不分贫富，已达成共识。尤其是中国的农民，挣死挣活都要供儿女读书，他们朴素地认为，只有读书才能改变儿女的命运；只有读书，儿女才能过上幸福的生活。他们会放下家里的一切，高喊着：儿女读书是天大的事。

一路上，车速放得较慢，司机也在认真听着孟浩平说话。孟浩平继续说：在校读书的不到二十多个学生中就有韩清雅的一个儿子和一个女儿。儿子读五年级，女儿读三年级。韩清雅和丈夫在陕北靖边打工，她公公孟老三和婆婆安东粉在家照顾两个孩子。孟老三种地是一把好手，可就是性格倔强，家里的事总是他说了算。社会上刮起转学风，儿子和媳妇提出把孩子转到县城读书，孟老三坚决不同意，说我们村的学校是全县的重点小学，老师的教学质量不比县城学校差，人家娃要转学，那是人家的事，咱的娃坚决不转。在家门口上学，冬天睡的是热炕，夏天睡在宽敞的房子里要多凉快有多凉快，娃想吃什么你妈给做什么，多好呀，何必跟在人家屁股后面赶时髦。儿子和媳妇知道父亲的倔脾气，也只能由着他。如今学校要撤了，孟老三曾经找过老支书好几次，说：老哥，学校是咱村上的一座塔，现在要撤校，这么大的事你为什么不拦着呢？老支书叹了一口气说：市上要撤县上挡不住，县上要撤乡上挡不住，乡上要撤村上挡不住。为撤学校的事，我不知道找过乡上领导多少次,小腿扭不过大腿,老弟,认命吧。孟老三听了老支书的话,知道撤校已成定局,气得转身就走,吼着大嗓门把撤校的人骂了个八辈子朝天。骂是骂,一个老农民再骂也挡不住上边的政策。学校关门了,两个孙子总不能停学吧!孟老三对老伴说:看来不转不行了。他只得把儿子和媳妇叫回来。媳妇韩清雅说:前几年我托我表哥把两个孩子往县城转,手续都办好了,你们死活不同意。现在学校撤了,咋好意思再找人家?孟老三的儿子孟虎说:也不能怪咱爸咱妈,谁也没有前后眼,为了娃上学的事,你还是再跑一趟吧。第二天韩清雅提了两袋陕北狗头大红枣和陕北杂粮礼品盒又到县城找表哥。幸亏韩清雅嘴巴甜,表哥也是个热心肠,没费多大周折两个孩子转学的事就办妥了,还帮着租了一间二十多平方米的房子。孟老三全家经过商议,儿子孟虎还是到靖边打工,他和老伴留在家里种地看门,孟虎的媳妇到县城陪孩子读书。

收暑假的前几天,孟老三开着农用车拉着被褥、灶具和生活日用品去了县城,韩清雅带着两个孩子坐公交车来到县城最北边的仁家巷。仁家巷离学校有二里路,孟老三安顿好孙子便回家了。开学的当天,韩清雅领着两个孩子到学校报了名。从此韩清雅开始了在城里陪孩子读书的新生活。

孟浩平一路上滔滔不绝给我讲述老支书和孟老三的故事,我没插一句话。虽然我无缘见到老支书和孟老三,心里却给两个老农民画着像:紫黑色的脸上布满了饱经风霜的沟壑,一个高大,一个瘦小,一个沉稳深谋,一个心性利索。两个人身上同样有着渭北农民特有的风骨,质朴、勤劳、善良、淳厚。他们同样怀着一个坚韧不拔的信念:读书才能改变农民的命运。

我们来到县城绅士小区,很快找到韩清雅的"家"。韩清雅和孟浩平同在一个村子,一个住在前巷,一个住在后巷,孟浩平又是韩清雅上小学时的老师。见面后没有过多的客套话,直接说明了我的来意。韩清雅望了我一眼,淡淡一笑说:有什么你尽管问,不要难为情,我的离婚是生活逼出来的。孟浩平插了一句话说:老党,离婚不能全怪清雅,我认为这是社会贫富悬殊过大造成的恶果,也是陪孩子读书惹出来的事。我打断了他调侃说:我知道你还会说,这是农村留守妇女的寂寞与无奈造成的,我们没有指责他们的权利和必要。老同学看着我笑了笑,没有表示认可与否。我还没来得及再往下说,韩清雅主动说起她和丈夫离婚的事:

学校撤了,我进了城陪孩子读书。开学头一个月,我担心两个孩子年龄小不认识路,按时接送孩子。过了一段时间就不接送了,兄妹两个一起上学,一起放学回家。我准时做好三顿饭,晚上陪两个孩子做作业。老师布置的作业比较多,有时晚上十一点还做不完。我只读过一年初中,对孩子的作业两眼墨黑。后来听人说,有些老师晚上在家里给学生辅导作业,一个孩子每月收二百四十元的辅导费。我和丈夫孟虎通了电话。他说:二百四十元就二百四十元吧,大人苦点儿不要紧,不要耽误孩子的学习。两个孩子不在同一年级,是两个老师补课,补课的地方又不在同一个方向。我犯难了,该怎么办?接了儿子顾不上接女儿,接了女儿顾不上接儿子。只能让儿子补完课一个人回家,我去接女儿。有一天晚上,十一点了,不见儿子回家,最后还是补课老师帮我从网吧找到儿子。回家后我气得打了儿子一顿。儿子哭着说:本来我想回家,咱家住的地方有些偏僻,回家走到路上,怪怕人的。有一个补课的同学说,他家住的地方离咱家不远，可以送我回家，条件是要陪他到网吧打完游戏再回来。韩清雅觉得儿子说的话也有道理，跑了几天，在离街面较近的地方租了一间房子，房租每月二百元。公公知道后开着农用车赶到县城，帮儿媳妇搬了家，走时往床上放了一千元说：这是今年种西瓜卖的钱。城里的花销大，房租又贵了，你节约着用吧，记住，可不能苦了孩子。白天两个孩子去了学校，晚上又去补课，我除过做饭、收拾家务、给孩子洗衣服外，其余时间一个人待在家里，不是看电视就是睡觉，日子过得呆板无聊没意思。后来经人介绍，我到家家乐超市上了班。早晨八点上班，十一点半下班，下午一点上班，五点半下班，刚好能腾出时间给孩子做饭。晚上女儿补完课，我准时接回家，忙忙碌碌一天，精神比以前充实得多了。我打断韩清雅的话说：据我所知，超市都是早班和晚班两班倒，顾得上给孩子做早饭，就顾不上做晚饭。你既能上班又能给孩子做饭，老板算是照顾你了。韩清雅说：应聘时我和老板讲清了我的情况，他满口应承下来。我又问：老板每月给你发多少工资？韩清雅说九百元。我没说话，心里琢磨着，前几年超市上班，每月九百元工资也不算少。韩清雅看我沉思的样子，可能猜透了我的心思，说：好景不长，有一天我正上班，老板让办公室通知我，第二天开始上早班。我到老板办公室据理相争，没有用。老板显得不耐烦地说：愿意上班就上班，不愿意就走，想上班的人多着呢！回到超市同事告诉我，咱们的老板心黑着哩，前一段时间是售货期高峰，急着用人，现在生意到了淡季，少一个人无关紧要，多一个人还得发工资。

　　为了上班挣这九百元，我只能把婆婆叫来照顾孩子。有了婆婆在家管孩子，我心里轻松得多了。不知什么时候

社会上掀起跳广场舞的风气，县城大小广场每天早晚都拥满了跳舞的人，绝大部分是妇女，也有个别男人夹在当中像母鸭子假蛋。我上早班，晚上没事干；上晚班，早晨没事干，自觉不自觉也加入到了跳广场舞的队列。说句实话，从小到大，一直长在农村的我，出门是土，进门是土，身上沾满了土。后来跟着丈夫在外打工，日出而作，日落而息，成年累月挣死挣活没穿过一件干净衣服，晚上睡在低矮的工棚里，夏天和蚊蝇做伴，热得睡不着觉，冬天冷得直打哆嗦。什么欧莱雅呀，玉兰油呀，韩束呀这些高档化妆品听也没听过，不要说用了。那时我没有一点儿奢望，只想挣很多钱，供养两个孩子将来上大学，让孩子走出农村就是我的终生希望。到了城里仅仅几个月，看到好多和我同样陪孩子读书的女人，穿着打扮和城里人差不了多少。超市上班时，看到那些有钱的人拉着一车车东西，一分钱不掏，一刷购物卡连价钱不问就走了。有一天，一个干部模样的人领着自己的妻子，买了一大堆东西刷卡清款，我当时站在收银台旁边，听收银员说，卡上还剩四千二百元，我惊呆了！望着持卡男人身后的女人，一个长得并不怎么样的女人，嫁了一个有权有钱的男人，花钱便如此大方，到人前显得富有、高贵。我心里说，为什么人家的命就那么好。

　　韩清雅长长叹了一口气，脸上明显流露出不服气的神态，眼睛里喷射出让人难以理解的似恨非恨、似怨非怨的情绪。我吃惊地望着眼前的韩清雅：高高的个子，脸有点儿清瘦，皮肤白皙，上身套着红色长毛衣，腿上穿着时髦打底裤，脚上蹬着棕色皮短靴，金黄色的头发散披在肩上。看得出来，她企图用高级化妆品努力唤回失去的岁月。要是不仔细打量，快四十岁的人了，看起来才三十岁。从外表上看，她已经不是过去农村勤劳质朴的韩清雅了。她的心灵里填满了对金钱的欲望，不平、嫉妒、怨恨充斥了她的整个躯壳。仅仅几年工夫，城乡之间也只有几十里地之差，这个无辜的女人已"脱胎换骨"了。我很想找一句一语双关的话赞美她，想来想去，只能说：看来你领先农村城市化了。

韩清雅没有理会我，似乎想把心里蕴藏着的怨气全部吐出来：我们在城里陪读的农村女人，同样有一个不公平的心理，就是为什么城里的女人、当干部的女人，特别是嫁了有钱有权男人的女人，跟着丈夫就能享福！你们文化人不是经常说一句话叫一人得道，鸡犬升天。我们农村女人嫁的男人，几乎都是打工的农民工，披星戴月土里来、土里去，只能跟着受一辈子苦。

有天晚上，我正在跳舞，和我住在一个大院的崔大姐对我说：超市上班挣不了几个钱，你这模样，跑保险准能挣大钱，而且给我说了跑保险的秘诀。我心动了，没和家里任何人商量，就辞去了超市的工作，跟着崔大姐跑保险。崔大姐常常对我说：跑保险一定要找好对象，一是老年人，二是有钱人家的孩子。要是运气好碰到那些挣大钱的老板，一宗保险跑成了，就够你半年的吃喝拉撒。崔大姐说的每句话我都一字不漏记在心里。开始，每到一家都是崔大姐说话，我站在一旁听。说也怪，那些有钱的男人，听着崔大姐说话，却时不时瞅着我。出来后，崔大姐对我悄悄说：你看到没有，昨天姓张的包工头死死盯着你，今天开煤矿的张老板贪婪地望着你，你长得太漂亮了。明天我帮你到商场选一身漂亮衣服，再烫个波浪式的头发，打扮得时髦点儿。不过你可要记住，我们跑保险只是为了养家糊口供孩子上学，千万不要起了春心，上了那些好色男人的当。咱们做女人的要守住一条底线，不管走到任何地步，不要

抛弃自己的家，一个女人失了家，就到了走投无路的地步。我跟着崔大姐跑了十几天业务，她说：你现在一个人能行了，就自个儿跑吧，凭着你漂亮的脸蛋，事情会办得更好。

我听了崔大姐的话，开始独自跑业务。跑了东家去西家，上了三楼上五楼，从早晨跑到晚上，有时饭也顾不上吃，一个月跑下来话没少说，唾沫没少费，还是没有完成任务。不但没有领到奖金，基本工资还被扣了一部分。晚上和崔大姐跳舞时，我灰心地说：不想干了。崔大姐鼓励我说：凡事开头难，干啥都要有个恒心，跑保险最要紧的是会说话，口要甜，见了年龄大的叫叔叫姨，碰见年龄小的叫大哥大姐，特别是碰见那些有钱老板，跟在屁股后边拣世上最好听的话奉承他，有些男人在你面前即使嘴里不干不净，你也权当没听见，只能笑着附和，咱们目的只有一个字"钱"，拿到钱就是胜利。我想，崔大姐跑保险是个老手，怪不得平时花钱很大方。她教的办法真灵，每到一个地方，不管主顾说什么话，我都是满脸堆笑，一次不行两次，两次不行三次，直到把事情办妥。第二个月我不但超额完成了任务，还领了几百元奖金。领到奖金的当天晚上，跳完广场舞，我请崔大姐到夜市饱餐了一顿，这一夜我激动得梦里笑醒了好几次。

我打断韩清雅的话问：两个孩子的学习和生活你全推到了你婆婆的身上？韩清雅无所谓地说：是的，我的全部心思用在跑保险挣钱上。我们一起跳舞时那些舞友常常说，现在的社会，只要有了钱，什么事情都能办。孩子的事有婆婆操心就行了，我挣钱也是为了供孩子读书呀！我接着问她：既然你是为了孩子读书，为什么要离婚？韩清雅笑了笑，用一种解脱的口气对我说了她离婚的经过：

有一次，经人介绍，我到光大电器城的老板司马大昌的办公室谈保险业务。司马老板见了我,让我坐在皮沙发上,然后倒了一杯茶水递给我,热情地说:这是一点儿鸡毛蒜皮的事儿,你说办多钱的保险都行,一切按照你说的办。听了他的话,我心里马上高兴了,我仔细打量着眼前这个说话如此大方的司马老板。他大概有五十岁,上身穿着仿唐装,左手腕戴着耀眼的金表,右手无名指上戴着一个金灿灿的大金戒指,头顶有些秃,稀稀拉拉的头发往后梳得整整齐齐。我心里想,怪不得别人说此人有钱,看来名不虚传。只见司马老板从办公桌抽屉里取出几张一百元走到我面前,不由分说塞到我的手里说:今天有几宗大生意,时间顾不上,留下你的电话,改日再约你。但是不能让你白跑,给你发五百元的跑路钱。塞钱时他瞪着贪婪的眼睛瞅着我,顺便摸了摸我的脸说:长得真漂亮!我满脸通红,顺手将五百元钱放到茶几上,一句话没说,转身跑下楼。

第二天早晨,崔大姐叫上班,我推说有病,躺在床上心里像脱了缰的野马,忽东忽西,忽南忽北,心神不定。说不出是苦还是甜,说不出是害怕还是高兴。

在家里整整睡了一天,第二天还是上班了。路过光大电器城,我头都不敢抬,担心碰见司马老板。过了电器城,又有点儿惆怅,为什么司马老板刚才不站在门口呢,要是碰见他,我又该怎么办?我的心乱极了,在街道上转来转去胡乱转了大半天,没跑一宗业务。晚上跳舞时,我给崔大姐说了司马老板的事,崔大姐带着埋怨的口气说:你都这么大岁数了,脸上差点儿长出茧,还怕他摸?只要不动真格的,怕啥?咋能让到手的五百元又溜了,你真笨。崔大姐说的话我虽然不完全赞同,但也没反驳。有一天我因事路过东门口,一辆黑色的宝马车忽然停在我身边,司马老板摇下窗玻璃伸出头对我说:小韩,去哪?我送你。看

见司马老板，我的脸"唰"的红了，摇了摇头没说话继续往前走。谁知他紧紧跟着我，不断停住车叫我上车，当时我可能是鬼迷心窍，也可能是事该如此，就半推半就上了车。从此，司马老板改变了我既苦又穷的生活。我仔细品味着韩清雅刚才说的最后一句话，心里自己问自己，这种改变命运的方式是福还是祸，是耻还是荣，人们大概各有所云，各执己见。老同学望着我摇了摇头说：请你不要怪清雅，这是当今金钱至上的世风扭曲了人们的灵魂所造成的恶果。

韩清雅继续阐述自己的观点，她毫不在乎地说：谁不想享福，尤其是我们这些家在农村、丈夫是打工族、没钱没权的女人。我坐上司马老板的车，他不由分说，拉我到他住的小别墅。看到那豪华的别墅，高档的家具和梦也没有梦见过的装修，我动心了，我们就……

韩清雅终于不说话了，或许她是难以启齿。我只能问她：司马老板有妻子吗？韩清雅随便说了一句：有。结婚三十多年了，还有三个孩子，两个孩子已经结婚成家了。

我说：那你不是在当"小三"吗？

韩清雅说：当小三有什么了不起！当官的有钱的养小三的多得是，报纸上几乎天天报道，哪个当官的养了小三、小四、小五，哪个有钱的养了小六、小七、小八，甚至有人还养了小九呢！

我笑了笑说：你没感觉到你这是破坏别人的家庭吗？

韩清雅笑出了声：你是一个文化人，对这样的事还大惊小怪，电视剧中做情人的不是公开向人家的原配夫人挑战吗？甚至大打出手，还说这是打破传统观念。有一首歌词不是也在唱"不图天长地久，但愿曾经拥有"吗？我只是安安稳稳当小三，不触及人家的家庭，有什么了不起？好多电影明星，拍一部片子嫁一个导演，再拍一部片子，再嫁一个导演,一次又一次的婚纱照,照样不是登在报纸上,报纸是批评还是表扬呢?我们被"穷"字逼到如此地步的女人一旦这样做,在你们作家的笔下不是"丑恶的灵魂"就是"钱迷心窍的坏女人"。怪不得当今社会上流传着"当官的干这种事是游龙戏凤,老百姓干这种事就是作风不正"。

我望着眼前能说会道的韩清雅,尽管不赞同她的做法和观点,但她说的有些话又不能说没有道理。过了好一会儿我问:你的婆婆现在陪着孩子读书吧?说到孩子,韩清雅的脸上难得地掠过一丝阴影说:我丈夫是个老实人,只是性格有点儿暴躁,过去丈夫打工挣的钱全部交给我。我和司马老板好上后,也觉得对不起丈夫。一个穷怕了的女人,让金钱迷住了,前边即使是沟,也可能要跳下去。纸终究包不住火,我当小三的事还是让丈夫知道了,他毒打了我几顿。我不屑地对他说:谁让你是个穷打工的,你还有什么资格打我?跟着人家穿好衣服,吃好饭,住着漂亮的单元楼,出门坐着小车,这些你能给我吗?我和丈夫终于分了手。

韩清雅说话从头至尾显得自然、轻松,一切都无所谓。无非是两个相对的公式,"农村"和"城市","穷"和"钱",为了达到后者,只能抛弃前者。离婚对于夫妻二人来说,可能是好事,也可能是坏事,但毕竟对孩子的心灵是一个极大的伤害。我想,不管我摆出千条理由、万条理由,都不可能让韩清雅认识到自己荒唐的言行,只能用孩子这个撒手锏看能否让她回头。我一字一板地说:难道你能忍心抛下你两个孩子不管吗?我这一招还真管用,韩清雅脸色立即变得阴沉沉的,看得出来,她的内心异常痛苦。不知什么时候,她的两眼已经涌满了泪水,终于哭了,边哭边说:两个孩子是我身上掉下来的肉,做母亲的咋能不

心疼孩子。儿子现在上高一，女儿上初二，婆婆在县城里给两个孩子做饭。隔两周我看望孩子一次，带些食品和衣服。两个孩子每月的生活费都是我负担。我问：每月你给孩子多少生活费，她说：一千元。也只能这样了，舒适生活过惯了，贫穷的日子肯定过不下去。我无可奈何地摇了摇头说：你没有工作？这些钱都是司马老板给的吗？韩清雅没说话，抬起头，擦掉脸上的泪水，又用无所谓的口气说：他已经快六十岁的人了，他图我人，我图他钱，等价交换，公平合理，我生活得挺好的。

我无话可说，采访戛然而止。老同学陪我走出韩清雅的单元楼，再三给我解释：你的笔下要留情，不要把韩清雅写得太坏了。我虽然没说话，心里却说，我有什么理由把一个穷怕了的农村妇女写成一个坏女人，尽管她走错了路。

走出小区大门，不知什么原因，我的眼睛有点儿雾了，是不是我这个老糖尿病患者血糖低了？

郭绒仙的"私奔"

谢宏亮和我同是县里20世纪60年代的业余文学创作者，由于忙于生计，三十年来很少来往。近年来他经常给《关雎诗刊》投稿，我们的交往又频繁了。他一直生活在农村，对农村的酸辣苦甜、世态炎凉深有体会，了如指掌，张口就是一个故事，闭口就是一段风情。我写《沉重的母爱》书稿时，他提供了不少催人泪下的人和事。适逢编辑《关雎诗刊》四十期，他前来送诗稿时听说我又在写《沉重的陪读》一书，随即发起牢骚说：今天建校，明天撤校，劳民伤财不说，不知道有多少学生家长锁上大门，进城陪孩子读书。尤其是那些年轻母亲，耐不住贫穷与寂寞，离

婚事件接二连三发生，我邻村就发生了好几起，还有一对男女领着孩子私奔了。听到"私奔"二字，我并不感到惊讶，男女私奔，自古有之，司马相如和卓文君的私奔，成为千古风流之佳话，而普通百姓要是"私奔"，将会为人所不齿。当今农村，私奔者已是屡见不鲜，不过因陪读领着孩子私奔，我还是首次听说。毋庸置疑，这又是我写《沉重的陪读》的好素材。我俩当即约定，过两天一起到邻县采访故事中的主人公郭绒仙。事与愿违，先一天晚上，老谢打来电话，说他的高血压病犯了，身体有些不舒服，第二天不能陪我去，将郭绒仙的手机号码告诉了我。为了按时完成书稿，我只能独自到邻县找郭绒仙。

不到一个小时，我到了邻县，车经过四五个十字路口，往左拐了也不知道几个弯，终于在邻县东南角一个住着十几户人家的大杂院找到了郭绒仙。

郭绒仙对我的到来并没有感到意外，看来老谢在电话中已经告诉了她。我简单做了自我介绍，郭绒仙笑了笑说：你的名字如雷贯耳，只是未见其人，今日一见，果然不凡。说完几句文绉绉的话，快步走出房门。老谢和我交谈中曾说过郭绒仙是高中毕业，语文学得好，高考只差几分落了榜，她想补习，父母不同意，没别的理由，只因穷。郭绒仙的班主任亲自登门，为其说情，结果还是一个"穷"字把老师赶出门外，让郭绒仙当了农民。郭绒仙的父母为了给有智力障碍的儿子换亲，强迫郭绒仙嫁了人。郭绒仙结婚后还当过村上的妇女干部，讲话写文章都很有水平。今天初次见面听她说的几句话，证实了老谢没有在我面前吹牛。

郭绒仙手里拿着一盒香烟走进门，递到我面前说：烟不好，不要见怪。我谢绝说：我从来不抽烟。郭绒仙洒脱地把烟往床上一扔，笑着说：你们文化人懂得保养身体，

我们这些下苦的事情稍不如意，不是抽烟就是喝酒。你看我还不到四十，已经变成黄脸老太婆了。

我认真打量着郭绒仙：个儿不高，不合体的衣服罩在瘦小的身材上，脸显得有些寡白，黑长的眉毛下面深藏着一双聪慧的眼睛，鱼尾纹已经爬满了眼角，微笑时嘴角两边显示出的皱纹让人窥视到她所经历的沧桑，似乎一颗无所归宿的心已经是伤痕累累。从凌乱的房子到简单的摆设看得出郭绒仙生活的窘迫和潦倒，一股怜悯之意涌上了我的心头，我感觉到老谢对郭绒仙的了解，仅仅停留在表象上，只知其一不知其二，只看到她背叛伦理的一面，没有看到她精神的重负和为了儿女上学所付出的沉重代价。

郭绒仙倒了一杯开水，递给我说：谢宏亮和我是邻村，相距不到二三里路，我的情况他可能给你介绍过了。我这个人在沟南方圆十几里可以说臭名昭著，要问什么你只管问，没有什么可隐瞒的。人常说吐其而后快，我每天心里沉甸甸的，找不到一个能够理解我的人诉说，今天给你说了，你或许还能理解我的苦衷。郭绒仙几句直言表白反而使我一时语塞，最后还是她主动谈起所谓"私奔"的故事：

我家里穷，父母为了给弱智的哥哥娶上媳妇，用我换了我丈夫的妹妹做了我的嫂子。我丈夫叫纪六娃，比我大六岁，长得五大三粗，做活有蛮力气，人却老实勤快，就是在人前不会说话。婚后我们一直没有共同语言，虽然不吵不闹，也仅仅只是维持夫与妻的关系而已。两年后我生了一个女孩，丈夫长年出外打工，我在家管孩子种地。女儿长到两岁那年，我丈夫回家过年，路上发生了车祸，性命保住了，却丧失了生育能力。他父亲重男轻女，为了给纪家延续香火，不顾我的反对在常家堡抱来一个男孩。听说这户人家一连生了四个男孩，最小的孩子落草没有几天

就送给我家。我打断郭绒仙的话故意说：你们这是犯了拐卖儿童罪。郭绒仙说：当时群众法律意识淡薄，一家愿给一家愿要，周瑜打黄盖——两厢情愿。常家一分钱也没要，只不过没到民政部门登记、领抚养证罢了。孩子既然要下了，我这个做母亲的不但要管，而且要管好。丈夫身体恢复以后，又出门打工，有时一年回一次家，有时两年回一次，挣的钱全部交给了我。名义上的夫妻生活，摧残着我的身心。我一个人常常守着空房，对着孤灯，流着眼泪，彻夜不眠。郭绒仙用手背抹了一下眼睛接着说：这个不说了，你也是过来人，肉体的折磨对于一个正值青春年华的女人是何等的残酷。我几次想提出离婚，当看到两个天真活泼的孩子，又于心不忍。再说我是换亲来到纪家的，要是我离婚了，娘家的嫂嫂也要离婚。不管是"红烛孤影心头泪"也好，还是"五更方知薄衾寒"也好，为了两个家庭，为了两个孩子，我只能"鸡鸣强收泪，地头觅解脱"，把心里的爱全部倾注在两个儿女身上。听到郭绒仙谈话时引用的几句诗，我猛然想起老谢曾经给我说过他邻村有一个女村干部的诗写得好，只是未读其诗，亦未见其人，老谢所说的人大概就是郭绒仙吧。我说：你的诗还写得不错。她苦笑了笑说：不要恭维我了，我的感情到了无处发泄时，特别是"屋檐风雨常搅梦，谁家犬吠添人愁"，胡诌上几句，根本谈不上诗。

我望着眼前这个不幸的女人，假使不是"穷"字所害，她肯定考上了大学，她的前途、她的命运、她的一切将是另外一种情况！"屋檐风雨常搅梦，谁家犬吠添人愁"，这两句诗写得多好呀……写到此，我心里埋怨老谢说，为什么没有告诉我纪六娃生理缺陷的事，已经到了21世纪，我们总不能提倡嫁鸡随鸡、嫁狗随狗，让郭绒仙守一辈子活寡呀！郭绒仙给自己倒了半碗开水，咕嘟咕嘟喝了个精

光，用手背擦了一下嘴巴笑了笑说：我喝水的样子是不是有点儿大大咧咧，这是前多年当村干部养成的习惯。

　　时间过得飞快，转眼两个孩子都先后上学了。学校地址在三个自然村的中间，离我们纪家寨有二里多路。两个孩子年龄小，上学放学都要大人接送，婆婆腿不好，有时是公公接送，有时是我接送，即使家里再忙，都要给两个小学生让路。不到两年工夫，村上四年制小学也撤了，三个自然村的孩子都要到十几里以外的常家堡六年制小学上学。女儿读四年级，儿子读二年级，没大人照管根本不行。丈夫在外打工，家里十几亩地的收种耙糖靠公公一个人。没办法，我只得辞去村干部之职，借住在常家堡一个空院里，陪两个孩子读书。空院子的主人是我娘家的亲戚，一家人在外地工作。我住在坐北向南的三间厦房里，除了到学校接送孩子，给孩子做饭洗衣服，还在房子前边的空地上开垦了一片小菜园，种上了韭菜、小白菜、西红柿、茄子、黄瓜等，春夏秋冬四季菜都有，一是能省些钱，再是给自己找些活干，精神或许能充实些，免得闲着没事，爱胡思乱想。我公公隔三岔五也送些地里种的菜和米面，说实话，三个人的生活费用花不了几个钱。我笑了笑说：你种的菜是绿色食品，没有农药残留在菜叶上。郭绒仙认真地说：街道上卖的菜大部分是大棚里长的，反季菜也不好吃，可以说菜是用农药喷出来的。现在的人，为了赚钱，什么伤天害理的事都能干出来。

　　到了常家堡不知不觉已经两个月了。一天下午，天下着蒙蒙细雨，我正在房子里给孩子洗衣服，忽然一个男人闯进房子，说：郭绒仙，你不认识我了吗？我打量着眼前的不速之客，觉得有些面熟，但又想不起是谁。那男人笑了笑神秘地说：你记得四年前，你公公用铁叉把我从你家

沉重的陪读
CHENZHONG DE PEIDU

赶出门的事吗?我猛地想起来,眼前站着的这个男人就是自己儿子的亲生爸爸常有宽。四年前,常有宽突然闯进我家,说是想见亲生儿子一面,公公不让见,我也不同意,常有宽赖着不走,还和公公吵起来。公公一气之下,拿着铁叉就骂:当年抱娃时有言在先,以后两家互不来往。你再不走,小心我的铁叉。常有宽吓得拔腿就跑。我看着眼前的常有宽,心想,他是不是又来认儿子?我拉长脸说:请你以后不要再到这里来。谁知常有宽嬉皮笑脸地说:三个儿子就够我养活的,两个已经停了学,出远门打工了,另外一个儿子在本村读五年级。我看见你一个人带着两个孩子,孤孤零零怪可怜的,今天专门来看看你,有什么困难没有?要是有困难,你只管说。我厌恶地说:有困难也用不着你操心,请你走吧。常有宽碰了个钉子,无趣地走了。过了不到一个星期,天已经黑了,我把两个孩子从学校接回家,常有宽厚着脸皮尾随而来。我担心他在孩子面前胡说八道,只得赔着笑脸让他坐下,用眼神示意他,孩子在家,不要乱说。谁知常有宽心并没在孩子身上,两只贼眼在我身上不停地打转转。当时我有点儿害怕,感觉到他对我不怀好意,但又不好发作。常有宽天花乱坠地吹了一阵子,我止也止不住。只好借孩子要做作业,把他推出门,随手关上了大门。这晚上我心乱如麻,想起常有宽刚才吹牛的样子,尽管有点儿讨厌,却又觉得他能说会道的嘴巴比自己不会说话的男人强多了。想起自己丈夫,五大三粗的身材,嘴巴拙得像个没嘴葫芦,晚上睡到炕上鼾声如雷,从来没说过一句贴心话。假使丈夫有常有宽能说会道的一半,即使是残疾,我也认命了。我一夜翻来覆去没有睡好觉,起床时觉得枕头湿漉漉的,心情乱糟糟的。第二天我按时接送孩子,按时给孩子做三顿饭,晚上给孩子辅导作业,有空就忙家务活,

把常有宽的事早已忘得干干净净。

那年刚入冬不久,东北风呼呼地狂叫了三天三夜。一天下午四点多,天空飘起了雪花,我把孩子接回家,扫掉身上的雪花,让孩子坐到热炕上。吃过晚饭,我给两个孩子辅导作业。约莫八九点,我和孩子刚要睡觉,不知从哪里刮来一股风,掀开窗子,一股冷空气扑进屋来,我忙下炕把窗子关上,拉上窗帘。一时疏忽,忘记闩上窗上的插销。这一个小小的失误,注定了我一生的大错。郭绒仙低下头,寡白的脸色显得阴沉沉的。我不好意思再问下去,事情的发展结果不言而喻。但又找不出别的话题,双方沉默了好一阵,还是郭绒仙开了口:那一夜……谁知"那一夜"刚出口,她又停住了,眼泪夺眶而出,脸不停地抽动着,两只手微微发抖,显得异常痛苦。健谈的郭绒仙好像变成另外一个人,"那一夜"反复了好几次,始终没有吐出口,竟然放声大哭起来。哭了好一阵,她终于说出了一句话:就是那一夜让我一步一步走向万劫不复的地步。

我问了郭绒仙一句:后来呢?

她没有回答。

我重复了一遍:后来呢?

郭绒仙努力克制住自己的情绪,抬起头对我说:后来常有宽三天两头纠缠我,要是我不同意,他就用孩子的事威胁我,日长月久,我也习惯了。说句不要脸的话,我的情感上也离不开他了。

一个风华正茂的年轻女人,多年没有得到丈夫的爱,身心备受摧残。孤身在外陪着孩子读书,又遇见像常有宽这样的恶棍,我们有什么理由责怪她呢!我接着问郭绒仙:再后来呢?

郭绒仙抬起头,叹了一口气说:女儿要上初中了,儿子要上小学四年级,女儿才十二岁,儿子还不满十岁,都要有大人照管呀,我又没有分身术。一个晚上,我和常有宽商量,他说:我儿子也要上初中了,我老婆平时乱得丢三忘四,不可能到城里管孩子,干脆咱两个住到城里,一起陪孩子读书,也相互有个照应。我说:你走了家里的农活咋办?他说:星期六和星期天你帮忙照料孩子,我回家做些农活。再说,现在的粮食不值钱,种不种都是一回事。我想了想说:不行,村子里好多人在县城工作,村上的人又经常到县城办事,要是碰见熟人,对你对我都不好。孩子也慢慢大了,还得注意影响。常有宽早有准备,说:邻县我有个熟人,干脆把孩子转到邻县上学。我想来想去,也只能这样了。我问郭绒仙:你认为这样做合适吗?郭绒仙苦笑着说:你是搞文学创作的,一个女人的情感寄托在一个男人身上,将会身不由己越陷越深,想拔也拔不出来。

到了邻县后,我们在同一个院子内租了两间房子。他的儿子和我的女儿在同一所中学上学,我儿子在另外一所小学读书,五个人吃饭在一起,对外人说,我们是表兄妹。开始那阵,他还帮我做饭照料家务。两个大一点儿的孩子,一起到学校一起回家,不要人接送。儿子还小,加之离学校较远,接送都是我的事,常有宽几次要接送孩子,我不同意,怕他给孩子胡说什么。我问:五口人吃的、住的和三个学生的费用不是个小数,钱从哪里来?郭绒仙说:常有宽在村里就游手好闲,平时衣兜里掏不出十元钱。到邻县后,五个人的生活费全部是我负担,还要管他的烟酒茶。郭绒仙稍停了一会儿,表情显得有些内疚,又说:我丈夫在外打工挣的钱全部交给了我,我来邻县时把所有的钱都带来了。有一次我对常有宽说:死水怕勺舀,你整天待在家里也不是办法,大男人应该找个活干干。没过几天,常

有宽到一家工地上干小工，干了三天就说受不了，再不去了。坐在家里不是喝茶就是抽烟，有时还酗酒。我每天不但要做饭洗衣、料理家务、接送儿子，晚上还要给三个孩子辅导作业。我自己常常问自己，为什么上了这条贼船呢？悔恨感、内疚感、失落感和深深的自责交织在一起，折磨着我一颗伤痕累累的心。我已经身心交瘁，无力自持，身体消瘦了许多。面容不该老的也老了，要不是两个孩子，说不定我早已不在人世。

我无话可说，静静地等待郭绒仙的继续诉说。她似乎用一种特有的目光审视着我内心的感受，接着说：你可能会说我是自作自受，是的，有时我也骂自己落到如此下场，活该！自己一失足成千年恨，所有的惩罚只能自己承受。但孩子是无辜的，不管自己遇到什么困难，境遇再困苦，心情再不好，不能把这些情绪发泄到孩子身上。在孩子面前我还是显得无忧无虑，高兴地接送儿子，精心给儿女做饭，认真给孩子辅导作业。郭绒仙说这一段话时，声音比较大，一字一板，情绪也有些激动。

再过了一阵子，我掏钱买了一辆人力三轮车，让常有宽给几家商店拉送货物。常有宽不愿意去，借口说有失他的身份。我说：一个农民还讲什么身份不身份，你在家再待下去，咱们五口人就要喝西北风了。好说歹说，常有宽算是蹬着三轮车干活了，就这样争争吵吵糊里糊涂又过了一个多月。

快放寒假了，我手头上的现金剩得不多了。一个星期天，我让常有宽照看着家，我领着一双儿女回到镇上，到一家信用合作社取存款。碰见村里和我关系较好的邻居，她吃惊地对我说：村上的人都说你跟着常有宽领着孩子私奔了，你怎么又回来了。我笑了笑说：我在邻县陪孩子读书，我

公公还来过两次,给孩子送吃的。村上的人爱说什么让他们说吧,我也挡不住人家的嘴。尽管嘴里这样说,心里却是做贼心虚。我在银行取了一万元,没敢多停留,领着儿女匆匆返回邻县。

我打断郭绒仙的话说:你公公来过几次?

郭绒仙说:来过两次,每次来不是送面,就是送米,还有地里产的苹果、蔬菜。

没碰见过常有宽吗?我问。

我公公来时提前给我打电话,我都让常有宽领着他的孩子躲开了。她说。

我想批评郭绒仙几句,但话没有说出口。只能用带着谴责的眼神看着她。

她可能意识到我对她的不满,无限伤感地说:我也知道我对不起他老人家,每当我看到公公拿的东西,心里好像在滴血,有一种负罪感。当想到我丈夫时,心里却冒出子债父还的念头,负罪感也就渐渐消失了,相反倒感觉心理平衡了。

郭绒仙的一段话让我对眼前这个可怜的女人不但有了同情感,而且寻找着各种言辞想为她辩解。她何罪之有?同情也好,辩解也好,在她当面,我还得用常俗的道理批评她。我突然想到故事中另外一个老实可怜的人——郭绒仙的丈夫。我说:你丈夫在家里还是在外边打工?郭绒仙提起丈夫,带着抱怨的口气说:去年春节刚过,他就出门打工了,说过年不想回家。快一年半了,他没打过一次电话,一是舍不得花钱买手机,二是没那份心。不管在外还是在家,他从来不关心孩子的学习和生活,世上的人都知道我有个丈夫,实际上是聋子的耳朵。你生理有缺陷,怪我今辈子倒霉。你为什么对我和你的孩子那样冷淡,心比石头

还要硬呀。我以为郭绒仙这时要哭出声来，谁知她连一滴眼泪都没有，说话的语气不光是怨，还有恨。我想郭绒仙怨得应该，恨得有理。她丈夫假如是个真正的男人，后边一系列事情会发生吗？为她解脱的话我还是没有说出口，却说了一句她意想不到的话：你丈夫是个老实人，一年四季只知道下苦挣钱，自己舍不得花一分钱，全部交给你。谁知郭绒仙有些气愤地反问我：试问金钱能买到真正的爱情吗？一个女人即使钱再多，得不到丈夫的爱，得不到家庭的温暖，她的生活会充满孤独、失落，甚至绝望。郭绒仙的反问并没有让我败下阵来，我拣了最致命的一句话回敬她：你丈夫再不好，你也不应该用他的血汗钱养活常有宽。我一句话说得郭绒仙哑口无言，涌出了眼泪，她泪巴巴地望着我小声说：你说得对，我这样做，丧失了一个做人的起码良心。

郭绒仙继续说：我原先过春节不打算回家，为了避免别人的闲话，腊月二十前后我和常有宽各自回家。村上的人看见我，都用一种奇怪的眼神瞅着。公公和婆婆也可能听到了什么闲话，对我说话时总是不冷不热。公公说：不要到邻县去了，干脆找熟人把孩子转到咱县上，让你婆婆陪着孩子读书吧。我推脱说：要转也要等到收暑假，我婆婆的身体不好，还是让我陪孩子。在家里过了"人七"，正月初八我带着两个孩子又到了邻县，常有宽初五已经来了。元宵节过后，我催他上街干活。正月十八天还没亮，常有宽就起床了，说一家商店约他早些送货，蹬着三轮车出去了。吃午饭时没有等到他，吃晚饭时还没有等到他，第二天早晨还没有见到人。我跑到街上找他，有人说，常有宽把三轮车已经卖了，人不知去向。我急了，回到家打开箱子一看，放在箱子里的八千元就剩下两千元了。郭绒仙说话时显得并不生气,还有点儿如释重负,说:跑就跑了,这种不明不白的生活早该结束了!我问郭绒仙:常有宽的孩子现在在哪里?郭绒仙皱起眉头说:孩子我管着,不管怎么说,孩子是无辜的。

我说:常有宽跑了已经两个月了,一点儿音信都没有?

郭绒仙摇了摇头说:不要再提他了。

你公公不是说,收暑假时要把孩子转到本县城读书,你同意吗?我问郭绒仙。

她若有所思地说:到时候再看吧。

我接着问:到时找不见常有宽,他的孩子怎么办?

郭绒仙摇摇头说:不知道。

这时门外有人喊:郭绒仙,你的汇款单。郭绒仙走出去取了,拿着汇款单对我说是她丈夫汇来的款。她拿汇款单的手在微微发抖。

我告辞了,迈着沉重的步子走出了这间沉重得让人喘不过气的屋子。

郝蕊说:我该怎么办?

我好不容易拨通了郝蕊的电话,按程序先自我介绍,然后单刀直入地说:咱们约个时间,我想采访你。郝蕊不耐烦地说:你的名字听人说过,不过我们从来没见过面,有什么好采访的!说着挂断了电话。我伏在桌案上,双手托着下巴,想了再想,还是拿起了手机,拨了三次都没人接。我毫不歇气地再拨了一次,电话终于通了,谁知接电话的是一个男人,高喉咙大嗓门喊:你讨厌不讨厌,郝蕊忙着打牌呢!说完把手机扔在一边。从没有挂掉的手机中听到噼里啪啦的打牌声,我只得再次挂断电话。

郝蕊陪孩子读书的故事是我一个远房亲戚翟家岭告诉

我的。翟家岭老两口陪着孙子在县城读初三,和郝蕊曾住在一个大院。没办法,我只得硬着头皮找翟家岭。翟家岭指着对面一间房子说:那就是郝蕊两年前住过的房子,她离婚后已搬走了,现在住着她前夫的母亲陪两个孙子上学。她现在的住址我也不清楚,不过郝蕊每月给孩子的生活费,都是约我到大院门外边转交给她婆婆,我从来没有去过郝蕊现在住的地方。听他这么说,我一时束手无策,只能告辞走人。翟家岭送我走到大门口,碰见一个佝偻着身子的老婆婆,提着菜篮和翟家岭打了个招呼。走出大门后,翟家岭告诉我,刚才那个老人就是郝蕊孩子的奶奶。我埋怨翟家岭没早告诉我,从老人口中或许能知道郝蕊的住址。他说:不要问老人了,老人提起郝蕊就长吁短叹,满眼都是泪。我有点儿不甘心地告别了翟家岭,去采访别的人和事。

过了四五天,翟家岭忽然打来电话说,他从另外一个陪孩子读书的中年妇女口中打听到郝蕊现住在花园小区六单元三楼东户。不过本人晚上打牌,中午十二点以后才起床,让我根据自己的时间安排。我在电话中为难地说:我和郝蕊不认识,上次在电话中又碰了钉子,恐怕郝蕊不见我,你还是陪我一起去。翟家岭略停了一会儿说:好吧,不过我有个小小条件,见到郝蕊,我就不奉陪了,你自己问吧。我心里尽管有点儿犹豫,口里还是答应了。

第二天中午十二点半,我们一起到了花园小区找郝蕊。翟家岭好不容易叫开郝蕊的门,郝蕊没好气地说:还没起床就在外边喊,像小鬼叫魂似的。当看见外边站着的我,随手就要关门,我和翟家岭硬是掀开门挤进去了。郝蕊使劲"啪"的一声关上门,连看也没看我们,说了声:随便坐,我还没有洗脸。我和翟家岭在沙发两边面对面坐着,谁也不说话。翟家岭几次要走都被我拦住了。郝蕊好不容易从卫生间懒洋洋地走出来,两眼狠狠盯着翟家岭说:你为什么找上门来了?还带了个陌生人。没等翟家岭开口,我忙解释说:这不能怪老翟,是我硬把他拉来的,咱俩还通过电话。郝蕊瞅了我一眼说:你就是《老党下乡记》中的老党吧,天天跑着采访、采访、采访!我们这些人有什么好采访的?一句话顶得我无言以对。老翟在旁尴尬地笑着。郝蕊顺便给我们冲了两杯"汉中仙毫",两手端着一杯茶递给了老翟,一只手拿着另一杯茶水往我面前一蹾,茶水溅在茶几上,看来我是个不受欢迎的客人。最后还是老翟帮我解了围说:老党写的书都是关注民生民情,现在他又把视角放在进城陪孩子读书的一群人身上,你为了陪孩子读书,导致家庭破裂,主要责任不在你,是社会各方面原因造成的。看来老翟是在故意讨好郝蕊,我趁机接住老翟的话说:家家都有一本难念的经,你走到这种地步,肯定也有一肚子苦水,你是生活在社会最底层的人,属于弱势群体,对你的遭遇人们会同情的。郝蕊打断我的话说:同情个屁,有人骂我是坏女人,有人骂我是赌棍,还有人骂我是婊子。过去和我要好的老同学、朋友,碰见我都躲得远远的。我说:不管你做了什么,都是因为进城陪孩子读书所造成的,骂你的人只知其一,不知其二;只看表面,不反思造成这些现象的社会根源。郝蕊听了我说的话,抬头望了我一眼,然后拿起抹布擦掉茶几上的茶水,取了一把椅子坐在我对面,态度显然有所好转,说:怪不得是个作家,说的话还比较通情达理。老翟站起来借故自己有事,走了。

沉默片刻,还是我先开了口:谈谈你陪孩子读书所遇到的困难吧。

郝蕊没说话,站起来端着我的茶杯走到热水器前加满水,又给自己冲了一杯茶,坐在椅子上,双手抱着茶杯,叹了一口气说:一言难尽呀!

我老家在杨水河畔的杨家坪,三十几户人家分布在七沟八岔里。当今沟岔里的小伙说不上媳妇,都当上门女婿了。我兄妹五个,因家里穷,大哥二哥做了上门女婿,我大姐嫁到塬上,二姐考上大学,在南方一个小城市里工作,成了家也有了孩子。我读初中时辍学了,在县城宾馆当了几年服务员。二十岁时,父母做主,把我嫁给了塬上一家人,和大姐是同村。大姐说:你男人性格虽然有点儿荒唐,人却长得帅,家里还喂着几头奶牛,房子都是新盖的。结婚不到五年,我生了两个儿子,现在的青年人,谁还愿意待在家里种地?两个孩子放在家里由婆婆照管,我到县城打工,我男人也跟着村上搞装修的人到新疆去了,日子过得说不上富有也差不多。过年时,三辈人团聚在一起,欢欢喜喜,和和气气。每年春节,我公公编写的对联,横批不是"阖家欢乐"就是"全家幸福"。全村的人都夸奖我公公婆婆勤劳善良,夸我丈夫聪明能干,说我孝顺贤惠。

老人常说,人走的路不可能都是平坦的。我家这种平静的日子没过几年,村上的学校就撤了。当时大儿子上小学二年级,小儿子还在家里由婆婆照管。村上没学校了,孩子总得读书呀。全家人想尽各种办法,把大儿子转到县里城关二小,小儿子也进了县城私人办的幼儿园。我这个做母亲的只能辞掉宾馆工作,租了一间房子照顾两个孩子上学。为了接送两个儿子,丈夫给我买了一辆电动车,每天接了大的送小的,送了小的接大的,做饭洗衣服忙个不停。公公按时把婆婆磨好的白面、豆子、小米、蒸好的馍,还有地里长的青菜,坐上公交车送到县城。后来公公感觉坐公交车不大方便,也买了一辆电动车,来回跑着。丈夫两个月给我和孩子寄一次生活费,从不间断。全家人都抱着一个信念,要脱离贫穷、让孩子走进城市就得供孩子上学,孩子上学的事是农村人天大的事。我反问郝蕊说:你既然知道孩子上学是天大的事,为什么还要离开孩子,让你的婆婆陪着孩子读书?你知道吗,失去母爱的孩子能安心读书吗?郝蕊眼睛有点儿潮湿,她喝了一口水,缓和了一下情绪说:你也不能只怪我呀,天有不测风云,人有旦夕祸福。我公公上树给孙子摘柿子,一不小心踏断树枝,摔在地上,腿落下残疾。地里的重活干不成了,骑电动车也不像过去那么灵便,给我们送米、送面、送菜的任务落在了婆婆的头上,婆婆来回都是坐公交车。我曾劝过婆婆,你的身体不好,年龄又大了,来城里一趟不容易,我借星期天回到家里,帮你们做些农活,顺便把东西带来。婆婆不同意,说:你走了谁管孩子呀,我到城里还能见到孙子。婆婆每次到城里都是早来晚归,一整天陪着她的孙子。近年来,牛奶市场价格不断跌落,挤的牛奶有时卖不了,就自己喝,喝不完就得倒掉。家里除过地里产的玉米能卖一点儿钱,再没有其他收入,两个老人常常为缺钱唉声叹气。我顺便插了一句话:你丈夫在外打工,两个月给你寄一次钱,难道不够你和孩子的生活费吗?郝蕊摇摇头说:也不知什么原因,丈夫寄钱的次数一年比一年少,寄的钱数也不多。他在电话中说:在外找不到活,即使找到活也挣不了几个钱,你和孩子省着花吧。我平时花钱比较仔细,再仔细也不能勒苛两个儿子。我的经济越来越紧张,谁知房漏偏遇连阴雨,老师又要学生晚上补课,一个孩子每月补课费要二百四十元。我顺便说了一句:现在学生的补课费有些偏高。郝蕊接着说:补课费不管多少,家长都要出,进城陪孩子读书的目的就是让孩子读好书,孩子花的钱一分不能少,一个

时辰也不能缓。为了省着花，我该买的衣服不买了，该花的零用钱也不花了。说句不怕你笑话的话，过去用的廉价化妆品也不用了。

我看着眼前这个浓妆艳抹的女人，鼻子里"哼"了一下，心里说：今非昔比啊。不过话没有出口。只好随便问了一句，既然你丈夫在外边挣不下钱，为什么不让他在本县打工呢？听说本县供匠人每人每天也能挣一百元。

郝蕊显得无比忧郁地说：他都两年没有回家了，不过四个月还汇一次款。

我说：一次能汇多少钱？

她说：有时是六百，有时是八百，最多没有超过一千元。

我又问：你在电话中问过没问过，他为什么两年都不回家？

她说：问过，他总是说没挣下钱，没脸回家。电话中还带着哭声说，替我孝敬父母，替我管好孩子，将来挣了大钱，一定报答你的大恩大德。

他说的话你信吗？

郝蕊迟疑了一会儿说：有时信，有时不信。我丈夫平时说话就不实在，不过相隔几千里，不相信又有什么办法？

眨眼大儿子上六年级了，小儿子也要上三年级，孩子大了，费用一天一天增加。我熬煎得不知如何是好，一夜一夜睡不着觉，有时还做噩梦。

一天晚上，两个儿子睡了觉，房子闷热，我烦躁地走出大门，漫无目的地在街道上转来转去。忽然身后谁叫了一声"郝蕊"，我转身一看，是上初中时的老同学邢洁。好久没见了，两个老同学各自说着自己的往事，有欢乐、有辛酸。当她知道我现在的困境时，对我说：明晚上我把你领到一个地方，只要运气好，说不定能发洋财。

第二天晚上孩子睡觉后，我锁上房门，按时和邢洁到了一家商店的后边，原来是麻将馆。麻将馆摆着六张麻将桌，围满了男男女女，有打麻将的，有看打麻将的。浓痰、烟头、瓜子皮吐了一地，房子里乌烟瘴气。我是第一次跨进这种肮脏的地方，转身想走，邢洁拉住我说：这种地方就是这样，多来几次就习惯了。我说：我不会打麻将。邢洁说：看上几次就学会了。看来邢洁是这儿的常客，逢人就点头打招呼，还说些逗趣开心的话。我好不容易挨到午夜十二点，挣脱邢洁的纠缠，回到家里。小儿子坐在地上哭着叫妈妈，大儿子哄着弟弟说：妈妈出去就回来了。我刚走进门，两个儿子抱住我哭着说：妈妈，你上哪里去了，我们好害怕呀！我没说话，抱着两个儿子眼泪不停地流着，泪水掉在两个儿子的脸上，掉在地上。大儿子看见我哭了，擦着我脸上的泪说：妈妈，你不要难过，你不在，我会照管弟弟。第二天晚上不管邢洁打电话怎样叫，我都没有去。

过了一个星期，大儿子放学回家说：老师要收下个月的补课费，共二百四十元。我找遍身上所有的钱，才凑够一百一十八元。没办法，我只得厚着脸皮向翟叔借了二百元才解了燃眉之急。郝蕊说了"燃眉之急"四个字，形容得恰如其分。我在《沉重的母爱》一书中曾提出了"学费猛于虎"，国家税款可以缓，学生的学费不能缓，尤其是老师给小学生摊派的学杂费更不能缓，师令如山倒呀。

两个儿子上课去了，我一个人无聊地坐在床上纳闷，下意识拨通了邢洁的电话。邢洁在电话中说：怎么又想起我了？好，今晚上我叫你。说完就挂了电话。听口气她还没有起床。

当天晚上，孩子还没有睡觉，邢洁就来了。她看到我

住的地方，拍着我的肩膀讥笑着说：老同学，你太寒酸了。社会到了如今，还住着这么破旧的房子，这是人住的地方吗？几句话说得我脸红到脖子根，真是无地自容。两个孩子睡着后，去还是不去，我犹豫不决。邢洁连拉带推把我拉到麻将馆。不到几天工夫，我就学会了打麻将。经邢洁介绍，我认识了一个叫麻富有的包工头，麻富有从邢洁口中知道了我的困难后，慷慨解囊给了我两千元，我坚决不要。邢洁劝我说：收下吧，权当借他的，以后打牌赢了再还给他。我不好意思地收下了。从此，我几乎天天晚上都到麻将馆，过了一段时间不但晚上去，白天也去。每次麻富有和我都是同桌打牌，他出牌时故意让我和牌，我几乎是场场赢。和了牌我用感激的眼光看着麻富有，表示对他的感谢，麻富有表现得毫不在乎。我渐渐尝到打麻将的甜头，从此染上了打麻将的瘾。有一次婆婆进城送米和面，孩子放学回家了还等不见我，婆婆只得给孩子做饭，孩子吃完饭去了学校。我打完牌刚跨进门，婆婆一见我就吵起来，说我不管孩子，成天在外面鬼混。我和婆婆吵了一架，心里委屈地说：你儿子挣的钱，不够三个人吃一月，补课费、学杂费、生活费从哪里来？婆婆走后，我趴在床上伤心地哭了一个时辰。晚上两个孩子睡觉后，我身不由己又走进了麻将馆。

夜深了，我从麻将馆出来，无精打采地走在回家的路上，看到街上五颜六色的霓虹灯，看到一对对男女在我身边走过，我的心情坏到了极点，走路的腿越来越沉重。我忽然觉得有一个人走到我身边，回头一看，是麻富有。我没说话，他紧挨着我一边走一边说：今天晚上为什么没有上场？我摇了摇头，还是没说话。麻富有说：有什么困难，你尽管说，没有能难倒我的事。我抬头看了他一眼，只是唉了一声。我俩肩并肩往前走着,走着走着他伸出手搂住了我的腰……郝蕊不说话了,事情发展的结果也不出乎人的猜想。但我的采访还没得到一个完整的答案,还得继续问下去。

我说:你为什么会发展到离婚这一步?郝蕊沉默了好一会儿才说:婆婆几次来县城发现我不在家,和我大吵大闹,我也毫不示弱地说,你不要问我深更半夜出门干什么,都是为了你孙子上学。我婆婆在电话中告诉他儿子说我整天整夜在外边鬼混,不管孩子。我丈夫回到家里不问青红皂白,狠狠地打了我几顿。我受不了这口气,只好提出离婚。当时我只想吓唬他一下,不知什么原因,丈夫也欣然同意,条件是不许我带走两个孩子。我也想得简单,不带孩子才自由,没有累赘。没有几天,我们就扯了离婚证,很快分了手。离婚后,丈夫在家只待了三四天,就出门去了新疆。

我拉东西时,婆婆拉着我的手后悔说:蕊蕊,都怪妈不好,不该把你丈夫叫回来,你还是留下吧,两个孩子不能没有你。说着放声大哭。两个孩子抱着我的腿哭着,我要妈妈,我要妈妈……我看着即将离开的两个孩子,心似刀绞,泪如雨下。但是想到丈夫的绝情,想到这个穷日子何日才是尽头。我咬着牙狠着心,挣脱孩子走出了门。两个孩子哭着喊着把我追到门口,婆婆拉着两个孩子的手大声号啕说:你妈妈不几天就会回来,我这是作的什么孽呀。院子里站满了人,好多人都落了泪。郝蕊这时已经泣不成声,不停地说:我对不起两个儿子,我对不起两个孩子。郝蕊的精神已经彻底崩溃了,趴在桌子上,大声痛哭,使劲地跺着脚。我没说话,也没有劝说郝蕊,心想,这是一个母亲对两个心灵受到创伤的儿子的忏悔!哭吧,哭得声音越大越好;流泪吧,泪流得越多越好。或许哭声和泪水能减轻一个母亲对孩子的负罪感。

随即我又反问自己：这能全怪她吗？像她这样因陪读而离婚的事件还少吗？为什么一切罪过都推到这些无援无助、无依无靠、生活在最底层的农村妇女头上，我们有什么理由让她们背负起这个沉重的十字架！

郝蕊终于止住了哭声，双眼含着泪水，可怜巴巴地望着我。我仍然以正人君子的姿态"审问"着她：你抛弃了孩子走出门，难道不后悔吗？郝蕊说：世上没有卖后悔药的，再悔也来不及了。接着又说起了她离婚后的情况：

出了门我只能找麻富有，麻富有有妻有孩子，我再坏也不能破坏人家的家庭。他二话没说，在花园小区租了这套房子让我住下。他有时过来陪我，有时回自己的家。没多久，离婚后的负疚感从我心头也慢慢消失了，我成天整夜泡在麻将馆，有时和麻富有一起去，有时他忙了我就一个人去。牌越打越大，从一元两元到三元五元，再到十元二十元，有时甚至更大。

我说：你是不是和先前一样，场场都赢？

郝蕊说：赌博场里哪有场场赢的事，不是输就是赢。

我说：你的赌资都是麻富有给的吗？

我身上的钱要是输完了，打个电话他马上会送来。

我看了郝蕊一眼说：你日常生活费用谁给你？

郝蕊说：都是他给的，包括两个孩子每月的生活费。

提到孩子，郝蕊说话的声音显然有点儿沉重：离婚快两年了，我几乎天天晚上都梦到我的两个儿子，梦到为孩子做饭洗衣服，接送孩子上学，想孩子常常在梦中哭醒。我每月定期给孩子八百元生活费，又怕见到孩子伤心，尤其怕引起孩子心中的痛苦，影响他们的学习。给两个孩子生活费时，在电话中约好翟大叔到大院门外，让他转交给我婆婆。送钱时间不能在周末或吃饭时，怕碰到孩子。我问她:难道你不想见你的儿子吗?郝蕊说:世上哪有母亲不想见儿子的呢?我常常利用学校放学时,躲在校门外偷偷看着孩子,想叫又不敢叫,想哭又不能大声哭。为了感谢婆婆照顾孩子,有时给婆婆买一两件衣服或者食品让翟大叔转交给婆婆。我千叮咛万叮咛,不让翟大叔告诉他们我的电话号码。翟大叔一次说漏了嘴,让我大儿子知道了,大儿子在电话中大声哭着说,他和弟弟想见妈妈,我哭得说不出话来。最后还是狠心挂断电话,儿子再打我也不接。不是我狠心,我不想伤害孩子的心,耽误两个儿子的学习。当天下午我就换了电话号码。我说:你知道不知道,一双失去母爱的儿子,那种孤独感、自卑感,他们能在学校安心学习吗?青少年犯罪大多都是父母离异、家庭破裂造成的。郝蕊又放声痛哭,哭了好一阵子说:每月给儿子八百元的生活费,有时买几件衣服送些食品,我只能做到这一点。我仍然用批评的口气对郝蕊说:你认为用钱可以弥补母子之间感情的裂缝吗?用钱可以为自己赎罪吗?郝蕊没有说话,低下头。我又问郝蕊:你今后准备怎么办?郝蕊反问我说:你说我该怎么办?听别人说,丈夫那几年在外边也好上了一个女人,结果被那个女人骗了。婆婆曾经托人给我说:要我复婚回家。我说,让我再考虑考虑。大儿子明年要考高中了,二儿子明年要上初中了,党老师,你说我该怎么办?我不假思索地说:回去吧,两个儿子盼着你,你公公婆婆等着你。丈夫即使过去有错,还是原谅了吧。一个完整的家庭,总比一个残缺的家庭好。郝蕊含着泪点了点头。

两个月后,翟浩平打来电话告诉我,郝蕊复婚了,和婆婆一起陪孩子读书。

第二年收暑假时,我背着照相机,拿着录音笔,例行

公事，又到学校门口采访。我看到郝蕊和一个中年男子领着儿子到县高中报名。郝蕊看见我，跑到我跟前高兴地指着身边的男人说：这是我儿子的爸爸，我俩到学校给儿子报名。看着父亲、母亲、儿子一家三口人，我脸上笑了，心里也笑了，只说了两个字：祝贺！随即拿起照相机"咔嚓"一声，镜头定格在三个人的微笑上。

三个留守老人陪孙子读书的心酸故事

前些年,农村青壮年都出远门打工了,留守在家里的老人,既要种地看门,还要照管孙子上学,好在村村都有学校。如今不同了,村上的学校先后都撤了。天大的事也没有孩子上学的事大,留守老人只得锁上家门,离开本乡本土,到城镇陪孙子读书。人常说,隔辈的人不好管。加之经济的拮据、生活的差异、世态的炎凉,引发出一个又一个心酸的陪读故事……

兰凤云说:我既当护士,又当保姆

2003年我写了一组打工群诗歌,首篇是《老翁泪》:"前边初露阳,棉花补苗忙。老翁七旬过,技术当数强。举铲空株距,深浅论短长。婆婆力欠佳,拄杖情相帮。长子四十五,打工到珠江。大媳嫌夫贱,私奔石家庄。二儿随工队,劳苦在敦煌。其妻尚能干,西安开发廊。小孙三四个,缺爹又少娘。学习不长进,杂费益高昂。最忧大孙女,离母情泪汪。孤心少人问,豆蔻逃学堂。家寒常远走,形迹日日狂。餐餐醉酒馆,夜夜逛舞场。恶少朋满座,纨绔秽

言伤。四邻指责我，淳风尽扫光。人老气将短，隔辈无良方。"那时节父母出门打工，爷爷奶奶在家里种地、看门、陪着孙子孙女在本村学校读书。人常说，隔辈的娃娃不好管，好多留守儿童因缺少良好的家庭教育，荒废学业，浪荡于社会，甚至走上犯罪的道路。人们经常感慨地说，到了村子，尽是老的老、小的小，很少见到青壮年。当今社会不同了，随着农村学校一个接着一个地撤并，留守老人只能陪着留守儿童进城镇读书了。到了农村，好多大门都挂着锁，有诗为证：

> ……
> 铁锁已生锈，地荒不耕耘。
> 人老肩头重，进城陪爱孙。
> 一日三顿餐，夜冷添衣被。
> 风雨皆无阻，接送到校门。
> 滴滴望儿泪，拳拳老妪心。
> 他日若登第，纸钱告孤坟。

这些大半辈子生活在农村的老农民，锁上家门，离开视如命根的黄土地，走进城镇陪孙子们读书。经济的拮据、生活的差异、世态的炎凉，引发出一个个心酸的故事，不能不让人痛心、反思。

小车一路颠簸，也不知道大弯小弯转了多少个弯，转得我搅肠翻肚，几次想吐都忍住了。我右手紧紧抓住扶手，尽量使自己身体平衡，不随车东倒西歪。打开车窗，九月的山风有些凉意，我把头贴紧车窗，身体觉得舒服了许多。两三个钟头的行驶，我像逃过了一次大劫，终于到了我们的采访地——大垴乡。乡政府已经撤了，昔日繁华的景象已不存在。街道两旁处处堆放着垃圾,羊粪蛋填满了坑坑洼洼的柏油路面。几家小商店门前冷冷清清,有的店主趴在柜台上嗑着瓜子,有的店主斜靠门站着,似乎在等待顾客,也可能习惯了,人们显得消闲自在。怪不得好多人说,中国西北部人的生活节奏比东南部人要慢几个节拍。一家羊肉烩面馆门前停着一辆四轮农用车,车上装着不知什么货物,蒙着破旧的彩条布,发出刺鼻的羊膻味。我边走边看着这个曾经驻扎过乡政府的街道,现在竟如此荒凉败落,像一个被抛弃的孤独老人在寒风里哆嗦着、喘息着。司机告诉我,乡政府没撤前,街道虽然说不上繁华,但比起现在要有生气,也比较干净。我没有说话,心里琢磨着,自古以来都是这样,兴一时也,衰一时也!三十年河东,三十年河西。

　　陪我采访的孙俞先生家住在当地县城,他用手机联系上大埝乡中心小学的校长,也不知道说了几句什么,当我们走到学校门口时,有一位老师在门口等着。他热情地握着孙俞的手说:我叫苏知礼,校办公室的。说着领我们上到二楼走进校长办公室。校长也姓苏,家和孙俞在同一个居民小区,两个人还是老同学。老同学见面,免不了相互调侃几句。孙俞说:党老师是从陕西来的,他要采访的人和事我在电话中已告诉过你,你联系好了没有?我顺便给苏校长递上我的名片。苏校长看着名片,摸着下巴说:"这个作家的名字好熟悉。孙俞说:他就是当年《沉重的母爱》一书的作者,香港凤凰中文台还做过专题报道。苏校长恍然大悟说:你看我,忘性比记性好,那本书写农民家庭供养大学生难的故事,咱省的报纸也转载过,挺感人的。孙俞打断苏校长的话:老同学,我们还要到几个地方采访,时间安排得很紧,来不及多说,咱们言归正传,等采访完了,

党老师回到家给你寄本书,你派人领着我们赶快走吧。苏校长指着旁边站着的苏知礼说:他是我们学校办公室主任,已经联系好了两三户,有一户叫兰凤云,让他带你们先去见见她。

走出校长办公室,适逢学生开午饭,我赶忙拿出录像机向学校食堂走去。学校食堂坐落在学校的后边,学生以班为单位排队领饭菜。两个学生抬着一个不锈钢桶,桶里装满了面条,油乎乎的,又有两个学生抬着装满馒头的竹筐向宿舍走去。苏主任告诉我,学校设备简陋,没有吃饭的大餐厅,学生只能把饭抬到各自宿舍里分着吃。我没有说话,用镜头拍摄着桶里的面条、竹筐里的馍,拍摄着山里孩子特有的挂着微笑的红脸蛋。抬饭菜的学生从我身边一个个走过,看着拿摄像机的陌生人显得很自然,没有表现出丝毫诧异。我走进食堂,四五个炊事员穿着白色的工作服,正给学生打着热乎乎的饭菜。我向他们打招呼说:辛苦了!他们可能没有听懂我的话,只是笑着向我点了点头。灶房里所有灶具都是不锈钢的,我特意到案板后边仔细看了看,案板上干干净净,没有发现一丝灰尘。走出灶房,遇见十几个老师也拿着碗筷来灶房打饭。我问苏老师:老师灶和学生灶分着吧?苏老师说:都在一个灶上,吃的饭菜都一样。我转身又走到学生宿舍,学生住的是架子床,床上的被子叠得整整齐齐。有的学生蹲在地上吃,有的学生坐在床沿上吃,叽叽喳喳说个不停。孙俞又陪着我在学校转了一圈,操场上有篮球架、羽毛球网、单双杠。我的镜头不放过学校任何一个角落:宽阔干净的操场,排列整齐的平房教室,门窗明亮,玻璃透净,校周围的垂柳随风摆动,散发着淡淡清香。教室前两排塔松直达学校大门口,苍翠笔直,校园内没发现一片纸屑。我经常听人说,到了农村,最漂亮的建筑、最干净的地方,不用问,肯定是学校。在这个偏远贫穷落后山区的乡政府旧址,周围是光秃秃的高山,破烂肮脏的街道,却有一群天真活泼的山村儿童,无忧无虑地学习生活在宁静的校园里。可惜这种反差在山外大部分农村已经发生了错位。盖起还不到几年的高大漂亮的教学楼,已经冷冷清清,宽敞的校园已是杂草丛生,空荡荡的像个盐碱滩。看来山里人对教育的重视远远超过了平原地区,这大概就叫"穷则思变"。

　　我们穿过堆满垃圾的街道,往南拐,到了另一条街道。说是街道,两边的房子不是隔三岔五倒塌了,就是用砖堵着大门或吊把生了锈的大锁。足足走了一里多路,才来到一所大院,苏知礼说:这个大院过去是乡政府的兽医院,现在农村几乎没有人喂牲口了,兽医院也倒闭了多年。如今陪孩子读书的人越来越多,老院长把闲置的房子全部租出去,院子里大部分住着陪孩子读书的。看来苏主任对大院情况很熟悉,直接领我们走进兰凤云的房子。照例几句开场白,兰凤云操着当地的乡音说:管孙子念书,是奶奶应当做的事,有什么采访的。苏主任说:党老师大老远从陕西专门来采访陪孩子读书的,陪孩子上学不容易,各人都有一本难念的经,你还是说说吧。兰凤云沉思了一阵,讲起她陪孩子读书的事:

　　我叫兰凤云,今年六十五岁,老家离大埝村有四十多里地,虽然说路不远,但走一趟要翻两座大山。我有四个娃娃,两个男娃,两个女娃,都成了家。大儿子在新疆打工,儿媳妇在省城一家饭店打杂。二儿子在县城当厨师,媳妇跟着儿子在一家私人办的幼儿园当保姆。两个女儿和女婿都在外打工。如今的世道,种庄稼挣不下钱,更何况我们干旱山区,十料九薄收。父母出门了,把娃娃都放在家里。

村上的学校又撤了,我只能陪着孙子到外乡读书。嫁出去的女儿泼出去的水,已经是人家的人了,我也没力气管,儿子的娃娃总该管吧。大儿子的儿子上初中时也在大埝乡读书,那时乡政府还没有撤,我就住在这间房子陪孙子读书。我打断兰凤云的话问:这间房子一个月租金是多少?她说:乡中没撤时,陪孩子读书的家长比较多,房租也贵,每间房租八十元到一百元。现在乡中撤了,陪读的家长也少了,房租每月六十元,有的房子还闲着。我转身问苏主任:你们学校现在有多少学生?苏主任像背口诀一样地回答:全校六个年级,一百六十二个学生。一年级十五个学生,二年级二十四个学生,其他年级每班都是三十来个学生。我没说话,心里却赞叹,不愧是校办公室主任,情况这么熟悉。我问兰凤云:你的大孙子现在在哪里上学?兰凤云神色显得忧虑,叹了一口气说:社会上常说,留守老人陪留守儿童读书,往往是出力不讨好。我这个当奶奶的,又不识字,只知道按时做好三顿饭,既不会给娃娃辅导作业,又管不住娃娃。孩子上到初三,没有告诉家里任何人,跑到南方打工。出门两年多,没回过一次家,也没音讯。他父亲到处寻找,陕西、山西、甘肃跑遍了,就是找不见人,最后找到河南,在当地警察的协助下,从黑砖厂救出一群童工,其中就有我的孙子。他父亲把孩子领回家,看着又黑又瘦的孙子,我心疼得哭了几天。谁知他父亲前脚走,孙子后脚又跑出门,至今还是没音讯。我不停叨叨儿子:不要打工了,想办法把娃娃找回来。儿子说:这么大的世界,往哪里找?孩子大了,由他去吧。兰凤云说着用沾满面粉的手背揉了揉眼睛。我这才注意到一块小案板上放着还没有揉好的面团。我问她:你二儿子的孩子在哪里上学?兰凤云说:二儿子过得比较好,有两个娃娃,大的是女娃娃,上初中一年级,小的是男娃娃,在他母亲工作的幼儿园上学。生活虽然有点儿苦,经济也紧张,不过一家四口在一起不用我操心。我说:那你现在陪谁的娃娃读书?兰凤云说:大儿子的女儿,读小学四年级。

我们正说着话,从门外走进一个老汉,一手拄着拐杖,两腿颤巍巍地走到床前好不容易坐下,歪着头气喘吁吁,用呆滞的目光看着我。我礼貌地向他打了个招呼,老人嘴抽动了一下,说了句什么我没有听清。我望着苏主任和孙俞,他们好像同样没听清老人说的话。兰凤云望着床前坐着的病人,显得无奈地说:他是我丈夫,那时娃娃多,家务重,吃了上顿没下顿。农业税、农特税压得老汉腰都直不起来。情急之下,得了脑溢血,险些要了命,现在虽然治好了,却落下半身不遂。我当初陪大孙子读初中,他在家待着,病情比较轻,自己还能照顾自己。后来病又犯了,躺在床上拉屎拉尿动弹不得,我在家里既要管孙女又要照顾他,还得种十几亩山地。孙女要上学了,我熬煎得不行。陪着孙女读书,老汉谁来管,在家管了老汉,谁陪孙女读书?我给大儿媳妇捎了话,让她回来陪自己的女儿到乡上上学,或者把女儿带到省城读书。大媳妇死活不同意,说我儿子挣的钱少,养活不了一家人,她从早到晚上班时间紧,没工夫管娃娃,让我另想办法。我对兰凤云说:管孩子是母亲义不容辞的责任,她怎能推给你呢?兰凤云苦笑着说:现在的媳妇在外边越浪心越野,花花世界看惯了,死活都不想回到山沟沟里。还有的媳妇扔下娃娃跟着人跑了,谁还顾得上管家里的老人。

文章写到此,又引起我一段沉重的话题,在农村子女不养老人、甚至虐待老人的现象极其普遍,国家给年满六十周岁的农民发的生活补助,有些儿女领到手,不给父

母分文，还恶言相向。孝敬父母是中国几千年传承下来的优秀品德，为什么在现在的中国却得不到全社会自上而下的大力弘扬？为什么那些背叛伦理的忤逆行为却受不到社会应有的唾弃和惩罚？关键的问题是我们只看到年轻一代对孝道文化的缺失，却没有看到上一代人，甚至更上一代人是对中国传统文化犯下的不可饶恕的过错。刨根问底究其责，自新文化运动至十年浩劫，我们总是把"孝"视为封建思想万恶之首，口诛笔伐，给"孝"字冠上了阶级的帽子，谈孝色变。试问，批判"孝道"冲锋陷阵的大师们，到了自己的家庭，哪一个不是对父母至规至孝呢！欲正其流，首先必须清其源。

兰凤云接着说：有一天中午，我领着小孙女在地里掰苞谷，回到家发现丈夫躺在地上，口里吐着白沫，一看桌子上放的老鼠药不见了，我赶忙叫来邻居用农用车把人拉到乡卫生院。老天保佑，老汉喝的老鼠药是假的，毒性不大，洗了几次胃，人没事了。回到家我埋怨老汉说：你还嫌我苦不够，给我乱上加乱！老汉流着眼泪说：你在家管了我谁陪孙女读书哩？不能让娃娃像咱们一样，当一辈子睁眼瞎子，窝在山沟沟里，抬头是山，低头是沟，在地里下死苦。我死了你也省了一份心，一心陪着孙女到乡上读书吧。老汉在家里离不开我，孙女读书又要我照顾，想来想去，没办法，只得带着老汉和孙女来到大埝村，既做护士伺候老汉，又当保姆照顾孙子。我听了兰凤云有趣的话说：现在农村实行合作医疗多年了，看病的钱不是大部分可以报销吗？兰凤云说：那阵子医疗费报销的比例小，要领到补助费非跑断腿不行。不是这个手续不齐，就是那种药不能报销。今天不是审批的人下乡了，明天就是会计开会去了。现在医疗费报销的比例大了，钱也比较好领了。再好领也要跑上好几次,钱才能领到手。尤其是看着那些办事人冷冰冰的脸,生硬的训斥,实在叫人难受。说句心里话,领钱时人心里是胆怯的,好像做错了事,即使领到钱出门时心里也沉甸甸的。我常常想,我们农民领的钱是国家补助的,又不是谁个人的钱,发钱时好像抽你的筋!兰凤云的丈夫坐在床上一直听着我们说话,他忽然插了一句话,我还是没有听清他说什么。兰凤云忙解释说:他说住院有补助,平时吃药打针都要自己掏腰包。孙俞说:农民看病不是还有门诊补助费吗?兰凤云撇了一下嘴说:每年只补助几十元,买不起一瓶药。现在的药价贵得吓人,感冒一次最少也要花一百多元钱。我丈夫是个药罐罐,天天离不开药,一个月少说也要花四五百元,你说这日子以后咋过哩?兰凤云的丈夫眼睛里流出了几滴浊泪,嘴里又是抽动了一阵子,谁也听不懂他在说什么。兰凤云取出毛巾,走到丈夫身边,一边擦着丈夫的嘴,一边向我们解释,他说再不要给他买药了,还是死了好,把省下的钱供孩子读书吧。

我看着面前坐着的这个中风老人,身材高大,骨骼突出,像榆树皮一样的脸上刻着道道沧桑,依然有种山里农民特有的豪迈和宽宏。我忽然想起了国家医保的一项政策,对兰凤云说:农民患慢性病,国家有专项补助,听说补助的钱数也不少,你为何不找有关部门办理呢?兰凤云长长地叹了一口气说:这种好事哪个部门会主动跑到乡下给农民宣传办理。当年收农特产税时,农产品还没收获,收税的人三天两头往村子里跑。不是牵羊就是拉牛,闹得鸡飞狗上墙。孙俞接着兰凤云的话茬对我说:她这几句话说到点子上了,有关部门应该主动到农村宣传国家对农民的优惠政策,登门办理,让农民真正尝到国家政策的甜头,不要老是坐在办公室发文件,空落实。尤其是山区,消息闭塞、

交通落后，像他们老两口的情况，完全可以领低保。兰凤云听到"低保"二字，立即怒气冲冲，大声说：说起低保，让人更生气。村子里有权的人，家里养的狗都领了低保，我们没有。找村上评理，村主任不但不给，还要动手打人，现在的村干部，大部分是凶人当道，老百姓谁敢惹？去年，我用人力车拉着我丈夫到乡政府，找到民政干部，好说歹说，民政干部不但不理我们，反而把我们推出房门。第二天我又去了，在乡政府院里大吵大闹，说你们不给我发低保，我和老汉今天就死在这院子里。乡上书记知道了，把民政干部叫到房子里，也不知道说了什么。到了第二年元月，我们两口子才领到了低保。司机在一旁插了一段话说：现在的干部最害怕的是死人，死了人上边才会追究责任，不然没人管。

随着"奶奶"的叫声，一个男娃娃和一个女娃娃同时走进房子。兰凤云见了两个孙子，说：只顾说话，忘记了给娃娃做饭。忙站起身用手在案板上揉面。坐在床上的老人看到孩子，脸上也露出了笑容，㖞了的嘴巴显得更㖞了，嘴里不停地说着，两只手给孩子比画着。我端详着两个孩子，问兰凤云：女娃娃是你大儿子的，男娃娃是谁家的？兰凤云头也没抬说了一句：二女儿的。

我们看兰凤云忙着做饭，暂时停止了问话，几个人走到院子里。山里边也可能是地广人稀，一个乡政府所在地的兽医院足足能有几十亩大。我数了数，前面的两边厢房，各是十间，有半数房子门前搁着这样那样的铁炉子。我想，门前放炉子的大概都住着陪读的学生家长。院子后边是一大片场地，周围长着蓬蒿野草。时间刚到中秋，它们已经枯黄衰败，一阵秋风吹过，瑟瑟发抖。场地中间大大小小有十几个菜畦，长着西红柿、茄子、白菜、辣椒、土豆等，也已蔓枯叶蔫，稀稀拉拉的果实无精打采地挂着，真是"塞下秋来风景异，衡阳雁去无留意"。场子后边紧靠着一座山，高高的山头压得院子显得阴森森的。我心里犯起了嘀咕：为什么乡镇一级政府说分就分，说合就合。只要上边一纸文件，撤与并易如反掌。多少房子废弃了，多少土地荒芜了，这到底是什么原因造成的？在家里我们也常常讨论这些话题，你有你的说法，他有他的看法，褒贬不一。最后只能把问题集中在制定政策者的身上，他们不下基层调查研究，只是坐在办公室纸上谈兵，闭门造车。

我们在院子里待了不到十分钟，又回到房子里。两个孩子正吃着奶奶做的面条，兰凤云和丈夫在旁边看着孩子吃饭狼吞虎咽的样子，脸上堆满了笑容。我问兰凤云：学校不是管娃娃的午饭，为什么还要回家吃？苏主任给我解释说：有的孩子嫌学校做的饭不合口味，象征性吃一点儿，借休息时间跑回家，挑着样样吃，有些家长担怕学生吃不好，赶开饭时到校门前给孩子送饭。我沉思片刻想起，刚才出校门时，门外站着几个老婆婆给孩子送饭，其中有一个白发苍苍的老婆婆拄着拐杖，衣衫破旧，身边站着两个大小差不多的小孩子，贪婪地吃着饭，奶奶和孙子显得亲密无间，浓浓的亲情感人至深。我记得一个朋友曾经告诉我，他老伴在西安到学校接送孙子，孙子给奶奶有明文规定，只准到离学校百米以外的地方接送，一是奶奶穿着像农村人，土里土气，二是奶奶不会说普通话，怕被同学笑话。同样是奶奶和孙子，可惜一个在城市，一个在山区，亲情差异却如此之大，发人深省。

兰凤云看着两个孩子吃完饭，送出门，进屋后给我说：我们两个孙子都爱吃面条。人常说，小锅面条大锅粥，娃娃总觉得学校做的饭不好吃，有时娃娃跑回家，有时我给娃娃送到学校门口，管孩子真不容易啊！早上六点起床，看着娃娃吃完早点，赶七点送到学校，晚上六点把娃娃接回来，真是早上黑乎乎，中午热乎乎，晚上麻乎乎。我问为什么说中午是热乎乎？兰凤云说：山里夏天的太阳火辣辣的，照在人身上，能晒脱一层皮，天再热，家长也得给孩子送饭呀，所以说中午是热乎乎。我笑了笑说：你们陪读时间久了，总结出好多经典语言。

我想起兰凤云说刚才吃饭的男孩子是二女儿的娃娃，我问她：你说嫁出去的女儿是泼在地上的水，为什么又管起女儿的娃娃？兰凤云不说话了，坐在床上的病人也低下了头。我心想，兰凤云肯定有伤心的事。孙俞看到兰凤云不情愿说话的样子，对我说：采访就到此吧，咱们还要到另外两家采访哩。我多年采访养成了打破砂锅纹（问）到底的习惯，即使被采访的人有着最痛心的经历，我也想法把它挖出来。我对兰凤云说：不要难过，有啥事尽管说。停了好一会儿，兰凤云张开口，刚说了"二女儿"三个字，就泣不成声了，她丈夫也在一旁抽泣着，最终再没说出一句话……

我们只得告辞了。兰凤云含着眼泪把我们送到大门口，拉着我的手说：你要给我们陪娃娃读书的爷爷和奶奶说句话呀！爷爷和奶奶管孩子吃苦受累是分内的事，只是孙子难管啊，深不得浅不得，娃娃学坏了，走上歪路，都怪我们这些爷爷奶奶不会管娃娃。想起我的大孙子心里就难受，我对不起大儿子和大媳妇呀！

我无话可说，从兰凤云两只冰冷的手中抽出我冰冷的手，坐到车上走了。兰凤云谈到二女儿伤心的情景不停地在我脑海里翻腾着，一个接一个的假设都被我"但愿不是如此"推翻了。为了中断思绪，我顺口朗诵起《老翁泪》

一诗的最后两句"人老气将短,隔辈无良方"。

贾天顺说:为什么碰死的不是我……

放暑假了,应我之邀,老同学雷致民和我到东阳庄采访尚爱玲老人陪孙女上学的故事。到了东阳庄,尚爱玲家的大门同样吊着一把大铁锁。想打听主人去了哪儿,巷道里静悄悄没有一个人,大半数人家的大门和尚爱玲家一样锁门谢客。好不容易看见巷头有一个老汉背着一小捆干树枝,吃力地一步一步走过来。我赶上前去接连问了两次,老汉竖起耳朵没有回答,似乎没有听见我的话。我只能指着尚爱玲家的大门大声问:这家主人干什么去了?老人这才慢慢地说:在县城里管娃哩。我接着大声问:你今年多大岁数了?老汉说:六十八,不行了!说完背着干树枝继续往前走去。老同学雷致民对我说:比你还小四岁,看着比你能大二十岁,从你们两个人的身上,也可以看出城乡的差别有多么大。我没说话,心里埋怨老同学为什么不提前打听人在不在家,让人白跑了一趟。他看我不高兴的样子,抱歉地说:放暑假了,我就以为人在家,谁知碰了个钉子,你说怎么办?我不假思索地说:到县城找尚爱玲老人。老同学笑了笑说:再不要说老人两个字,她比你还小好几岁哩。坐到车上,我给雷致民讲起过去采访中遇到的一个小故事。

前年正月十五,我和县美协主席李大龙到万年河村采访。万年河村地处金水河畔,过去有二百户人家,金水河从武帝山后边汉武帝的放马沟流出,流入黄河,灌溉着金水沟将近二百里的川道。川道里不管种什么庄稼,都长得绿油油的,即使低标准时期,家家也有余粮。那时城里边好多女孩子争着抢着往这沟沟里嫁。20世纪70年代初,万年河是全县有名的"大寨村"。曾几何时,沟里的人们陆陆续续迁移到塬上。青年人都出去打工了,只有一部分老人不愿意离开祖祖辈辈居住的窑洞和耕种过的良田沃土。我采访的目的,就是想看看这些守护着故土的老人们,听听他们的想法和愿望。一个老太婆摸着我的头说:好娃哩,我生在这沟沟里,长在这沟沟里,死也要死在这沟沟里。当问到老人的年龄,比我还小六七岁。老同学笑了,我也笑了,司机笑得挤出了眼泪。

车行驶了不到半个钟头进了县城,老同学领着我到车家巷一个大杂院。这个大杂院租住着四十多户人家,有打工的,有做生意的,大部分是陪孩子上学的,也住着一些无所事事的女人。雷致民和尚爱玲是邻村,邻畔种地,拉庄稼送粪同走一条路,低头不见抬头见,谁认不得谁!没费多大工夫就找到了尚爱玲,尚爱玲正在蜂窝煤炉子上煮稀饭。看到雷致民她吃惊地问:什么风把你吹到这儿来了?雷致民笑了笑说:到房子里再说。尚爱玲把我俩让进房子说:你们先坐下,稀饭就要熬好了,没人管就煳了,说着又匆匆走出房门。我习惯性地打量着这十二三平方米的小房子,和一般陪孩子读书的房子几乎没有什么两样。一张双人床靠墙摆着,房子里放着几样家具和日用品,窗前摆着一张破旧的条桌,一个十来岁的小女孩趴在桌子上做作业,埋着头没有理会我们。这个大杂院的主人我认识,是我小学同学。一个大院子盖满了高高低低的房子,除过自己住着坐北向南一间宽敞的大房子外,其余的全部隔成十几平方米的火柴盒,租给乡下进城陪读的和打工的,全年房租收入七八万元。前几天在南街还碰见了他,他见面就诉苦说:租房生意不好做了,过去客人早晨搬走了,中午就有人搬进来,现在不行了,六十多间房子,有十几间房子空着。我不理解地说:进城陪孩子读书的人越来越多,打工的人也越来越多,你的房子为什么能空着?你的毛病我知道,往往乘人之危,小房子要大价钱,现在没人租住了,这就叫搬起石头砸自己的脚,活该!他看着我笑了笑说:亏你还一天到处跑着采访,你知道不知道,新建的三中和三小都在县城最南边,陪学生读书的家长谁愿舍近求远?都跑到县城南边几个村子租房子去了。我故意兴灾乐祸地说:世上的万物总在变化,你总不能老想坐在那儿,靠着收房租享清福。我正想着,尚爱玲走进来了,顺手给我们倒了两杯开水。说实在话,我也渴了,毫不谦让端起杯子咕咚咕咚喝了个精光,尚爱玲笑了笑又给我加满水。雷致民给尚爱玲介绍了我的身份,并说明来意。尚爱玲看了我一眼,显得一脸不高兴,埋怨雷致民说:事情已经过去几年了,再不要提了。雷致民有点儿讨好地对尚爱玲说:我这个老同学不知道中了哪门子邪,不好好做生意,不享他的清福,十多年来尽往农村跑,老是盯住农民供孩子念书的事不放。几次约我找你,我都没答应,骂他狗咬老鼠多管闲事。他也听说过你家里发生的那件事,他感到很痛心,这两年他又是调查什么撤校呀、陪读呀,关他什么事?真是自不量力。跑到我家不容分说硬把我拉来。尚爱玲瞅了雷致民一眼说:你的性格我还不知道,腿长嘴长,猪八戒倒打一耙,还怨人家。看来雷致民和尚爱玲不但认识,而且很熟悉,雷致民用反打正着的激将法,尚爱玲终于开了口。她刚要说什么又止住话头,对孙女说:你到大门外玩一会儿。女孩子巴不得奶奶这句话,高兴地跑出了房门。尚爱玲又走到房门口,再三叮咛:不要远跑,免得奶奶操心。

看着孩子走远了,尚爱玲才转身说:我家和雷老师家相距三里地,说起来两家还是远房亲戚。我老汉叫贾天顺,

若在世今年六十八了。我有一个男娃、一个女娃。女子大，已经四十多岁了，到西安给自己的儿子管孩子去了，女婿在家种地。儿子也早成了家，有一个男孩和一个女孩，两口子长年在外打工。孙子都是我照管，大孙子上初中一年级时，乡上的中学撤了，并到县城二中。县二中的学生大部分是农村转来的，学校有住宿，有学生灶。我老汉却说二中教学质量差，一中的教学质量好，每年中考一中都是全县第一，学生升高中的比例有百分之六七十以上。便不顾儿子和媳妇的反对，想尽办法找熟人，把孩子转到县一中。一中的学生家庭大都在城里，不设学生灶，也没有学生宿舍。老汉心里自有主张，让我在家里照顾小孙女，他到县城陪孙子读书。我说：你走了谁种地哩？老汉毫不在乎地说：女人家头发长见识短，孩子念书重要还是那几亩烂地重要！咱两个孩子不要说上大学，连高中的门都没进过。你看咱女儿两口子当年吃尽了苦头，她儿子大学毕业了，现在在省城工作，女儿跟着到城里享清福了。我笑了笑说：享狗屁福，那是把她妈叫到城里当保姆，给他们做饭管孩子！老汉定了的事谁也改变不了，没过几天，他亲自跑到县城里租了一间房子，拿着锅锅灶灶，住在城里，照顾孙子上学。老汉为了回家方便，专门买了一辆电动车，每到星期六一个人回到家，让我给孙子不是做油饼就是摊煎饼，赶天黑又回到住的地方。虽然说老汉年龄已经六十过半，但身体还硬朗，除过给孩子做饭外，有空就到劳务市场找钟点工干。儿子在电话里再三叮咛，他们两个人在外打工挣的钱也能管得起孩子，父亲年纪大了，不要太劳累。老汉那个倔脾气，谁说都不听。还在电话中骂儿子说：为你累了几十年，到头来还不是个穷打工的，为我孙子累，那可不一样，孙子上了大学，累死我也值得。为了让孙子多学些知识，星期六、

星期天给孙子还请了家教。孙子平时学习刻苦,团结同学,也听大人的话,老汉回到村上或者在街上碰见熟人,总是故意引着话题夸孙子学习如何如何好、待人如何如何有礼貌、将来如何如何有出息。出事的那一年,孙子在全县数学竞赛中夺了第二名,老汉高兴得几夜没有睡着觉。

　　农历三月十八是老汉的生日。六十岁那年,儿女们要为父亲过六十大寿,他死活都不肯,说我一个不识字的老农民过什么生日,全家人平平安安就行了,把过生日的钱花在孩子的学习上,你们就给我尽了大孝。生日那天只吃了两个荷包蛋,算打发了。孙子数学得了奖,老汉突然提出要给他过生日,当时我想这老东西是抽什么风,也没多想,过就过吧。生日的前五六天他就通知了所有亲戚及乡邻。三月十八适逢星期天,老汉星期五下午带着孙子回到家,自个儿忙了一天两夜,一切准备得停停当当,大门口还贴了红对联。雷致民打断尚爱玲的话说:对联是我撰的,上联是逢良辰喜庆孙儿获大奖;下联是待宾客同祝农院迎瑞祥。我笑着说:你是撰爷爷的生日联还是撰孙子的获奖联?雷致民辩解说:我是按照孙子的爷爷的意思编撰的。尚爱玲擦了擦眼睛说:那天亲戚朋友坐了十几桌,大家纷纷议论,这个铁公鸡,平时一毛不拔,今天是发了什么财,想起过生日,真是太阳从西边出来了。老汉名义上说是给他过生日,实际上是为了在亲友面前炫耀孙子数学竞赛得了奖。吃饭时非要让孙子坐在他身边,左右不离,借题夸耀孙子,当天晚上还放了一场电影。从来不喝酒的他,那天喝得酩酊大醉,直到第二天早晨才醒来。自那天起,老汉更爱孙子了,把孙子照顾得更周到了。

　　雷致民截住尚爱玲的话头对我说:爱玲的丈夫贾天顺是我的远房表侄,爱孙子爱得简直发了疯,孙子要什么买

什么，花了将近两千元买了一台电冰箱，专门为孩子放食品。自己一分钱也舍不得花，他穿的衣服，都是儿子退下来的旧衣服，长的长，短的短，有时穿着黄颜色的，有时穿着绿颜色的。有一天，我在街上碰见他穿着一件不合体的红T恤。我打趣地说：你简直是老来俏。他说：都是儿子穿剩下的，管他好看不好看，人老了，只要不露出肉就行了，谁爱说啥让他说吧。我说：你两个娃在外打工，每月给你寄的钱也不少，你穿衣服也应该注意形象。他笑了笑说：现在还管什么形象不形象的，孙子将来大学毕业了，干了大事，到那时我穿上孙子给我买的好衣服，让我的形象更形象起来，给孙子脸上搽粉增光！尚爱玲接着说：老汉不管是和家里人说话还是和村上人说话，十句话有九句不离孙子。我说：你好像几辈子没见过孙子。老汉听了我的话，噎得好一阵子说不出话来。我猛然觉得失口了。老汉的爷爷和奶奶一辈子没有儿子，只有一个女儿。奶奶想给女儿招个女婿，爷爷不同意，说再好的上门女婿都不如从小抓养大的蛮儿子，后来还是把女儿嫁了。民国初年，河南发生大旱，他爷爷用一斗麦换来一对逃难夫妇的孩子，也就是我后来的公公。到了公公一代也是单传，只有老汉一个儿子。我嫁到他家，生了一男一女，老汉常常半夜坐在炕上，披着衣服，对我炫耀说：咱们家的香火会一代一代兴旺起来。我常常埋怨他过于溺爱孙子，怕把娃惯坏了。老汉自豪地说：有些娃不识惯，咱孙子和别的娃不一样。夏天，坐在院子里乘凉，天上的月亮照在爷爷和孙子的身上，孙子围着爷爷一边转，一边背诵唐诗。一会儿是什么"床前明月光"，一会儿是什么"报得三春晖"，转到得意处还握着小拳头在老汉面前挥舞着说：爷爷奶奶，长大后我一定孝顺你们。说得老汉翘起长着一撮小胡子的下巴，笑得前仰后合。说到这儿尚爱玲低下头再不说话了。

过了好一会儿,雷致民等不到尚爱玲开口,只得接着说:当时爱玲的孙女在邻村一家私人办的幼儿园上学,校车早晨接晚上送,她在家照料家务,有空到地里干些农活。后季孙女也要进城上小学了,为了减轻儿女的负担,不管天顺同意不同意,她种了三亩西瓜,除了照顾孙女,整天都在三亩瓜地里忙活着。过了六十岁的女人,腿硬得弯不下去,干活时坐在小凳子上,一边挪着凳子,一边干地里的活,半晌活干下来,腰和腿疼得站不起来。天顺埋怨爱玲说:我早都说过,地里的庄稼比起孙子上学的事,不是芝麻与西瓜相比,是芝麻与碌碡比大小,你偏偏不听我的话,自找苦吃。不过天顺又想,也不能怪老伴,后季孙女进了城,两个人都得搬进城里陪孩子,四个人的支出不是个小数目,儿子和媳妇那点儿打工钱也不够吧。几十年的夫妻了,天顺怎能不心疼自己的老伴?人常说,少年夫妻老来伴。地里的活忙了,他利用星期六赶回家,到地里帮着老伴干活,干完活连夜又赶回到县城陪孙子。星期天早晨骑着电动车顾不上回家,直接到地里,干上一大晌活,下午四点前赶回县城。每次回家给孙子留足钱,让孙子在街上买着吃。西瓜要压蔓了,贾天顺趁星期六又要回家帮老伴干活,临走时,孙子拉着爷爷的手说:爷爷,我想见奶奶。天顺想了想,老伴好长时间没见孙子了,昨晚老伴在电话中再三叮咛,把孙子领回家,摊酿皮子给爷孙俩吃。他二话没说,带着孙子回家了。天顺那天显得特别高兴,一路上和孙子说着话,想到老伴见了孙子,肯定高兴得不得了。想着想着,骑车的速度加快了,当骑到离自己的家四五里路的一个岔路口,突然从岔路东边冒出一辆拉砖的四轮车,天顺吓了一跳,紧躲慢躲,还是被四轮车碰倒了……

雷致民说到这里，不再往下说了，尚爱玲已经泣不成声，不停埋怨着自己：我要是不种瓜，哪会发生这么大的乱子，是我害了孙子啊……

我只觉得一阵阵寒意涌来，浑身发冷，拿笔的手微微发抖，鼻尖沁出了冷汗，我不想再听下去。事情的悲惨结局我已听说过，但我又希望不是真的，一个花季少年骤然殒命于一场车祸，这对他的亲人是多大的打击啊！这是世上所有的人都难以接受的事情。现实终究是现实，人们又不得不接受这残酷的现实。

尚爱玲哭了好大一会儿，断断续续地说：老汉醒来发现自己躺在病床上，我和孙女站在病床前，拉住我的手忙问，咱们孙子呢？没事吧？我忍不住放声痛哭了，他看见我伤心的样子，挣扎着下了床，狠劲地摇着我问：孙儿到底怎么样？孙儿到底怎么样？我说不出话来，哭声更大了。孙女也在一旁大声哭叫着：我要哥哥！我要哥哥！医院的护士听见病房的哭声，走进来，扶着老汉说：你只是一点儿皮肉伤，几天就会好。你的孙子走了，节哀吧。老汉"哇"的一声吐出一口鲜血，昏死在地上。尚爱玲用手拍着双腿，号叫起来，我的孙子就这样不明不白地走了，怪我这个死老婆啊，为什么不把我死了。她几次想止住哭声非但没有止住，反而越来越大。我和雷致民面对面，眼瞪眼坐着，我看着他的两眼潮湿了，他看着我的两眼落泪了，谁也不说话。雷致民擦掉眼泪示意我，让我不要再问了，我也觉得不能再问下去了。说实话，我后悔来这里，我不是采访，是拿着剪刀一片一片剪着尚爱玲那颗痛透了的心。几次想走，又不忍心，向来对话如流的我，今天找不出任何一句安慰的话语，只能泪巴巴看着怨天怨地怨自己的尚爱玲。

好在过了一阵子，尚爱玲努力克制住自己的情绪，又慢慢说起后事,神情显得沉重、忧虑,语言显得伤感、哀痛,声音低得几乎让人听不见。

孙儿的小尸体被抬上救护车,准备送回家,医生不让老汉出院,说他的伤还没有好。老汉不顾一切像疯了一样爬上救护车抱着孙子,一路哭叫着孙儿的名字。我坐在救护车上怨天恨地哭着,孙女趴在哥哥的身上不断摇着哥哥的尸体,喊叫着:哥哥,哥哥!医生哭了,护士哭了,司机也哭了,周围的人都哭了。回到家里,老汉和我守在孙儿尸体两旁哭着叫着。村上的人来了,亲戚全赶来了,院里院外哭成一片。整整一个晚上,家里拥满了人,一会儿抢救老汉,一会儿抢救我。好不容易挨到天明,亲戚安慰我说:再哭也把娃哭不活,安排娃的后事吧。几个人搀扶着我,走到儿子的房子里,给孙子寻找新衣服。过了大约一个小时,我发现老汉不见了,当时还以为去了厕所,没有在意。女儿和女婿带着他们的儿子儿媳从省城赶回家,围着孙儿的尸体又是一阵大哭。我女儿突然问:咋不见我爸哩?我猛然想起老汉昨晚边哭边喊着:老天爷也不睁眼,为什么把我不碰死哩?我咋给儿子和媳妇交代呢?不如我死了好。我心里有一种不祥的感觉,全家人在家里找来找去,就是找不见老汉。村上人分了两三路,到村里村外找,还是找不见人。儿子和媳妇赶回来了,忍着失子的巨大悲痛到处找他爸爸,一直找到天明,才在村东的"教育沟"找到人,我老汉吊死在了沟里的一棵柿子树上。

尚爱玲的孙女慢腾腾走进屋子,小脸蛋上挂着泪珠!看来已在外面听了多时。她不言不语走到桌子前,从抽屉取出一沓奖状递给奶奶说:这是我哥哥得的奖状。说完猛地趴在奶奶怀里哭了,尚爱玲紧紧搂着孙女也哭了。我和雷致民再不忍心待下去,站起来歉意地向婆孙俩点了点头,一句话也没说，走出了门。

我和雷致民坐在车上，我靠着背椅，闭着双眼，一句话也不说。司机几次问，现在到哪里去，我摇摇头，还是不说话。司机以为我心里想着什么，不便再问。我脑子里一片空白，悲痛充满了我的身心。我突然说：吊死人的地方为什么叫教育沟？我连问了两次，雷致民似乎才缓过气来说：过去这个沟岔长满了柿子树，人们习惯叫柿子沟。"文化大革命"时期，公社中学的师生勤工俭学，在沟里开荒种蓖麻，将柿子沟改名教育沟。尚爱玲老汉吊死的那棵柿子树上曾经吊死过三个人，一个是公社中学的教师，对学生不上课、天天参加劳动说了几句不满意的话，被群众组织定为现行反革命，因受不了车轮式的批斗，上吊自杀了。十年前，邻村一个女大学生，毕业后两年找不到工作，好不容易应聘到一家私企上班，不到半年工夫，那家私企倒闭了，她又失业了，后来患了抑郁症。一天中午独自一人跑到教育沟，挂在那棵柿子树上，幸亏被一个放羊的救下了。第三个就是尚爱玲的老汉……

我不想听了，对司机挥挥手说，送雷致民。谁知雷致民又说了一句话：孙儿走了，爷爷陪着孙儿走了，没过几个月孙女走进县城读书，奶奶照样进城陪孙女读书。

黄土改说：我的家不是个家啊，没法给人说

武帝山下有一个小镇，镇子虽然不是怎么大，却很古老。传说魏徵的后代流落此地，繁衍生息至今一千多年，因此镇上的人家几乎都姓魏。前几年本镇魏家续谱，第一代祖先就是魏郑国公。这个镇子地处四县交界，又是出山进山必经之路。每逢三六九大集之日，商客云集，熙熙攘

攘，热闹非凡。可惜这热闹景象已经是十几年前的事了。如今逢集之日，起会比过去起得迟，收会又比过去收得早，即使是中午的会心心，二里长的一条街道上也是各走各的道，各办各的事，很少有肩撞肩、物碰物之事发生，更听不到母亲寻找儿子，女儿寻找父亲的吆喝声。赶集的人大多数是衣着颜色单调的老年人，也有人穿着红绿黄花格子鲜艳的衣服，走近一看，不是满脸沟壑，就是驼着背弓着腰，走起路走一步歇半步。南来北往的人碰不上面，就半途而返。

我平常有个嗜好，腊月爱到乡镇赶大集，特别是腊月初八一过，农村乡镇大集又恢复了昔日的繁华。十里乡俗九不同，看看当地年货的特色，坐到地摊上吃一两样当地小吃，顺便拉拉家常，拍几张生活在最底层人群的生活照。有时，还能买到农民自己地里生长的土特产，不但分量足，而且是绿色食品。要说赶集，我首选武帝山下的小镇子，从南到北长长的一条街道上，拥满了五光十色的人群，堆满了琳琅满目的货物，小贩吆喝着南腔北调的叫卖声，赶集的人骑坐着各式各样的交通工具。街头上偶尔还会看见两三个骑驴背捎马的，扎一根小辫穿着对襟花棉袄的……眼前的壮观景象汇成了一条土洋杂烩的大洪流，方向交错地滚动着。我置身于沸沸扬扬的大杂烩中，洋时代贪婪与堕落的激流在我身边不断涌过，吊着我的胃口，涂抹着我的肌肤。我伸开双臂，拼命拨开迎面扑来的恶浪和漩涡，寻找着漩涡下最坚硬的底层石。

我终于在一个老得掉了牙的土堡子停下来，看见衣着臃肿而破旧的一个老头坐在街道最末梢的一个小巷口钉鞋、修拉链。从坐着的姿势看，他仿佛驼背好多年了，头发虬成一个大雪鞋子，紧紧扣在干瘦的小头上，任凭腊月的山风吹过，一丝不动。我不知趣地坐在他身边，故意套近乎，

让他给我修挎包上的拉链。谈话中，我知道他叫黄土改，家住黄龙山白石坳，离镇子有四十里路，职业是住在镇子上陪孙子上学，兼职逢集日到街上摆摊子钉鞋修拉链，平常有空捡垃圾。挣来的钱不但要维持他和孙子的日常生活费用，还要负担家里两个病人的吃药打针，可谓是朽木当作大梁用。当我问起黄土改家里有几个孙子时，他不由得老泪纵横，停住了手里的活，用干瘪的手背抹着眼睛说：老同志啊！我的家不是个家，没法给人说呀……我沉默了一会儿，还想继续问下去，一个老婆婆拿着一双毡窝窝对黄土改说：我的毡窝窝已经穿了十几年，鞋底破了，鞋帮还好着呢，你仔细看看，想办法把破了的地方补住，还能穿几年。恰好我挎包上的拉链也修好了，为了不耽误黄土改的生意，我只得知趣地告辞了。

　　古历二月二龙抬头是古镇子传统的古会，我又跑到镇子上找黄土改。从南到北找遍了街道上的每一个角落，也不见黄土改的人影。多方打听，才知道他家里出了事，七八天前回家去了，孙子寄宿在学校。我很无奈而怅惘，自言自语说：他不是个家的家又出了什么事？没办法，只得坐车返回县城。

　　黄土改的一句"我没办法给人说呀"时时牵绕着我的心，我决定"三顾茅庐"。六月的一个星期六，我坐车赶往黄龙山白石坳寻找黄土改。了解这位老汉有什么难言之隐，看看他的不是个家的家到底是怎样的一个家。

　　这条山路对我来说是熟路，沿路好多村子的人是熟人，车行驶不到四十分钟就进山了。到了金水河西岸的河西寨村，我让车停下来。这个小山村地处黄龙山口，是新中国成立前四个县地下党的"联络交通站"所在地。我首次采访这个村子是2003年，那倒塌的破旧窑洞，破旧的柴门和家家寒酸败落的景象让我触目惊心。村里的农民鸡鸣起舞,狗吠关门,三百六十五天劳作在贫瘠的山地上,仍然被贫穷困扰着。但这个仅仅百十户人家的小山村,却供出了十几个大学生。只要有孩子上学的家庭,所有的父母亲尽管身上背负着大山一样沉重的学杂费,布满道道皱纹的脸上却呈现出兴奋的表情,茫然的双眼深处射出一股强烈的希望之光——即使挣死,也要供儿女上大学!现在村庄的旧面貌彻底改变了,过去的旧窑洞变成了崭新的水泥平板房,破旧的柴门变成了统一的红油漆铁大门,破旧的学校已被拆除,盖起了崭新的村委会和群众文化活动中心。所有的破旧已被当作垃圾填在沟岔里。看着当今的新农村,我沉浸在新旧对比的回忆中,心里不由得发出了感叹,今非昔比啊!我随步走在焕然一新的巷道里,想寻找当年采访过的几户人家,可惜千篇一律的门头让我无法辨认。想找人打问,巷道里空荡荡的,没碰见一个人,大部分家庭的大门挂着锁。从巷道往南望去,地里边也看不到几个劳动者的身影。村头一千七百年树龄的木瓜树,浓密的树荫下早已失去昔日热闹的景象,一半树身倒在地上枯死了,另一半树身孤独地向金水河默默地诉说着。我兴奋的情绪一扫而光,另一种莫名的伤感、迷惘涌上心头。我站在金水河畔,望着潺潺向南流去的金水河,深思着……司机似乎等得不耐烦了,催我说:党老师,不早了,还有三十里路,赶紧走吧。我不情愿但又不得不坐上车往白石坳驶去。

河西寨东边是长满翠柏的武帝山,像金戈铁马的汉武帝,傲立山头,雄视着茫茫九派大地;西边是青龙和黑龙曾经交过战的红石崖。清澈的金水河发源于武帝山后边汉武帝当年的放马沟。水渠两边垂柳摇摆,散发出清香,树枝上各种鸟儿鸣叫,演奏着百鸟朝凤的唢呐曲。六月的山坡上各种树木相互竞长,争芳斗艳的野山花各显其彩,晨雾笼罩着远处的山头,像披了一层薄纱,山间的新鲜空气好像被过滤了一番,沁人心肺。记不起我在哪一篇文章中曾经说过,风景越秀丽的地方越是贫穷,一旦贫穷转换为富有,秀丽的风景也随之而污染。对车窗外的山景我漠不关心,丝毫没有心思去欣赏,脑海里不断地打着一个又一个问号:过去高低不平的羊肠小道变成了平坦的水泥路面,过去破旧的小村落变成了宽敞整洁的巷道,阔气漂亮的村委会、让人羡慕的群众文化活动中心、崭新的水泥板平房,所有这些惠民工程都是为谁铺的、为谁建的?整个村落静悄悄的,屋顶冒起的炊烟少得可怜。再也看不到山地里农民繁忙的丰收景象,再也听不到小学生琅琅的读书声,还有那耕牛的哞叫声。我想,过几年,这些人口稀少的"新农村"是否就像希望小学那样,冠以不宜人群居住而拆迁,移居到人口集中的县城和小镇?我百思不得其解,靠在座椅背上,闭着双眼,紧锁眉头。

　　车颠簸行驶在硬化了的山路上,过了几个没住几户人家的小山村,停在山路旁边一座大院门前。不用说,一看就知道是过去的小学校。学校大门挂着锁,围墙有几处已经倒塌。两排四座建成没有几年的教室整齐地排列着,在烈日的照射下像四头卧着的老黄牛在喘息。比人还要高的野蒿长得格外茂盛。要是这山里边还有野狼的话,这所校园绝对是野狼栖身的好地方。我无奈地摇摇头,钻进车里继续向前赶路。车在弯弯曲曲的山路上爬了不到三里路,再下了一面坡,就到了白石坳。村子坐北向南一排住着不到二十户人家,家家都是红砖平板房,红油漆大铁门朝南开着。村子的南边盖着阔气的村委会和文化活动中心,不算大的广场上栽着一副篮球架,还有几样健身器材。我数了数,只有四五户大门没挂锁。巷道里仅有一只白狗和一只黑狗闲悠悠地转着,看见我立即仰起头嗷嗷叫。我担心它会朝我扑过来,谁知两只狗只是叫,没有往前跨一步,可能是孤独的狗用叫声欢迎陌生的过路人,给它们寂静的村子里增添几分热闹。

我试探着走进一家院子,试着叫了一声"黄土改",随着"哎"的一声,一个老汉从后边窑洞走出,正是黄土改。我高兴地说:真巧,随便进了一家,还是碰对了。黄土改睁大浑浊的眼球瞅着我,看样子已经把我忘了。我只得走到他面前说:去年腊月二十三,你还给我修过提包上的拉链。黄土改看着我身上背的照相机,才想起说:你那天好像也是背了这个照相机。我说:对对对,你记得不错。我一边说着,一边打量着山里人黄土改的家。院子后边两孔旧窑洞是依着山崖挖的,窑顶上长着粗大茂密的酸枣树,窑面上碱化了的黄土已层层脱落,看来窑洞至少也有上百年的历史。和前边新盖的平房相比,一个像婚礼上的新娘子,一个像暮年垂老的乞丐婆。院子里零乱堆放着各种农具和杂物。我问黄土改:新房子盖好了,为什么不搬到新房子住?黄土改说:新房子是国家扶贫统一盖的,下雨时房顶漏水,还没顾得上修。我俩说话时,从窑洞先后走出了两个大人和一个十几岁的小孩。高大的壮年汉子穿着破旧的衣服,两只胳膊挂着两个拐杖,警惕地瞅着眼前的陌生人。壮汉旁边站着一个弱小的女人,脸色蜡黄,手牵着小男孩,孩子瞪着圆圆的双眼望着我。一条金黄色的小狗在主人身前不停地摇着尾巴,脖子上系着的小钢铃叮当叮当响,给整个院子增添了一丝生气。我立即用照相机拍下了这一瞬间。

我随着黄土改走进了百年的土窑洞里。窑洞里黑乎乎的,从窑顶到窑两壁可以说黑得能渗出烟油来。窑洞南面

窄小的窗户上射进来一束阳光。天气已经到了夏至，窑洞里还觉得凉森森的，这大概就是人常说窑洞冬暖夏凉的缘故吧。黄土改的窑洞和北山人住的窑洞基本没有两样，住宿做饭合二而一，各种杂物挤得满满的，特有的混合味直冲脑鼻。我是个最底层的业余作家，对这些环境看惯了、闻惯了，记得前几年和我一起下乡采访的国家级大报记者，到了这种环境待不到三分钟就想走。要是逢到冬天，我肯定会坐到热炕上，拉开几年没有拆洗过的破被子，盖在身上，和主人脸对着脸、眼对着眼、泪对着泪拉家常。我坐在土炕对面的旧凳子上，端起主人递来的一碗白开水，喝了几口，和黄土改拉起了家常。他说：

我的祖籍在河南，爷爷逃难来到黄龙山，一直住在白石坳，我是土改那年生的，父亲为了纪念穷人分到土地的大喜日子，给我起名叫土改。我有两个女儿，一个儿子。一个女儿嫁到山里边，一个女儿嫁到山外的一个小村子，老伴十年前过世了。黄土改指着坐在一旁挂着拐杖的男子和旁边站着的女人说：那是我儿子和儿媳。他摸着靠在自己怀里的小孩子的头说：这是我的孙子，在山外镇子上读书。我说：你就这一个孙子吗？黄土改没说话，看了看儿媳，停了好一会儿，才说出让我牵绕了几个月的一句话：我的家不是个家呀！随后又低下头，再不说话了。我望着眼前的一家四口人，各种面孔，各种姿态，各种表情，各种心思，让我不知道从何问起。好多次下乡采访，来时信心十足，当采访到中途，就有些悔不该来。今天仅仅是说了几句开场白就有了想走的念头。人不管在什么场合，私心杂念总会像潮虫一样，从阴暗角落里偷偷爬出来。想了想，我还是掐住了不应有的念头，耐心等待着黄土改开口。小男孩似乎觉得这样下去对客人有些不礼貌，摇了摇爷爷说：

爷爷，你说话呀，人家等着呢。黄土改这才抬起头，给我讲起这个家不是个家的家事。

我大孙子叫黄大杰，要是在家的话，今年也十九岁了。十三岁那年，孙子一个人到山外镇子上读初中，当时儿子和媳妇出门打工，我在家种着二十多亩山地，还要照管小孙子。大孙子年龄小，在外没人照管，经常逃学，和同学打架，有时到街道上偷东西。一次在商店偷钱时被主人发现，送到镇上的派出所。派出所见孩子年龄小，批评教育后通知学校领人。孩子的班主任把我叫到学校说：你的孩子在学校根本不听老师的话，逃学、打群架、偷东西，坏本事都有。你暂时领回家吧，等学校研究后再处理。

我苦苦哀求老师说：孩子的爸和妈都出外打工了，家里还有个小孙子，我家又在山里边，离学校有四十多里地，孩子要是回到家，我一个孤老头子咋管呢？老师说：有的奶奶和母亲住在镇子上陪孩子读书，你不然也让他妈回来陪孩子上学吧，有个大人在身边，也好照管。没办法，我只得领着孙子回到家。站在一旁的小孙子可能感觉到爷爷说话有点儿口干，端起一碗水递给了爷爷。黄土改喝了一口水，对我说：老同志啊，爷爷管孙子不好管啊。说得轻了，不听，打吧，不是个办法。那个小东西在家里待了不到两天，有三个和他大小差不多的孩子来到家里，说是同学，其中还有一个女娃。一起跑出了门，好几天不见回家。我想找也没处找，再说家里还有小孙子，离不开人呀！过了几天，清早我到柴房拿柴准备做早饭，进了柴房门，那个小东西在柴堆里睡着，原来小东西昨晚半夜回到家，没敢叫门，从墙上翻过来，钻到柴房里睡觉了。我气得用树枝顺手打了一下，谁知小东西瞪着双眼，握着小拳头，毫不示弱地说：到了别的同学家里，人家住的是小楼房，家里全部电器化，

要啥有啥，有的同学家里还有小车，坐上多气派。咱们家里什么也没有，穷得叮当响，同学家拉屎拉尿的地方都比咱家住的窑洞强一百倍。小东西的几句话把我噎得不知说啥才好。我几天茶不思饭不想，心里琢磨着大孙子说的几句话，自己埋怨自己没本事。家里穷，只让儿子上了几天学，半辈子守在山沟里。听说邻村有一个娃，到美国留学，还考上了什么博士，每年给他母亲寄一万多元哩。大孙子的几句话像一把刀子插进了爷爷的心里，爷爷无话可说。黄土改的几句话又引起了我的一段反思。多年来，我们报纸电视报道过不少在校学生犯罪的案例，大多数是社会贫富悬殊的巨大差异，导致出"劫富济贫"的恶果。特别是那些土豪们纵容自己的儿女到学校处处炫耀财富，挥金如土，致使有些学生幼小的心灵失去平衡，引起了不平、迷惘甚至仇恨。

小孙子双手捧起碗递给爷爷说：爷爷，不要生气，不怪你，怪哥哥。黄土改疼爱地看了小孙子一眼说：我只得给儿子和媳妇通了电话。媳妇一个人急急忙忙赶回家，也不知道寻了多少人，跑了多少腿，给人说了多少好话，小东西才进了学校门，媳妇也搬到镇上陪孩子读书。黄土改停住说话，看了儿媳妇一眼说：鹃花，下来你说吧。

黄土改说话时，儿媳妇鹃花一直靠在做饭的案板上，蜡黄的脸上没有一丝表情。现在该她说话了，她看了看自己的丈夫。丈夫点了点头，她这才转过头对我说：我在镇上租了一间房子，每天给孩子做好三顿饭。我的孩子性子野，吃软不吃硬，我只能拣着好话哄。下午放学时，怕他晚上乱跑，我提前到学校门口等着接孩子回家。鹃花只说了几句又停住了，转过头看着丈夫，好像做错了事似的。鹃花说话的语气慢腾腾的，声音小得让人几乎听不见，听口音

好像是南方人。我问鹃花:你老家在哪里?

鹃花摇了摇头说:只知道在湖北,具体什么地方我不知道。

你们两个人是怎样认识的?我问。

她说:在西安打工认识的。

你有多少岁数?我问。

四十二了。鹃花说。

我问:你两个结婚有多少年了?

鹃花的丈夫替鹃花说:二十年了。

我心里盘算着,算年龄两人结婚时鹃花已经二十二岁了,为什么记不清自己老家的具体地址呢?是不是其中还有隐情,我也不好意思问。我看着鹃花,期待着她说孩子上学的事。

鹃花蜡黄的脸搐动了一下,又慢慢地说:孩子上初中二年级时,一切都顺顺当当。到了初三,学生要在学校上晚自习,晚上九时才放学,我只能等到孩子放学一起回家。人常说,老天爷总是偏心眼,富人福连福,穷人难接难。刚入冬,我就感冒了,半个月躺在床上起不来,吃药打针不顶用,每天还得挣扎着给孩子做好三顿饭。谁知事情就出在这几天。我病在炕上的前八九天,孩子照常回家吃饭、回家睡觉,后来接连两天白天吃饭不见人,晚上放学也不回家。我病得出不了门,只好求房主到学校问老师。老师说两天都不见孩子到学校。我这才慌了,忙给公公打电话。黄土改接住媳妇的话说:媳妇在电话里说了大孙子的情况,我好不容易等到天明,领着小孙子赶到镇子上,把娃放到他妈那里,便到处寻找大孙子,学校也派人找,找了三天,不见人影。到了第四天,派出所通知我到县公安局……停了好一会儿,黄土改懊丧地说:小东西和几个孩子合伙犯

了绑架罪。黄土改一句话让我想起了一件事，我忙问：你的大孙子是不是叫黄大杰？黄土改生气地说：就是那个不成器的小东西。

这个绑架案我听监狱管理所的老所长给我介绍过案件经过，是四个未成年人作的案，有三个是辍学游荡于社会的少年，一个是在校学生，也就是黄大杰。四个少年在县城北街一家游戏厅打游戏，认识了一个上小学六年级的学生，听这个学生说，他父亲是一家房地产公司的老板，家里很有钱。四个孩子当时起了歹意，把小学生诱骗到离县城五六里的一个废砖瓦窑，模仿电视上的镜头，把小学生捆绑起来，逼着小学生说出父亲的电话号码，其中一个大一点儿的孩子在电话中告诉小学生的父亲，赶快拿一万元赎人，不然撕票！小学生的父亲立即报了警，警察没费多大工夫，赶到废砖瓦窑将四个绑架者全部抓获，解救了人质。四个少年因犯绑架罪都被判了刑。

我从揪心的回忆中走出来，看着土窑洞里的一家四口人：黄土改垂头丧气坐在炕沿上；儿子坐在凳子上唉声叹气，一只手拿着拐杖在地上不停地敲着；鹃花蜡黄的脸上流着两行泪，嘴里边小声说：我对不起孩子，我对不起孩子的爸爸，我把孩子没管好⋯⋯小孙子看了看妈妈和爸爸，又看了看我，再一次端着一碗水递给爷爷说：爷爷，不要难过，我一定好好学习，当个好学生。黄土改搂住小孙子，忍不住放声痛哭了。

黄土改好不容易止住了哭声说：大孙子出了事，他爸爸闻讯连夜赶回来。祸不单行，回家的路上一不小心掉在沟岔里，把腿摔坏了。儿子的性子急，在炕上躺了不到一个月，就拄着拐杖下地干活，结果一条腿落下残疾，干不了重活。我顺便看了鹃花的丈夫一眼，他浓眉竖起，黄褐色的方脸绷得紧紧的，嘴里不断地长吁短叹，使劲用拐杖把地面敲得"砰砰"响。

　　黄土改继续说：小孙子要上学了，村上的学校已经撤了几年，孩子只能到山外镇子上学。小孙子一直是我带大的，陪孙子到镇子上读书的担子自然落在我的头上。说心里话，我真不愿意离开这个破家，儿子是残疾，媳妇是个女人家，身体又不好，在家还要照应她丈夫，二十几亩山地谁来耕种？转念一想，二十几亩山地重要还是孙子重要？我和儿子、媳妇三个人都没有指望了，非要老死在这穷山沟里，小孙子是我黄家唯一的希望，一定要供养小孙子读书，学到知识，才能走出大山。到了镇子上，我和所有陪孩子读书的人一样，按时做好三顿饭，早送晚接，雷打不动。在镇子陪孩子读书的不是奶奶就是母亲，爷爷陪读的好像只有我一个人。我晚上睡在炕上，常常想，我和孙子在镇上每月的花销也不少。儿子不打工了，靠山地那一点儿薄收入根本维持不了全家人的生计。想来想去，还是把我十多年前在县城钉鞋修拉链的本领拿出来，在镇子街道上摆了个摊。小镇子不是县城，三六九还有些赶集的人，平常街道上冷冷清清。后来房主给我出了一个注意，逢集钉鞋修拉链，平时捡垃圾，这倒是一举两得的事，只是有些累。黄土改突然拉大了嗓门说：累就累，苦就苦，农民不受苦不受累，谁受苦受累？何况我是为供孙子上学读书受苦受累，苦得应该，累得值得！黄土改说到这儿眼里涌出了泪花，满是沟壑的老脸上裂成一条条皮缝。小孙子走到爷爷面前双手递上了一碗水。

　　看得出来，黄土改的小孙子从我进窑洞到现在显得非常爱爷爷，举止文雅，有礼貌，也懂事。黄土改心里充满了对小孙子的希望，小孙子就是他精神的全部寄托。

我沉重的心情也随着黄土改的表情有所好转,谁知他又沉下脸对我说:我常给人说,家越穷事越多。今年收了寒假,我到镇子没有几天,家里又出了事。儿子到地里挖柴时,一不小心摔到崖下,另一条腿摔断了,一根拐杖拄成了两根。媳妇又得了大病,我只得回到家。

黄土改的一句话把我的心提到了喉咙眼,我看着鹃花蜡黄的脸,忙问:你得的什么病?

鹃花说:白血病。

什么病?我有些不相信自己的耳朵,身子神经质地往前倾了一下。

鹃花重复了一遍:医生说是白血病。

不知道黄土改和他儿子当时听了这话感觉如何,我这时的精神到了将近崩溃的边缘。

鹃花主动说起了她的病情:陪大儿子读书时,我就经常感冒,感冒了又急忙过不去。当时也不在意,一天到晚,身子觉得乏倦无力,一点儿力气都没有,想到省上的大医院看,又没钱。

我急不可待地说:农民看病住院的医疗费国家报销啊。

鹃花说:我没有户口,公家不给办合作医疗。

你结婚二十多年了,怎么连户口都没有报上?我紧接着问。

办户口的人说,要老家的证明信才能报,我又记不起老家的地址。

我想接着问下去,想了想还是忍住了。只能问了一句:哪里的医生说你得的病是白血病?

今年开春到县医院检查化验,医生告诉我的。鹃花毫无表情地说。

你打算怎么办？病总得看呀！说这句话时，我希望医生对鹃花的诊断是误诊。

鹃花叹了一口气说：只能等死。

我又闭上双眼，摇了摇头，心里反复品味着"只能等死"四个字。在国家大力普及农村合作医疗的今天，农村还有人说"只能等死"，实在让人不可思议，太寒心了。

黄土改看我一脸愠怒的样子，有点儿怪怨地看了媳妇一眼说：不怪公家，只怪自己忘了老家的地址，开不到证明。有人给我说了一个单方，獾肉可以治白血病，我已经买了两只了。

我问鹃花说：你吃了獾肉以后感觉到怎么样？

鹃花苦笑了笑说：时间短，还没有什么感觉。

黄土改打断了我们的对话说：我回到家，小孙子只能寄读在学校，快要考试了，明天我准备和孙子一起到镇上，陪到试考完再回来。不管也不行，孙子年龄小，有时买饭，钱都会被一些大学生要走。唉，孩子念书的事是天大的事啊！

我望着土窑顶裂着的道道土缝，好像无数巨型土块压在我的头顶上，压得我喘不过气来，我没说话，起身告辞了。黄土改全家人把我送到大门外，他似乎还有话要对我说，几次张开口始终没有说出来。我摸着黄土改小孙子的头说：

小孩子，你叫什么名字，

黄小文。小孩说。

是不是文化的文？

小孩子点了点头。

文化的文，文化的文，我重复了两三遍，然后加重语气说：小文啊，好好学习，学到文化知识，才能改变贫穷的命运。说了这句话，我的心情感觉到轻松多了，我坐到

车上,打开窗玻璃,挥手告别。当路过白家坳小学旧址时,不知为什么,我的心情又沉重了,而且越来越沉重。阵阵山风扑面吹来,吹起了我心头一阵又一阵的愁绪……

后　记

"沉重"系列第三部《沉重的陪读》已经脱稿,即将出版。此书和前两本"沉重"不同,"母爱"和"回报"书中的人和故事都发生在我的身边。"陪读"中有些素材是到外省贫困山区采访的,让我感到意外的是一个贫穷落后的山村小乡镇,仍然保留着14所小学。哪怕一个学校只剩一个学生、一个老师,清晨照样升国旗,上下课的铃声照常响在寂静的校园里。王沟村一个老教师和老伴陪一个弱智儿童在校读书的故事深深地感动了我。

我们平原地区有的乡镇只剩了一所中心小学,有的乡镇也只有两三所小学,没有撤并,所剩学生寥寥无几,在校的老师也不能安心教学,两千人以上的村子没有学校是屡见不鲜的事。我的家乡是国家贫困县,每年高考都名列全市前茅,比经济发达的邻县都考得好。由此类推,越是贫穷落后的农村,人们对孩子上学的期望值越高,贫穷的农民有一个共同的朴素的观点:让孩子走出山区,让孩子走出农村,让孩子走出贫穷,只有走读书这条路。

2003年我到农村采访农民家庭供养大学生难时,看到农村一幢幢希望小学教学大楼拔地而起,宽敞明亮的

校舍给农民送来了改变命运的希望,他们怀着一颗感恩的心,含着激动的眼泪,把一幅幅"造福一方"的牌匾送给希望小学的投资者。那时穷怕了的农民死活都要供儿女上大学,尽管他们高喊着学费重于山,却毅然挺起农民特有的坚韧脊梁和永远压不垮的双肩,扛起大山,送孩子到神圣的殿堂读书。每年的六、七、八三个月到了农村,处处都能听到"死活都要供孩子上大学""砸锅卖铁也要供儿女上大学""儿子上不了大学,我死不瞑目""不管怎么样,我不能让娃再当农民,像我一辈子受苦受累……"一类的话。一幅幅为儿女筹借学费的感人画面,感人至深,撕人肺腑。

过了十年,我下乡采访时,一座座希望小学的大门吊着生锈的铁锁,杂草丛生。昔日村上最富有生气的神圣殿堂在村民心目中已经倒塌,变得百般萧条,死气沉沉,有的学校成了养猪场、养鸡场。不到两三年,农村的小学百分之七八十先后都撤了,好多希望小学变成了"失望小学"。学校撤了,孩子上学咋办?所有学生的家长都在说:孩子上学是天大的事,再大的事都要给孩子上学让路!无奈之下,千方百计转孩子到乡镇学校读书,到县城读书,已成为学生家长的头等大事。有的学生的父亲长年在外打工,爷爷奶奶留守家里看家种地,母亲只好带着正在上学的一个甚至两个孩子,寄居在县城,陪孩子读书。有的学生父母双方在外打工,爷爷奶奶锁上家门,离开故土,到城里租住在十几平方米的房子陪孩子读书,周末还得回家种地。还有的父母在城里做点小生意,或者边打工边陪孩子读书。当地政府为了发展城市居民人口,在县城不断扩建小学、初中、高中,随着大量学生进城读书,家长随之拥进县城陪孩子读书。

他们户籍在农村，吃住却在县城，有的陪读者利用周末还得回家种地、照顾老人。他们的身上承受着一个又一个沉重的负荷，遇到的困难一个接着一个，他们心力交瘁，疲惫不堪，茫无头绪，朝不顾夕。这些陪读者生活在县城和农村的边缘地带，形成了一个新的群体——陪读族。陪读族大部分是母亲，他们的年龄几乎都在三十岁到四十岁之间，农村和城市生活方式的差异和转换，环境的变化、经济的据掂，原本朴实善良、勤劳诚实的农村人思想在不断地被潜移默化，因陪读而发生了好多让人无法接受但又不能不接受的事件，让人痛心、让人反思，让人沉重得喘不过气来。

　　前两本"沉重"出版后曾引起社会轰动，特别是《沉重的母爱》一书，全国数百家新闻媒体做了转载报道。时隔七年，即今年三月凤凰中文卫视台在两会期间再次对此书做了重播。我们国家过去多年对农民利益的伤害，尤其是城乡户口的划分造成了社会对农民身份的偏见。改革开放后，历届政府把农村和农民的问题当作首要问题来抓，农村的道路平坦了、农民的房屋盖新了、农民的收入增加了，农民再不给国家交公购粮了，而且还领粮补，但农民的幸福指数到底能有多少？陪孩子上学读书，夫妻长年两地分居，引起婚姻的破裂，为孩子上学的学费长年累月在拼搏，儿女大学毕业后的工作、婚姻、住房等等问题压得父母喘不过气来。根深蒂固的轻农观念使农民这一身份至今得不到社会的普遍尊敬。城市的栋栋高楼，哪一栋不是农民工用他们的双手撑起的？城市家家的单元楼，哪一家不是农民工装修的？城市的重活、脏活哪一样不是农民工干的？我们生活中的米、面、油、蛋、菜、肉哪一样不是农民供给的？正因为他们身

份的前边加了"农民"两个字,就得不到社会应有的重视和尊重,他们的权益和人格得不到保障,给城里人创造了幸福还受到城里人的白眼。当今中国小品舞台上大都是拿农民开心取笑,丑化农民形象,污蔑农民。随着时代的不断发展,农村旧的矛盾还未彻底解决,新的矛盾又在不断衍生,农民沉重的话题太多了。

也可能是职业的原因,也可能我的家住在小县城和农村的交叉处,用现在的话来说就是城中村。七十多年来,我从未离开过我的家乡,从未离开过农村,农村的人、农村的事,农民的故事、农民的酸辣苦甜我知道得太多太多,加之我的记忆力较好,20世纪50年代、60年代、70年代、80年代至今,农村发生的事我都记得清清楚楚。

我的长诗《一个诗人的自白》第二段开头有这样几句诗:我的血管里流着农民的血/我在浑厚的黄土地里滚爬过/我的祖祖辈辈是农民/我吃的是农民的奶,住的是农民的窝。

农民,沉重的话题太多了,我还想继续把他们写出来。

2015年8月12日夜于天下斋